le mystère du grenier

ELLERY QUEEN	ŒUVRES
LE MYSTÈRE DU THÉÂTRE ROMAIN	
LE MYSTÈRE DE L'ÉLÉPHANT	
LE MYSTÈRE DU SOULIER BLANC	
DEUX MORTS DANS UN CERCUEIL	
LE MYSTÈRE ÉGYPTIEN	*J'ai Lu* 1514***
LA MORT À CHEVAL	
LE MYSTÈRE DES FRÈRES SIAMOIS	
LE MYSTÉRIEUX MONSIEUR X	
LE MYSTÈRE ESPAGNOL	
LA MAISON À MI-ROUTE	*J'ai Lu* 1586***
LE MYSTÈRE DU GRENIER	*J'ai Lu* 1736***
LE MYSTÈRE DE LA RAPIÈRE	
LE QUATRE DE CŒUR	
LES DENTS DU DRAGON	
LA VILLE MAUDITE	*J'ai Lu* 1445***
IL ÉTAIT UNE VIEILLE FEMME	*J'ai Lu* 1489***
LE RENARD ET LA DIGITALE	*J'ai Lu* 1613***
LA DÉCADE PRODIGIEUSE	*J'ai Lu* 1646***
GRIFFES DE VELOURS	*J'ai Lu* 1675***
COUP DOUBLE	*J'ai Lu* 1704***
L'ARCHE DE NOÉ	
LE ROI EST MORT	*J'ai Lu* 1766*** *(fév. 85)*
LETTRES SANS RÉPONSE	
LE VILLAGE DE VERRE	
LE CAS DE L'INSPECTEUR QUEEN	
LE MOT DE LA FIN	*J'ai Lu* 1797*** *(avril 85)*
L'ADVERSAIRE	
ET LE HUITIÈME JOUR...	*J'ai Lu* 1560***
SHERLOCK HOLMES CONTRE JACK L'ÉVENTREUR	
FACE À FACE	
UN BEL ENDROIT PRIVÉ	*J'ai Lu* 1811*** *(mai 85)*
Recueils	
LES AVENTURES D'ELLERY QUEEN	
LE DRAGON CREUX	
CALENDRIER DU CRIME	
BUREAU DE RECHERCHES	
Romans sous le nom de Barnaby Ross	
LA TRAGÉDIE DE X	
LA TRAGÉDIE DE Y	
LA TRAGÉDIE DE Z	
LA DERNIÈRE AFFAIRE DU DRURY LANE	

ELLERY QUEEN

le mystère du grenier

traduit de l'anglais par S. LECHEVREL

Éditions J'ai Lu

LES PERSONNAGES

Karen LEITH, *une romancière célèbre.*
Le Dr MACCLURE, *un grand spécialiste du cancer.*
Eva MACCLURE, *sa fille.*
Le Dr Richard SCOTT, *le fiancé d'Eva.*
Terry RING, *un curieux jeune homme.*
MOREL, *l'homme d'affaires de Karen Leith.*
KINUMÉ, *la servante japonaise de Karen Leith.*
Geneva O'MARA, *autre servante de Karen Leith.*
L'inspecteur QUEEN, *de la police new-yorkaise.*
Le sergent VELIE.
Le détective RITTER.
Ellery QUEEN.

L'action se passe à New York

Ce roman a paru sous le titre original :

THE DOOR BETWEEN

PREMIÈRE PARTIE

1

Le jour où Karen Leith remporta le Grand Prix Littéraire, son heureux éditeur couronna ses plus chimériques espoirs, car la lauréate accepta de paraître en public. Bien mieux : miss Leith donna une réception dans son jardin japonais, situé derrière son coquet hôtel de Washington Square!

De nombreuses personnalités cloutaient la foule mondaine comme les raisins d'un cake, l'ambiance était excellente, l'éditeur n'en croyait ni ses yeux ni son bonheur; la griserie du succès semblait même agir sur la petite femme timide, jolie encore aux abords de la quarantaine, qui était venue sans éclat du Japon en 1927 et qui vivait depuis lors dans sa retraite de Washington Square d'où elle enrichissait le monde des lettres de romans merveilleux, colorés comme les plus riches émaux.

Les rares privilégiés qui connaissaient déjà Karen Leith n'en revenaient pas de la voir si animée, si souriante; les autres, infiniment plus nombreux, voyaient pour la première fois la célèbre romancière dont la sauvagerie méritait d'être légendaire. Mais quelque chose était changé, ce soir-là... Loin de chercher à passer inaperçue, la recluse volontaire semblait vouloir attirer les regards et même les critiques. Dans son jardin japonais, c'était une mousmé aux cheveux d'un noir bleuté qui recevait ses invités; mais, à la voir si gracieuse, si élégante dans ce costume exotique, chacun comprit qu'il ne s'agissait pas d'un défi et que Karen Leith était plus à l'aise dans son somptueux kimono que dans aucune robe de grand couturier. Les épingles d'ivoire et de jade piquées dans son chignon rappelaient les joyaux d'une couronne royale; reine des lettres, Karen acceptait les hommages avec l'émotion contenue d'une souveraine, le jour de son couronnement.

Le célèbre auteur de *Nuages du Levant* était une femme assez menue pour inspirer cette remarque à un invité d'humeur poétique : « Une brise légère la ferait chanceler, un coup de vent l'emporterait comme une plume. » Ses gestes lents trahissaient la lassitude de la neurasthénie, la pâleur de ses joues creuses transparaissait sous le savant maquillage; une malade...

Toute la vitalité de Karen Leith semblait s'être réfugiée dans ses yeux gris, tour à tour brillants et voilés dans leurs orbites violacées, comme si le souvenir d'un passé entouré de mystère venait soudain en ternir l'éclat. Montrant une magnanimité inusitée, les femmes s'accordaient à lui reconnaître une beauté singulière, presque éthérée et sans âge défini : une beauté comparable à celle d'une précieuse céramique orientale dont la richesse de coloris se retrouvait dans ses romans.

Nul ne pouvait se flatter de connaître Karen Leith qui vivait chez elle comme une religieuse cloîtrée, à l'abri des regards indiscrets. Son père était un obscur Américain expatrié qui avait enseigné jusqu'à sa mort la littérature à l'Université impériale de Tōkyō; Karen avait passé la plus grande partie de son existence au Japon... C'était à peu près tout ce qu'on savait d'elle.

Dans un petit pavillon situé au milieu du jardin exotique, entourée de ses invités de marque, Karen préparait le thé selon un cérémonial japonais appelé *Cha no yu.* Tout en tournant un bâtonnet dans une poterie ancienne contenant du thé vert en poudre, elle fredonnait le chant rituel avec l'aisance habituellement réservée à la langue maternelle; une très vieille femme, vêtue d'un kimono et silencieuse comme une ombre, se tenait derrière la prêtresse, telle une divinité tutélaire.

Répondant à une question posée au sujet de la vieille Orientale, Karen dit :

– Elle s'appelle Kinumé. C'est un ange de douceur et de dévouement qui est auprès de moi depuis... Oh, des siècles!

Une ombre voila soudain le joli visage fatigué de la romancière.

– Même pour une Japonaise, elle est presque trop petite, remarqua un autre invité.

Karen murmura quelques mots dans une langue inconnue et chantante, et la vieille femme s'inclina avant de sortir en trottinant.

– Kinumé comprend parfaitement l'anglais, bien qu'elle n'ait jamais appris à le parler couramment, expliqua Karen d'un ton d'excuse. Elle vient des îles Liou Kiou, baignées par la mer de Chine orientale; les indigènes sont plus petits, mais mieux proportionnés que les Japonais et ils sont d'une douceur sans égale.

Un grand jeune homme portant un pince-nez demanda :

– Pouvez-vous nous citer un exemple de cette douceur, miss Leith?

La romancière accompagna sa réponse d'un sourire fugitif :

– Je crois pouvoir avancer que les armes mortelles sont ignorées depuis trois siècles aux Liou Kiou, monsieur.

– Un éden où le meurtre est inconnu! s'écria le grand jeune homme. C'est presque trop beau pour être possible.

– Et je me permets d'ajouter que la cruauté japonaise est célèbre, déclara l'éditeur de miss Leith.

Karen lui jeta un coup d'œil avant de faire circuler le bol de thé.

– Goûtez-le, dit miss Leith, avant de répondre à la question d'un critique littéraire. Non, j'avais à peine sept ans quand Lafcadio Hearn est mort et je ne m'en souviens pas. Mais mon père le connaissait fort bien : ils enseignaient ensemble à l'Université impériale... Mon thé n'est-il pas délicieux?

L'honneur de recevoir le bol des mains de miss Leith était échu au grand jeune homme au pince-nez : Queen de son nom, invité à la fête en sa modeste qualité d'auteur de romans policiers. L'ironie était peut-être délicieuse; mais Mr Queen ne devait en goûter la saveur que plus tard, dans des circonstances moins agréables. Quant au thé... Réprimant une grimace, Mr Queen répondit comme il convenait et il passa le bol à son voisin, un géant entre deux âges au dos voûté par l'étude, qui le fit circuler sans y avoir trempé les lèvres.

– Je mettrai tout en commun avec vous, Karen, sauf les microbes, déclara le géant d'un ton contraint.

Hilarité générale. Chacun savait que le Dr John MacClure connaissait Karen Leith mieux que personne au monde et qu'il se disposait à la connaître plus intimement encore. Ses yeux bleu pâle au regard perçant quittaient rarement le visage de sa fiancée.

– Fi, docteur! s'écria une obscure romancière. Vous n'avez pas l'ombre de sens poétique!

– Les microbes non plus, riposta le Dr MacClure.

Tout le monde sourit, y compris Karen.

Manning, le critique littéraire du *World*, venait

enfin de retrouver la date approximative du décès de Lafcadio Hearn. Il dit d'un ton hésitant :

– Ne m'arrachez pas les yeux, miss Leith... Si ma mémoire est fidèle, vous frisez donc la quarantaine?

Karen préparait un second bol de thé; elle dédaigna la question indiscrète et Mr Queen murmura :

– La vie commence à quarante ans, dit-on.

– C'est une coïncidence, Mr Queen, répondit Karen, les yeux fixés sur la poitrine du Dr MacClure. La vie commence à cinquante ans pour certains, à quinze ans pour d'autres : tout dépend de l'âge auquel on trouve le bonheur, puisqu'il s'agit d'une double naissance.

Les femmes échangèrent un regard de compréhension. Karen avait conquis l'homme de son choix! L'une d'elles céda au malicieux plaisir de demander l'opinion personnelle du Dr MacClure sur la question.

– Je ne fais plus d'accouchements, répondit le médecin d'un ton sec.

– John! protesta doucement Karen.

– Si vous voulez tout savoir, je me moque du début de la vie; c'est son terme qui m'intéresse.

Prononcées par un adversaire acharné de la mort, ces paroles prenaient un sens qui n'échappa à personne.

Ce savant habitué à combattre la mort dégageait un magnétisme qui réduisait fréquemment ses semblables au silence; le cas se produisit ce jour-là d'une façon embarrassante.

Le Dr MacClure était de ces hommes qui peuvent se permettre une tenue négligée; à le regarder, on avait l'impression que la poussière se stérilisait à son contact. Il était en quelque sorte le grand prêtre d'un culte moderne, ayant une salle d'opération pour temple, des ombres blanches pour officiants et l'odeur des désinfectants en guise d'encens... Une légende s'était créée autour de son nom. L'argent et les honneurs ne signifiaient rien pour lui. Etait-ce, comme l'insinuaient certains confrères envieux, parce qu'il avait atteint le sommet de la fortune et de la gloire? Qui sait? Il considérait les hommes en général comme des insectes poursuivant des buts à leur échelle, comme autant de créatures infimes, dignes tout au plus de servir à ses expériences de laboratoire; quand elles l'importunaient, le Dr MacClure les rejetait d'un revers de sa grande main aseptisée et velue.

Distrait, vêtu en toute saison et depuis toujours d'un costume brun, froissé et mal ajusté, le célèbre chirurgien était un paradoxe vivant : vigoureux et harassé, paraissant centenaire bien que ne portant pas son âge, faisant trembler ses semblables comme des gamins effrayés alors qu'à peine sorti du domaine scientifique, il n'était plus qu'un grand enfant coléreux, indécis, timide et totalement inconscient de l'effet qu'il produisait.

Maintenant, il attachait sur Karen le regard implorant d'un petit garçon sur sa mère, dans un moment difficile. « Pourquoi le silence se prolonge-t-il ainsi? » demandaient ses yeux, et Karen comprit la question, grâce au sixième sens que possèdent certaines femmes éprises.

– Où est Eva, John? demanda-t-elle vivement.

– Eva? Je crois l'avoir aperçue...

– Me voici, interrompit une grande jeune fille qui resta sur le seuil de la porte.

– La voici, dit le Dr MacClure, détendu. Tu t'amuses, mon petit?

– Où étiez-vous, ma chérie? demanda Karen à son tour. Ah! Les présentations... Mr Queen, si je ne me trompe? Miss MacClure. Mr Manning...

– Je crois connaître tout le monde, déclara Eva MacClure avec un sourire poli.

– Je n'avais pas encore cet honneur, dit vivement Mr Queen, levé en un clin d'œil. Enchanté, miss MacClure...

Mais Mr Queen en fut pour ses frais car Eva MacClure s'adressa sévèrement à son père.

– Le nœud de votre cravate est encore sous l'oreille, papa!

– Oh! soupira Karen, il ne sera jamais présentable!

– Bah! fit le savant, reculant dans un coin.

– Ecrivez-vous également, miss MacClure? demanda le poète d'une voix inspirée.

– Moi? Je ne suis bonne à rien, répondit la jeune fille. Vous m'excusez, Karen? Je crois apercevoir quelqu'un...

Plantant là notre poète déconfit, elle s'éloigna et se perdit parmi les groupes bruyants d'invités auxquels des serveuses japonaises, engagées pour la soirée, passaient des friandises exotiques. Mais Eva MacClure n'était pas d'humeur sociable, à en juger d'après son froncement de sourcils et, sans avoir desserré les lèvres, elle gagna le petit pont rustique, situé à l'autre bout du jardin.

– Votre fille est ravissante, docteur! s'écria une romancière russe dont la puissante poitrine palpitait sous des nuages de tulle. Une créature resplendissante de vie et de santé!

– Ce n'est que justice, dit le Dr MacClure, tirant toujours sur sa cravate. Des soins constants et éclairés doivent produire un spécimen parfait de l'espèce.

– Quels yeux! renchérit platement le poète. Je déplore seulement que miss MacClure soit si distante.

– Oh! Eva traverse une petite crise de misanthropie, intervint Karen, souriante. Cela lui passera... Y a-t-il encore des amateurs de thé?

– Vous avez même trouvé le temps de diriger l'éducation de votre fille, docteur? reprit la Russe enthousiaste. C'est admirable!

Le Dr MacClure dévisagea sans bienveillance le jeune homme et la grosse dame; tous deux avaient de mauvaises dents et ils se mêlaient de ce qui ne les regardait pas; Karen se hâta d'intervenir :

– John trouve le temps de tout faire, sauf celui de se reposer. Du thé?

– Le surmenage est la rançon du génie, dit l'éditeur de Karen, souriant à la ronde. Pourquoi diable n'êtes-vous pas allé à Stockholm en décembre dernier, docteur? Faire le coup du mépris aux savants qui viennent de vous décerner le Grand Prix International de Médecine, c'est fort!

– Je n'avais pas le temps! lança le Dr MacClure, furieux.

– John ignore le mépris, déclara tranquillement Karen. C'est un grand enfant.

– Est-ce la raison pour laquelle vous allez l'épouser, ma chère? demanda la Russe, de plus en plus palpitante et essoufflée.

– Du thé, Mr Queen? dit Karen, souriante.

– Quelle union romanesque! s'écria l'obscure romancière. Les lauréats de deux Grands Prix, deux génies, unissent leur destinée pour procréer...

– Du thé? répéta posément Karen.

Le Dr MacClure prit la porte, non sans avoir foudroyé du regard les insupportables bavardes.

A la vérité, la vie commençait à cinquante-trois ans pour ce grand savant qui ne s'était jamais soucié ni de l'âge ni de la jeunesse : et voilà que, brusquement, la jeunesse le rattrapait au tournant! Il y avait de quoi être irrité et amusé tout à la fois.

On peut accepter avec indifférence le Grand Prix

International de Médecine, source de nouvelles corvées, interviews, congrès et autres. En décembre, les recherches poursuivies à la Fondation du Cancer avaient empêché le Dr MacClure d'aller cueillir ses lauriers à Stockholm et maintenant, le mois de mai le trouvait encore à New York... Mais l'on n'accepte pas sans en être profondément bouleversé, sans discuter en silence avec son cœur, la révélation d'un amour tardif. S'éprendre, la cinquantaine passée, d'une femme qu'il avait connue à Tōkyō, quand elle comptait dix-sept printemps et qu'elle harcelait son père de questions embarrassantes au sujet de Shakespeare! C'était ridicule.

Vingt ans... Le jeune Dr MacClure avait été attiré au Japon par ses premières recherches concernant le cancer. Il considérait alors Karen comme une gamine insupportable; sa sœur aînée, au contraire... Oui, aujourd'hui encore, il revoyait souvent Esther telle qu'elle s'était à jamais gravée dans sa mémoire. Esther, la déesse aux cheveux d'or, enchaînée à la terre par sa jambe infirme. Mais il avait complètement perdu Karen de vue entre 1918 et 1927, date à laquelle elle avait quitté le Japon pour venir se fixer à New York! En souvenir du Pr Leith et du temps de Tōkyō, il était devenu son médecin. Raison de plus pour s'en tenir aux relations strictement professionnelles, semblait-il.

Eh bien, non. Calmé par sa flânerie dans le jardin japonais encombré d'invités, le Dr MacClure se surprit à sourire. Puisque le mal était fait, autant s'avouer la douceur de ce regain de jeunesse, autant s'avouer qu'il serait bon d'être seul avec Karen sous ce clair de lune romantique, dans ce ridicule petit jardin dont le parfum montait à la tête.

2

Le pont rustique formait un dos d'âne au-dessus du bassin sombre, marqué d'un point d'argent par le reflet de la lune. Un bassin grand comme une cuvette, à la vérité, car si d'aventure un poisson rouge happait une parcelle de nourriture au milieu de la lune, les rides concentriques atteignaient les bords en trois secondes. Accoudée à la balustrade du petit pont, Eva était certaine du chiffre, pour avoir compté distraitement jusqu'à trois.

Tout était à l'échelle dans ce décor pour théâtre de marionnettes : le bouquet de pruniers nains chargés de grappes embaumées, les glycines noueuses, le pont, le bassin, les voix apportées par la brise nocturne, les cordons de lanternes japonaises ondoyant de branche en branche. Parmi les parterres géométriques de fleurs exotiques, azalées, iris, pivoines, Eva se sentit presque dépaysée; écolière ayant grandi trop vite, elle se trouvait dans le royaume des poupées.

« Que m'arrive-t-il? » se demanda-t-elle avec angoisse en regardant un cercle s'élargir sur l'eau noire.

Cette question la poursuivait depuis un certain temps, depuis le jour où elle était « sortie de terre », pourrait-on dire. Jusque-là, Eva MacClure avait seulement poussé, comme une plante vigoureuse dans un sol riche, à l'abri de toute impression véritable, joie ou peine.

Son enfance s'était écoulée dans un paradis terrestre, balayé par les vents marins dont le parfum de la flore sauvage tempérait l'âcreté. Le moment venu, le Dr MacClure avait choisi pour sa fille les meilleures maisons d'éducation; il lui avait offert des distractions, des toilettes, de l'argent de poche, les soins dévoués d'employées triées sur le volet. Enfin et surtout, il avait assuré un véritable foyer à l'enfant sans mère et il avait veillé avec la même vigilance éclairée sur sa double hygiène : morale et corporelle.

Années de lente formation, dépourvues d'émotions profondes. Eva sentait le travail qui s'opérait en elle – les végétaux eux-mêmes doivent avoir une vague notion de leur croissance; elle sentait la sève vitale circuler dans son corps pour le transformer et l'embellir jusqu'au complet épanouissement, mais le but final de cette lente métamorphose échappait encore à ses yeux d'enfant. Lumineuse et intéressante époque où l'on goûte vraiment la « joie de vivre », à la manière des plantes!

Puis, soudain, l'horizon s'était obscurci autour d'Eva. On eût dit qu'une monstrueuse éclipse avait à tout jamais privé la terre du soleil sans lequel une belle plante se transforme en un jeune être irritable et mélancolique. Les aliments devinrent insipides, les toilettes perdirent tout attrait, les meilleures amitiés se montrèrent décevantes; fini le plaisir de danser, d'aller au théâtre, de lire ou de défendre une noble cause! Tout ce qui rendait l'existence intéressante et agréable s'écroula d'un seul coup, laissant Eva désemparée et révoltée contre cette apparente conspiration dirigée contre elle. Pauvre Brownie, le cheval qu'elle prenait de préférence à tout autre aux écuries de Central Park! Il en supporta beaucoup avant de la désarçonner brutalement, l'autre jour. Le souvenir de cette chute était encore cuisant.

Un printemps exceptionnellement insidieux, vingt ans... Certes, le diagnostic des symptômes énumérés eût sauté aux yeux du Dr MacClure, s'il n'avait été aveuglé par son propre roman.

– Je voudrais mourir, dit Eva MacClure aux poissons rouges du bassin.

Elle avait prononcé ces mots tout haut, et à cet instant elle était sincère.

Un craquement de bois. Rien qu'à sentir le pont trembler sous ses pieds, Eva comprit qu'un homme s'était approché, par-derrière. Une bouffée de chaleur lui monta à la tête. Ce serait vraiment trop bête s'il...

– Pourquoi? demanda une voix masculine, jeune, ironique et par conséquent odieuse.

– Allez-vous-en! dit Eva.

– Pour me vouer au remords éternel? Merci! Il y a de l'eau sous ce pont et si l'idée du suicide vous passait par la tête...

– Imbécile! s'écria Eva en se retournant d'une seule pièce. Le bassin n'a pas deux pieds de profondeur!

L'importun était un très beau garçon portant un smoking impeccable. Oui, hélas, il pouvait rivaliser avec le Dr MacClure sous deux rapports : la taille et l'acuité du regard. Que faire, lorsqu'on se sent redevenue une petite fille? Tourner le dos.

– Voyons, insista le jeune homme, nous ne pouvons en rester là. Je me sens certaines responsabilités. A défaut de noyade, quel genre de suicide aviez-vous choisi? Du poison par clair de lune?

Il vint s'accouder auprès d'Eva qui continua de fixer l'eau obstinément.

– Vous êtes trop jeune pour être une femme de lettres, constata avec satisfaction l'insupportable personnage. Trop jeune et trop désespérée. Qui êtes-vous?

– Eva MacClure. Allez le dire au diable!

– Eva MacClure? La fille du vieux John? De mieux en mieux! Je suis enchanté que vous n'apparteniez pas à la bande de snobs que je fuyais précisément. Les gens de lettres, parlons-en! Des poseurs sans talent, et pas une jolie femme à regarder dans le tas.

– Karen Leith est très belle!

– La trentaine passée, aucune femme ne mérite plus ce qualificatif. La beauté, c'est la jeunesse. Ensuite, l'artifice; ce qu'il est convenu d'appeler le charme. Votre future belle-mère doit vous envier.

Eva tressaillit.

– Je vous tiens pour le plus insolent...

– Je vois les gens tels qu'ils sont au naturel, déclara négligemment le jeune homme. C'est la façon masculine de juger les femmes.

– Comment osez-vous...

Eva suffoquait d'indignation. L'odieux individu!

– Hum! fit-il, étudiant son profil. Clair de lune, une jolie fille se mirant dans un bassin... Allons! Tout espoir n'est pas perdu. Que faisiez-vous sur ce pont?

– J'observais les poissons rouges et me demandais s'ils dorment le jour ou la nuit, voilà!

– Bonté divine! S'intéresser aux mœurs des poissons rouges par ce beau clair de lune! Mauvais symptôme! C'est plus grave que de souhaiter la mort, décréta l'exécrable jeune homme.

Eva se tourna pour le toiser d'un regard glacial.

– Vous avez oublié de vous présenter, monsieur, dit-elle.

– J'aime mieux cela, déclara l'autre. Toute réaction positive, la colère par exemple, est considérée comme un bon signe dans les cas morbides. Je m'appelle Scott.

– Allez-vous-en, Mr Scott.

– Inutile de retrousser ainsi votre joli nez. Scott Richard Barr, pour compléter la présentation. Appelez-moi « docteur » ou « Dick », au choix.

– Oh! murmura Eva. Le célèbre Dr Scott!

Il fallait habiter la Patagonie pour ignorer ce nom-là. Richard Barr Scott, le spécialiste à la mode, la coqueluche des New-Yorkaises de tout âge! Son luxueux cabinet de Park Avenue ne désemplissait pas, disait-on, de « malades » plus ou moins imaginaires dont l'élégance rappelait celle d'un cocktail au Ritz. Certes, Eva avait entendu parler, avec un enthousiasme unanime, du Dr Scott!

– Vous comprenez maintenant l'intérêt que je vous porte? demanda celui-ci. Il s'agit d'un réflexe professionnel, voilà tout. Asseyez-vous, je vous prie.

– Comment?

– Asseyez-vous.

– M'asseoir? murmura Eva, craignant soudain d'être mal coiffée. Pourquoi?

Le Dr Scott regarda à la ronde. Ils étaient seuls, avec des myriades de lucioles, dans ce coin du jardin japonais. Eva sentit sur sa main le contact d'une paume dure et froide qui lui donna la chair de poule. Elle retira vivement sa main.

– Soyez raisonnable, dit Scott, paternel. Une fois assise, vous enlèverez vos souliers et vos bas.

– Jamais de la vie!

– Déchaussez-vous, ai-je dit!

Eva se sentit soulevée de terre et déposée sur le bord du bassin, au delà du petit pont. « Je rêve », songea-t-elle en obéissant avec une incroyable docilité.

– Voyons, reprit Scott, s'accroupissant à son côté. Ah! Jambes bien faites, jolis pieds... Trempez-les dans l'eau, je vous prie.

Malgré sa confusion secrète, Eva commençait à goûter cette situation à la fois absurde et romanesque. « Les admiratrices du Dr Scott n'ont rien exagéré », songea-t-elle à regret. « Ce n'est pas un médecin ordinaire! »

– Quel galbe! murmura Scott, songeur.

Eva sentit la morsure d'une inexplicable jalousie. Ce n'était pas la première fois qu'il jouait ce genre de comédie, le procédé faisait partie de sa fameuse technique professionnelle. Un médecin mondain! Il fallait entendre l'opinion que le Dr MacClure nourrissait à l'égard de ce genre de confrères! Des parasites intelligents et ambitieux qui exploitent leur sex-appeal et la sottise féminine.

Eh bien, le beau docteur tomberait sur un bec pour une fois. Croyait-il par hasard avoir fait une nouvelle conquête? La fille du Dr MacClure! Bonne réclame pour son cabinet si miss MacClure se mettait à le fréquenter, comme toutes ces poules de luxe. Eva tenait déjà ses bas à la main quand elle sentit des doigts d'acier encercler ses chevilles et les plonger dans le bassin.

– Parfait, murmura le Dr Scott.

La fraîcheur de l'eau enveloppa ses pieds, gagna ses jambes.

– C'est agréable? demanda le singulier médecin au bout d'un moment.

– Oui.

Quelle honte! La volonté d'Eva n'était pour rien dans ce lâche assentiment dont l'adversaire tira instantanément profit.

– Parfait, répéta Scott. Maintenant, ma jeune amie, je vais vous poser quelques questions personnelles.

Eva se cabra. Mais, traîtresse fraîcheur de l'eau... La détente se produisit aussitôt, laissant la jeune fille indignée contre elle-même. Le Dr Scott prévoyait sans doute la réaction car il dit simplement :

– Pieds chauds, humeur irascible et vice versa. Remède infaillible à la belle saison.

– Y a-t-il un bassin dans votre cabinet de consultation? Et la lune, par quoi la remplacez-vous?

– Oh! fit Scott, faute de trouver une meilleure réponse.

Agitant avec plaisir ses orteils dans l'eau, Eva soupira :

– Tout ceci doit être le résultat du *suki-yaki* que

Karen nous a fait servir, ce soir! On ne m'y reprendra plus!

Scott vint s'asseoir à côté d'elle sur la margelle cimentée.

– L'idée du suicide hante rarement une jeune cervelle féminine, commença-t-il gravement. Plusieurs causes sont à envisager dans ce cas exceptionnel... Quel âge avez-vous?

– Cela ne vous regarde pas!

– Plaît-il?

– Vingt ans.

– Digestion?

– Excellente.

– Appétit?

– Je dévorais comme un ogre jusqu'à ces temps derniers, répondit Eva d'un ton sombre.

Le Dr Scott embrassa d'un regard scrutateur sa fine silhouette effleurée par le clair de lune. Dos droit, bras déliés...

– C'est rassurant, très rassurant, déclara-t-il.

Eva sourit dans l'obscurité argentée. Elle n'était pas de celles dont l'appétit se règle d'après les aiguilles d'une balance!

– Combien pesez-vous? continua Scott, sans la quitter des yeux.

– Cent dix-huit livres, déshabillée.

– Prenez-vous assez d'exercice?

– Seul mon cheval en prend davantage.

– Ni lassitude ni courbatures au réveil?

– Grands dieux, non!

– Pas d'absences de mémoire?

– Jamais de la vie!

– Métabolisme apparemment normal, déclara le Dr Scott. Vous dormez bien?

– Aïe!

Eva retira vivement ses pieds de l'eau. Il arrive à tout le monde, même à un poisson rouge, de se tromper. Celui-ci venait de mordre un délicat orteil, pris pour un appât. Mais la fille du Dr MacClure ne se laissa pas effrayer par un poisson rouge; elle replongea ses pieds dans l'onde fraîche.

– Comme une marmotte, répondit-elle.

– Vous rêvez beaucoup? continua Scott, feignant de n'avoir rien remarqué.

– Souvent, oui. Inutile de me demander de quoi je rêve, je ne vous répondrai pas.

– C'est déjà fait, déclara son interlocuteur d'un ton sec. Voyons... Rien de physiologique dans votre cas, nous sommes donc en présence de troubles psychiques et nous allons laisser au malade le soin de faire son propre diagnostic. A quoi attribuez-vous votre dépression actuelle?

Eva tira définitivement ses pieds de l'eau. Assise à la turque, le regard glacé, elle répondit :

– Vous êtes parti à faux. Quand vous m'avez surprise, je répétais le rôle que je dois jouer à la prochaine séance du patronage.

– « Je voudrais mourir », répéta Scott, songeur. Ce souhait est vraiment trop morbide pour des oreilles enfantines!

Leurs regards se croisèrent. Parcourue d'ondes électriques, tantôt chaudes et tantôt glacées, Eva détourna le sien.

– Et cet intérêt soudain pour les mœurs des poissons rouges! poursuivit le jeune homme. A d'autres! Avez-vous une amie sûre, au moins?

– J'ai une foule d'amies.

– Par exemple? J'ai des accointances parmi vos relations?

– Karen, murmura Eva, cherchant désespérément un autre nom à citer.

– Sottise! Miss Leith n'est pas une femme, c'est un nuage et elle pourrait être votre mère!

– Je n'aime plus les femmes.

– Et les hommes?

– Je les hais!

Le Dr Scott sifflota, comme si la lumière venait de jaillir dans son esprit. Il s'allongea sur l'herbe bordant la margelle du bassin et posa la tête sur ses paumes ouvertes.

– Vous êtes nerveuse, je parie? demanda-t-il aux étoiles.

– Parfois.

– Autre manifestation : des crampes dans les jambes, avec envie de lancer un coup de pied à quelqu'un?

– Et comment!

– Et les gamins de votre patronage vous tapent brusquement sur les nerfs?

– Je n'ai jamais dit...

– On rougit de ses rêves, on...

– Dr Scott!

– Et, bien entendu, vous consultez votre miroir plus souvent qu'autrefois? continua l'indiscret médecin, saluant la lune d'un petit signe de tête amical.

– Comment avez-vous...

Les larmes aux yeux, Eva se mordit la lèvre. Quelle honte, quelle humiliation, de se sentir ainsi dénudée! Comment pouvait-on épouser un médecin, Seigneur? L'intimité avec un... avec un stéthoscope vivant auquel rien n'échappe devait être un supplice! C'était vrai. Tout ce qu'il avait dit était exact et profondément troublant. La haine qu'elle éprouvait à cet instant pour le Dr Scott était la révélation d'un sentiment inconnu jusque-là. Se laisser arracher par un vieux docteur ses secrets les plus intimes était déjà une rude épreuve... Et ce mufle avait dépassé de peu la trentaine!

– Il s'agit d'un cas biologique très simple, murmura Scott d'une voix rêveuse.

Eva sentit la brûlure de son regard entre ses omoplates nues, tandis qu'il achevait, sur le même ton :

– ... Un mal pour un bien, puisque les bébés lui doivent le jour.

– Vous... vous êtes odieux!

– Le printemps. Belle comme le jour, vingt ans... Elle hait les hommes et elle dit... J'en appelle à Vénus!

Eva prit furtivement le bassin pour miroir. Un phénomène s'opérait en elle, accélérant les battements de son cœur.

– Vous n'avez jamais été amoureuse, naturellement? murmura le Dr Scott.

Pieds nus, Eva se leva d'un bond.

– J'en ai trop entendu, déclara-t-elle. Adieu!

– Ah! J'ai touché le point sensible. Rasseyez-vous.

Elle obéit. Ah! Si son cœur cessait de battre ainsi, comme elle fuirait cet être intolérable!

– Ecoutez maintenant l'ordonnance du Dr Scott pour les jouvencelles : l'Amour, remède infaillible. Suivez mon conseil et tout ira bien.

– Adieu, répéta Eva, refoulant ses larmes, sans force pour se lever.

– Votre entourage y est pour beaucoup, continua l'autre d'une voix assourdie. Science, génie, gloire! Tout cela est étouffant, à la longue. Occupez-vous de votre trousseau, choisissez un mari et les idées noires s'envoleront pour toujours.

Silence au bord de l'eau. Le premier silence de ce genre pour Eva, miraculeusement libérée de son angoisse. Minute délicieuse et troublante durant laquelle une femme prend conscience de son pouvoir sur celui qu'elle vient de dépouiller de sa force.

Oui, Eva tenait maintenant à sa merci l'homme qu'elle entendait respirer un peu trop fort pour un médecin, derrière son dos. Il lui suffirait de se retourner pour... Mais non, il fallait retarder ce moment-là, prendre une revanche éclatante.

Lentement, avec un calme étudié, Eva enfila un bas, puis l'autre. Le Dr Scott se taisait toujours. Au tour des escarpins maintenant... Les lucioles parsemaient l'herbe de petites lumières clignotantes, les voix semblaient provenir d'une autre planète, les happements gloutons des poissons rouges ponctuaient toutes choses : le silence, la tension de cet instant inoubliable, la tendre hostilité.

Un médecin!

Eva se leva enfin et elle se retourna, sûre de sa beauté, de sa jeunesse. Oui, les rôles étaient renversés. Le visage calme et le cœur battant, elle dominait de toute sa taille le célèbre Dr Scott, terrassé comme un dragon de légende. Le vainqueur de la joute réprima un petit rire triomphant et l'envie folle d'écraser, du bout du pied, la poitrine de sa victime.

C'était la première fois de sa vie qu'Eva jouait avec le feu, et la griserie du jeu lui montait à la tête.

– Le docteur a parlé, dit-elle, abaissant son regard jusqu'à lui.

Les yeux grands ouverts qui retenaient les siens exprimaient une sorte de colère. Le temps d'un éclair – ou d'une éternité? – Eva crut sentir autour de sa taille l'étau de deux bras nerveux, les glycines et les poiriers du Japon dansèrent une sarabande folle, les voix lointaines, la vie poursuivant son cours, l'obscurité même sombrèrent dans le domaine de l'irréalité. Fière de sa victoire, Eva savoura la colère masculine. Ah! l'adversaire toujours étendu sur le gazon s'apprêtait à bondir et...

– Eva! appela une voix familière, celle du Dr MacClure.

Le sang de la jeune fille se glaça dans ses veines. Déjà levé, Scott se brossait d'une main nerveuse.

– Ah! Je te trouve enfin! continua MacClure, faisant gémir le pont sous son poids.

Il aperçut le compagnon de sa fille et s'arrêta net.

Debout entre eux, Eva sentit le manteau de glace tomber de ses épaules. Son cœur se remit à battre allègrement. Qu'ils étaient drôles à observer, ces deux représentants d'une génération différente, se mesurant du regard!

– Je vous présente le Dr Richard Barr Scott, papa, dit Eva d'un ton mondain.

– Ah! fit le Dr MacClure.

– Très honoré, bredouilla son jeune confrère, les mains dans les poches et cachant mal une fureur qui emplit Eva de joie.

– Votre nom ne m'est pas inconnu, grogna le Dr MacClure.

– Trop aimable, répondit le Dr Scott, sur le même ton.

A les voir s'affronter déjà en adversaires, Eva manqua s'évanouir de bonheur.

3

Si la vie commença pour Karen Leith et le Dr MacClure à quarante et à cinquante-trois ans, elle commença pour Eva MacClure dès son vingtième printemps, par une belle nuit de mai.

Eva s'épanouit du soir au matin. Diane enhardie, elle s'adonna au plaisir de la chasse, lequel consistait à attendre, à laisser venir le gibier asservi. Le jeune Dr Scott en perdit le boire et le manger.

Les fiançailles furent célébrées en juin.

A quelques jours de là, par une soirée accablante, dans le jardin même de Karen Leith, Eva commença d'une voix hésitante :

– Je voudrais vous parler, papa. Il s'agit de

Richard. Je me demande si je devrais lui dire... Vous savez bien... il s'agit de vous et de moi.

Eva se tut, embarrassée. Le Dr MacClure la regarda longuement. Il avait beaucoup vieilli depuis la garden-party de Karen et semblait harassé.

– Tu hésites à apprendre à Scott que je suis seulement ton père adoptif? demanda-t-il avec douceur.

– Oui. Je dois la vérité à Richard et, cependant...

– Ne faites pas la sotte, Eva, intervint Karen Leith, assise de l'autre côté du Dr MacClure. A quoi cela servirait-il?

Dans sa robe de voile imprimé, avec ses cheveux strictement coiffés en arrière, Karen semblait plus âgée, meilleure conseillère.

– Je n'en sais rien, murmura Eva. La pensée de tromper Richard me...

– Eva, interrompit le Dr MacClure avec une intonation tendre que les deux femmes présentes étaient seules à connaître. Tu sais, ma chérie, que je ne pourrais t'aimer davantage si tu étais vraiment ma fille, acheva-t-il, faisant disparaître les mains d'Eva dans les siennes.

– Oh, papa! Jamais...

– N'en parlons plus, déclara Karen avec une brusquerie soudaine. Taisez-vous vis-à-vis de Richard, ma petite.

Eva soupira. L'adoption remontait à sa petite enfance, une époque préhistorique et oubliée. Des années après, le Dr MacClure lui avait sagement révélé la vérité et le malaise ressenti sur le coup ne s'était jamais complètement dissipé.

– Je me tairai donc, dit-elle enfin.

Mais sa conscience lui reprochait presque d'accueillir trop volontiers ce conseil. Le silence était peut-être coupable; mais elle redoutait par-dessus tout de porter une atteinte quelconque, si imprécise fût-elle, à son bonheur tout neuf.

Le Dr MacClure retomba contre le dossier du banc et il ferma les yeux.

– C'est mieux ainsi, déclara-t-il.

– La date du mariage est-elle fixée? demanda vivement Karen, sans quitter son fiancé du regard.

– Pas encore, répondit Eva, chassant les papillons noirs. C'est de l'enfantillage, je le sais, mais tant que nous ne serons pas mariés, Dick et moi...

– Etrange petite fille, murmura la romancière. Pour un peu, vous auriez l'impression que cet heureux jour ne luira jamais, n'est-ce pas?

– Oui, avoua Eva avec un petit frisson. Je crois que j'en mourrais. Tout mon bonheur est en Dick.

– Où est-il? demanda sèchement le Dr MacClure.

– Dans un hôpital quelconque. Il a été appelé d'urgence auprès d'un malade opéré...

– Des amygdales?

– Papa!

– Je plaisantais, ma petite fille, dit le docteur, rouvrant les yeux. Mais je veux te préparer à l'existence d'une femme de médecin. Je veux...

– J'aime Dick et je me moque du reste! lança Eva d'un ton de défi. Quant au rôle de femme sacrifiée aux occupations de son mari, je l'apprendrai, le moment venu.

– Amen, dit gaiement le Dr MacClure.

Mais son rire expira aussitôt et il referma les yeux.

– La femme de Dick, murmura Eva d'un accent angoissé. Par instants, j'ai l'impression que je ne le deviendrai jamais. Cette pensée me poursuit. Est-ce un pressentiment?

– Allons, Eva! s'écria Karen. Si vous tenez tant à Richard, épousez-le demain et n'en parlons plus!

La jeune fille se leva en disant :

– Je m'excuse de vous paraître ridicule avec mes enfantillages, Karen.

– Rassieds-toi, ma chérie, dit doucement le Dr MacClure. Karen n'avait aucune intention de te blesser, crois-moi.

– Ne m'en veuillez pas, Eva, murmura Karen à son tour. Je... je suis nerveuse, voilà tout.

Eva se rassit.

– Et moi aussi, avoua-t-elle. Richard n'est pas d'avis de brusquer les choses. Il a mille fois raison, d'ailleurs! Un homme ne peut changer sa manière de vivre du jour au lendemain, n'est-ce pas?

– Non, répondit le Dr MacClure. C'est bien de l'avoir compris si vite, ma petite fille.

– Dick m'inspire une telle confiance! Il me rend meilleure. Pour notre voyage de noces, nous irons à Paris et nous ferons toutes les folies possibles! acheva la jeune fiancée, avec un rire heureux.

– Vous êtes bien sûre de vos sentiments, Eva? demanda Karen, posant sa tête brune sur l'épaule du Dr MacClure.

– Si ce que j'éprouve ne mérite pas le nom de certitude... commença Eva, transfigurée par le bonheur. Je rêve de Dick, je l'aime!

Karen sourit dans l'ombre, en regardant son fiancé. Le Dr MacClure se redressa au bout d'un instant et il enfouit son visage entre ses mains. Du coup, le sourire de Karen s'effaça, remplacé par une légère crispation des traits qu'Eva avait souvent observée, ces temps derniers.

– Quelle honte de parler sans cesse de moi, alors que vous avez des mines à faire peur, tous les deux! s'écria-t-elle. Seriez-vous également souffrante, Karen?

– Mais non, ma petite, répondit celle-ci. Par contre, John a absolument besoin de repos. Tâchez de le décider à prendre des vacances.

– Karen a raison, papa, déclara Eva. Fermez ce maudit laboratoire et partez en voyage. Tenez, allez en Europe! Sans être médecin, je suis certaine qu'une traversée vous remettrait d'aplomb.

– C'est possible, ma chérie.

Le savant se leva et il se mit à arpenter la petite pelouse.

– Et vous devriez l'accompagner, Karen, déclara Eva.

– Impossible, dit la romancière avec un pâle sourire. Des racines trop profondes m'attachent ici. J'attendrai le retour de John, s'il consent à nous écouter.

– Vous partirez, papa? C'est promis?

Le Dr MacClure s'arrêta net.

– Sois heureuse et cesse de te préoccuper à mon sujet, ma chérie, dit-il. Tu es réellement heureuse, n'est-ce pas?

– Oui.

Le Dr MacClure embrassa sa fille et Karen conserva le sourire distrait d'une femme qui n'a pas cessé de penser à autre chose.

Fin juin, quand il s'embarqua pour l'Europe, le Dr MacClure avait encore maigri et son costume flottait lamentablement autour de lui. Sa fille et son futur gendre l'accompagnèrent jusqu'au paquebot; les adieux du voyageur à Karen avaient eu lieu loin des regards indiscrets, dans le jardin japonais.

Au dernier coup de gong, le Dr MacClure dit à Scott :

– Je vous confie Eva. Veillez sur elle, Richard.

– Vous pouvez partir tranquille, monsieur.

– Papa! Promettez-moi de vous soigner, d'être raisonnable, de...

– Oui, oui, grogna le voyageur. Je n'ai pas encore quatre-vingts ans, que diable! Au revoir, ma petite fille.

Eva se jeta dans ses bras et il retrouva la belle force d'antan pour la presser sur son cœur. Une poignée de main à Richard. Les jeunes gens quittèrent le paquebot au moment où la passerelle allait être retirée.

Accoudé au bastingage, le Dr MacClure agita longtemps son mouchoir. Quand elle cessa de le voir, Eva se sentit brusquement désemparée; c'était la première véritable séparation, et elle avait un caractère significatif. Richard dut essuyer quelques larmes, dans le taxi.

Août vint et s'enfuit. Eva avait beau écrire chaque jour, le Dr MacClure restait un détestable correspondant; ses lettres espacées portaient le cachet d'une capitale différente – Rome, Vienne, Berlin, Paris – et elles lui ressemblaient : précises dans les détails et strictement impersonnelles.

– Au lieu de se reposer, il visite toutes les sommités mondiales du cancer! s'écria un jour Eva, dans un moment d'indignation. Nous n'aurions jamais dû le laisser partir seul!

– Bah! fit le Dr Scott en riant. J'ai examiné votre père assez à fond pour savoir que son organisme est excellent; il avait besoin de se changer les idées, voilà tout. Laissez-le se distraire selon ses goûts.

Courses de trousseau, réceptions mondaines – pimentées par la jalousie des « bonnes amies » qui se sentaient frustrées par la qualité et l'éclat de sa conquête – week-ends avec Dick, au bord de la mer. Les journées étaient trop courtes pour l'heureuse Eva; elle délaissa Karen, non sans remords d'ailleurs. Ah! L'enivrant été!

Scott, en revanche, se montrait parfois soucieux.

– La clientèle est en baisse, dit-il un jour. Je sais pourquoi.

– L'été est toujours une saison creuse, n'est-ce pas?

– Oui, mais...

Un affreux soupçon traversa l'esprit d'Eva.

– Ne me dites pas que nos fiançailles y sont pour quelque chose, Richard Scott!

– Franchement, je le crois.

– Vous... Don Juan, va! Ah! Toutes ces poules vous lâchent parce que vous n'êtes plus libre! C'est bien fait! Vous ne valez pas mieux qu'elles!

Eva fondit en larmes. Première querelle, celle que l'on prend le plus à cœur. S'il avait marché par inadvertance sur une méduse, Scott n'eût pas fait une autre tête.

– Mon amour! s'écria-t-il. Je ne suis qu'un maladroit! Vous m'avez ruiné, mais je vous adore! Et si ces maudites hypocondriaques me quittent, qu'elles aillent au diable!

– Oh! Dick, sanglota Eva dans ses bras. Je travaillerai comme une esclave s'il le faut. Tout, plutôt que de vous perdre!

Tout se termina par des baisers et, pour sceller la réconciliation, Richard l'emmena prendre une glace au chocolat, sa passion.

Au début de septembre, le Dr MacClure écrivit de Stockholm pour annoncer son retour prochain. Dick fut naturellement le premier informé; Eva le trouva dans son cabinet de consultation.

– Hum! fit-il, en repliant la lettre. Votre père ne dit pas un mot de sa santé.

– Croyez-vous que ce voyage lui ait fait du bien?

– Sans doute, ma chérie. Là! Ne vous mettez pas martel en tête. Si le Dr MacClure est encore souffrant, nous le retaperons vite, ici. Vous serez bientôt rassurée, j'en suis sûr, puisqu'il est en mer à l'heure actuelle.

– Karen le sait-elle? demanda Eva, surexcitée par la bonne nouvelle. Oui, papa a dû la prévenir

– Le contraire m'étonnerait. Elle est sa future femme, après tout.

– A propos de futures épouses, Dick... commença Eva, effeuillant une fleur du bouquet posé sur le bureau.

– Oui?

– Oh, Dickie, ne jouez pas à l'imbécile! Vous voyez bien que je... Quand nous marions-nous, Dick? acheva bravement Eva, rouge comme une cerise.

– Voyons, mon ange...

Le Dr Scott se mit à rire et il voulut l'attirer dans ses bras.

– Non, Dick. Je parle très sérieusement.

Un long regard; puis Scott se laissa tomber, avec un soupir, dans son fauteuil à pivot.

– Vous me tenez bel et bien, dit-il d'un ton irrité. Je croyais... Mais j'en suis arrivé au point de vous manger pour mon petit déjeuner et de vous voir sur toutes les poitrines que j'ausculte.

– Dick!

– Du diable si je croyais dire un jour à ma femme : « Je ne puis vivre sans vous »! Mais j'en suis là. Entendu, Eva, je vous épouserai dès le retour du vieux John!

– Oh, Dick! murmura Eva, la gorge serrée.

Elle vint s'asseoir sur les genoux de son fiancé avec la lassitude qui suit une lutte, même victorieuse.

Au bout d'un moment, Eva embrassa Richard sur le bout du nez et elle s'arracha de ses bras en déclarant :

– Assez! Je vais chez Karen de ce pas.

– Restez. Karen peut attendre.

– Non. Je l'ai honteusement négligée et...

– Moi aussi, vous m'avez négligé.

Le Dr Scott avait sonné tout en parlant. La porte

s'ouvrit aussitôt devant son infirmière et il dit à celle-ci :

– Je ne recevrai plus personne aujourd'hui, miss Harrigan.

– Bien, monsieur.

– Revenez! ordonna le même Dr Scott, une fois l'infirmière partie.

– Non!

– M'obligerez-vous à me ridiculiser en vous pourchassant dans toute la pièce?

– Soyez raisonnable, Dickie chéri, répondit Eva, occupée à se repoudrer. Il faut absolument que je voie Karen.

– Vous voulez me rendre jaloux?

– Lâchez-moi! Je veux lui apprendre la grande nouvelle, nigaud! J'étoufferai si je ne l'annonce pas à quelqu'un! Lâchez-moi, Dick!

– Hum! soupira-t-il. Menton batailleur... Inutile d'insister. Je ferai donc une sieste bien gagnée par la nuit que j'ai passée à tenir la main de Mrs Maarten et à essayer de la convaincre que l'enfantement n'est guère plus douloureux qu'une extraction de dent.

– Pauvre chéri...

Un baiser, puis :

– ... Mrs Maarten est ravissante, n'est-ce pas? Faites de jolis rêves.

– Vous reverrai-je ce soir, au moins? Il faut bien fêter la grande décision!

– Dick! Non, Dick... Oui! promit Eva avant de s'enfuir.

Quand elle se trouva sur le trottoir ensoleillé de Park Avenue, Eva avait bien la mine d'une jeune fille qui vient de fixer la date de son mariage, dans les bras de son fiancé. Le portier salua d'un sourire cette radieuse incarnation du bonheur et le chauffeur de taxi jeta son cure-dents pour ouvrir la portière et prendre l'adresse de Karen.

Eva ferma les yeux. Le mariage. Enfin! Le mariage avec Dick. Certes, les méchantes langues ne manqueraient pas de raconter qu'elle s'était jetée à sa tête, qu'elle lui avait forcé la main. Tant mieux! La jalousie d'autrui ajouterait à son bonheur. Un aussi mauvais sentiment devrait peut-être être chassé. Mais non, elle souhaitait d'être enviée par toutes les femmes de la création. Mrs Richard Barr Scott. Le Dr et Mrs Richard...

La maison de Karen, déjà! Après avoir réglé le chauffeur, Eva s'arrêta pour regarder le square. Un enchantement pour les yeux, ce parc coupé de pelouses géométriques sur lesquelles le soleil de 16 heures projetait des ombres allongées. Et toutes ces nurses poussant des voitures d'enfant, autour du bassin! Eva se sentit rougir (cela devenait inconvenant de penser aussi souvent aux bébés) et elle se détourna. Vraiment, Karen habitait la plus agréable maison de New York, à sa connaissance. Qu'il serait bon de vivre avec Richard dans un bijou semblable, après la lune de miel!

Eva sonna.

Le Dr MacClure n'avait jamais voulu quitter son appartement, sous prétexte qu'il se trouvait à deux pas de la Fondation du Cancer. A vrai dire, un petit hôtel eût été un luxe inutile, vu les goûts du père et de la fille; Eva n'était certes pas casanière, et le docteur vivait pratiquement dans son laboratoire. Le docteur! Dieu merci, il épouserait Karen un jour ou l'autre. Sinon, ce serait agir en fille ingrate que de l'abandonner, seul, dans cet horrible appartement.

Une soubrette inconnue ouvrit la porte. Jeune, renfrognée, l'air borné, apparemment peu stylée. Qu'était donc devenue Elsie?

Une fois dans le vestibule et après avoir appris

que miss Leith était bien chez elle, Eva posa la question.

– Miss Leith l'a congédiée, répondit la nouvelle femme de chambre. Je la remplace depuis trois semaines.

– Seigneur! s'écria Eva, bourrelée de remords. Ma dernière visite date-t-elle de si longtemps! Miss Leith est dans le jardin?

– Non, miss. Elle est dans sa chambre.

– Bien, je monte. Non, c'est inutile de m'accompagner, je connais le chemin.

Eva grimpa lestement le large escalier, suivie par le regard étonné de la domestique.

Deux civilisations se mêlaient sans se confondre dans la maison de Karen Leith : l'Occident pour le sous-sol et le rez-de-chaussée, l'Orient au premier étage. Les « chambres japonaises » de Karen remplies de meubles et de bibelots authentiques, souvenirs de la maison paternelle à Tōkyō, eussent enchanté bien des amateurs, mais rares étaient les privilégiés admis dans le domaine privé de la romancière.

Comme elle atteignait le palier, Eva vit la porte du boudoir se refermer sur une silhouette familière, vêtue d'un kimono : Kinumé, la fidèle servante! Eva s'élança sur ses pas et elle entra dans le boudoir au moment où Kinumé se glissait comme une ombre dans la chambre à coucher de Karen. La petite Japonaise tenait à la main une feuille de papier à lettres vierge, décorée – ainsi que l'enveloppe – de chrysanthèmes rose pâle et ivoire.

Eva allait frapper à la porte qui venait de se refermer sous ses yeux quand celle-ci se rouvrit. Kinumé, les mains vides, sortit à reculons de la chambre de sa maîtresse.

– *Oi! Damaré!* dit Karen, de sa chambre et sur un ton impatienté.

– *Go men nasai, okaasan,* zézaya Kinumé, avant de refermer la porte et de se retourner.

Eva la connaissait assez pour savoir interpréter le très léger élargissement de ses yeux bridés, seule manifestation de la surprise chez Kinumé.

– *Lo,* Eva, dit-elle d'une voix chantante. Depuis longtemps vous pas venir voir missie.

– C'est vrai, et j'en suis honteuse, répondit Eva. Comment allez-vous et comment va Karen?

Plantée devant la porte, la vieille Nipponne répondit :

– Moi, bien, merci. Missie pas bien.

– Karen est-elle...

– Missie écrit. Vous attendre pour entrer, Eva. Missie bientôt fini.

– Notre grande romancière! s'écria gaiement Eva. Ce serait un crime de l'interrompre, Kinumé. J'ai tout le temps...

– Je vais avertir missie.

Eva l'arrêta au moment où elle allait frapper à la porte :

– C'est inutile, Kinumé. Je lirai en attendant que Karen puisse me recevoir. Ne la dérangez pas.

La vieille servante s'inclina, les mains enfouies dans ses manches flottantes. Puis elle traversa le boudoir d'un pas sautillant et sortit en ayant soin de refermer la porte sur elle. Le premier geste d'Eva fut d'enlever son chapeau et sa veste, après quoi elle alla se regarder d'un œil critique dans une glace. Demain, il faudrait absolument trouver le temps d'aller chez le coiffeur. Et ces lèvres qui portaient encore la trace des baisers de Dick! Décidément, ce rouge prétendu indélébile ne valait rien. Il serait à remplacer : mais en attendant... Là, les vilaines bavures avaient disparu, il ne manquait plus qu'un nuage de poudre et un coup de peigne.

Quand le miroir lui renvoya une image satisfaisante, Eva se sentit attirée vers la fenêtre d'où l'on voyait le jardin plein de mystère sous le soleil à son déclin.

Une fenêtre garnie de barreaux! Pauvre Karen, quelle idée d'avoir donné à sa chambre et à son boudoir un aspect de prison, le jour où elle avait acheté la maison de Washington Square! C'était de l'enfantillage pur et simple; mais elle se sentirait toujours inquiète et dépaysée à New York. Pourquoi avait-elle quitté son cher Japon?

Eva se jeta sur un singulier petit lit de repos. Qu'on était bien, ici, pour penser à Richard et au grand jour si proche! Les cris des enfants, jouant dans le Square, semblaient venir de très loin et le gazouillis des oiseaux plus proches invitait à la rêverie. Oui, il serait bon d'avoir Richard auprès d'elle, dans ses bras. Cher Dick, pauvre amour! Il était si déçu de la voir partir! Un enfant auquel on arrache son sucre d'orge!

Aucun bruit ne provenait de la chambre contiguë. Karen était vraiment silencieuse comme une souris. Eva n'eut qu'à allonger le bras pour prendre un livre, posé sur une petite table en bois de teck et elle se mit à le feuilleter distraitement.

4

17 h 30, d'après le chronomètre donnant l'heure de New York. Tandis que le ciel s'assombrissait, à l'est, le *Panthia* poursuivait sa route par mer calme et un passager, étendu sur une chaise longue, fixait distraitement la ligne d'horizon.

Le pont supérieur était désert à l'approche du dîner. Seul un grand jeune homme, portant un pince-nez sous la visière de sa casquette en toile, s'avançait d'un pas incertain, s'arrêtant de temps à autre pour s'accouder au bastingage et jeter un regard chargé de rancune au paisible océan. Arrivé à la hauteur du passager étendu, sa physionomie passa du vert au jaune, signe manifeste de plaisir.

– Le Dr MacClure!

Ayant tourné la tête, le savant scruta, non sans étonnement, l'auteur de cette exclamation.

– Vous ne me reconnaissez pas, docteur? continua le jeune homme. Queen. Je vous ai rencontré en mai dernier, à la garden-party de votre fiancée.

– En effet, dit le Dr MacClure avec un bref sourire. Comment allez-vous, Mr Queen? Bonne traversée?

– Mon Dieu...

– Tel que vous me voyez, je suis malade depuis Southampton, avoua le savant.

Mr Queen sourit sous son masque verdâtre.

– Pour mon compte, j'ai appelé la mort comme une délivrance, avoua-t-il à son tour. Si j'ai aussi mauvaise mine que vous, docteur...

– Il ne faut pas tout mettre sur le dos du mal de mer, bougonna son interlocuteur. Les miens m'ont embarqué de force pour l'Europe et ce « voyage de détente » n'a pas donné le résultat espéré, voilà tout.

– Moi aussi, j'ai été embarqué de force par mon père, l'inspecteur Queen, de la Police Métropolitaine, dit Mr Queen en riant. Et si j'avais tiré un bénéfice quelconque de mon séjour en Europe, cette maudite traversée me l'a fait reperdre.

– J'y suis maintenant! s'écria le savant. Vous écrivez des romans policiers, n'est-ce pas? Asseyez-vous, Mr Queen. Je n'ai lu aucun de vos livres – ce serait au-dessus de mes forces – mais tous mes amis...

– M'ont sans doute adressé des lettres peu flatteuses, soupira Ellery Queen, s'affalant sur la chaise longue voisine.

– Entendons-nous bien, reprit vivement le docteur. Je n'aime pas les romans policiers en bloc, mais je n'ai aucun grief particulier contre les vôtres. Un étalage scientifique erroné ou tronqué me fait horreur, voilà tout. Sans rancune, n'est-ce pas?

– C'est ce que je voulais dire, répondit mélancoliquement Mr Queen.

– Je ne vous avais pas encore aperçu; mais cela n'a rien de très étonnant car j'ai vécu sur cette chaise longue.

– Et moi dans ma cabine, terrassé par le mal de mer. Etes-vous resté longtemps en Europe, docteur? acheva Ellery, frappé par la maigreur du savant.

– Deux mois environ. J'ai fait le tour des capitales, en terminant par Stockholm où les donateurs du fameux prix m'attendaient depuis l'hiver dernier. Je leur devais des excuses et je dois ajouter qu'ils se sont montrés parfaits à mon égard.

– J'ai lu quelque part que vous aviez versé le montant de ce prix à votre fondation, dit Ellery en souriant.

– Oui.

Les deux hommes regardèrent la mer en silence pendant un moment; puis Ellery posa une question qu'il dut répéter :

– Miss Leith vous accompagne-t-elle?

– Comment? Non, Karen est restée à New York.

– Elle paraissait très fatiguée en mai et, sans être médecin, je lui aurais volontiers conseillé un changement d'air, remarqua Ellery.

– Karen est épuisée, oui.

– On le serait à moins. Les hommes de science ignorent l'effort du romancier, même inspiré. *Nuages du Levant* est un chef-d'œuvre, un jade précieux qui reflète tout l'Orient. Une telle création doit épuiser son auteur. Miss Leith en a maigri, je suis sûr?

– Elle est assez anémiée, les nerfs ont pris le dessus et...

– Dans ce cas, pourquoi diable miss Leith ne vous a-t-elle pas accompagné?

– Pardon? Excusez-moi, je...

Le Dr MacClure avait rougi. Ellery l'interrompit en souriant :

– J'ai l'impression que vous préféreriez la solitude, docteur?

– Non, non, rasseyez-vous. Je suis un peu fatigué, voilà tout. Il n'y a aucun mystère là-dedans. Karen est d'une timidité excessive, poussée jusqu'à la phobie. Elle craint les cambrioleurs et autres périls du même genre.

– J'avais remarqué ses fenêtres grillagées, dit Ellery. Aucune santé ne résiste à l'appréhension perpétuelle et irraisonnée. Dans le cas de miss Leith, ce doit être la rançon de son séjour prolongé au Japon; elle ne se trouve plus dans son élément, en Amérique.

– C'est cela.

– Elle vit dans sa maison ou dans son jardin, sans jamais en sortir, raconte-t-on.

– Oui.

– Miss Leith me rappelle Emily Dickinson. On jurerait presque que son existence fut marquée par un drame.

Le Dr MacClure tourna la tête pour dévisager Ellery.

– D'où vous vient cette idée? demanda-t-il.

– Aurais-je vu juste, par hasard?

Le savant laissa retomber sa tête sur le coussin, et il alluma un cigare.

– Oui. Un événement tragique, déjà ancien...

– Un drame de famille? insista Ellery, poussé par son insatiable curiosité.

– Une sœur de Karen, Esther. Je les ai connues toutes deux au Japon, en 1913, juste avant la guerre, acheva le Dr MacClure après un court silence.

– Il s'agit donc d'un drame de famille? demanda Ellery pour encourager son interlocuteur à poursuivre.

D'un geste brusque, le Dr MacClure porta son cigare à sa bouche.

– Restons-en là, si vous le voulez bien, dit-il.

– Oh! Excusez-moi.

Au bout d'un instant, l'incorrigible Mr Queen posa une nouvelle question :

– Quels travaux vous ont valu le Grand Prix International de Médecine, docteur? Les détails scientifiques m'ont toujours échappé.

– Voilà la preuve de ce que je disais tout à l'heure! s'écria le savant dont la physionomie s'était éclairée. Vous êtes tous les mêmes!

– Mais encore?

– Oh! Les fameux « travaux » couronnés sont encore à l'état embryonnaire. J'ai repris les études du berlinois Warburg, relatives à l'influence de certaines enzymes sur le processus d'oxydation dans les cellules vivantes, et la vérité m'oblige à dire que je n'ai abouti à rien; mais j'ai trouvé une tangente susceptible d'être intéressante. Les premiers résultats sont encourageants, sans plus.

– Le cancer ne serait donc pas d'origine microbienne, d'après vous?

Le savant bondit.

– Jamais de la vie! s'écria-t-il. Vous retardez de vingt ans, Queen! Parfaitement, nous avons écarté la théorie microbienne du cancer il y a vingt ans, à l'époque où je rêvais de grandeur. Plusieurs de mes collègues travaillent aujourd'hui sur les hormones et je ne serais nullement surpris de nous voir tous aboutir au même point.

Un steward s'arrêta devant nos deux passagers.

– Le Dr MacClure ? demanda-t-il. On vous appelle de New York au téléphone, monsieur.

Son animation tombée, le docteur se leva vivement.

– Excusez-moi, dit-il à Ellery. Ce doit être ma fille.

– Puis-je vous accompagner ? demanda Ellery, se levant à son tour. J'ai besoin de voir le commissaire.

Ils suivirent le steward jusqu'au hall des premières où Ellery trouva le commissaire aux prises avec une passagère visiblement mécontente. Il s'assit en attendant de pouvoir parler au patient commissaire et observa le docteur, enfermé dans la cabine téléphonique vitrée. Le surmenage était-il réellement la seule cause de son mauvais état de santé évident ? N'était-ce pas plutôt un prétexte, pour cacher une préoccupation intime ? Ah !

Ellery se leva d'un bond, puis il resta cloué sur place.

Dans la cabine, le Dr MacClure avait blêmi d'une façon effrayante. Il tenait toujours le récepteur contre son oreille, mais son grand corps s'était affaissé comme celui d'un homme mortellement frappé. Venait-il d'être foudroyé par une crise cardiaque ? Non, c'était une stupeur horrifiée qu'il fallait lire sur ses traits décomposés.

Le savant sortit de la cabine, un doigt glissé sous son col, comme s'il étouffait.

– Queen, dit-il d'une voix altérée. Queen, quand accostons-nous ?

Ellery s'élança pour le soutenir.

– Mercredi matin, répondit-il, tenant fermement un bras qui tremblait.

– Un jour et demi... Grands dieux !

– Docteur! Que s'est-il passé? Votre fille...

Chancelant, les yeux fixes et injectés, le Dr MacClure alla s'affaler sur la chaise la plus proche. Ellery appela un steward auquel il commanda un cordial. Le steward partit comme une flèche tandis que le commissaire accourait, suivi par l'imposante passagère.

Un frisson secoua le géant de la tête aux pieds. Ses traits crispés reflétèrent la lutte intérieure contre la souffrance née d'une affreuse pensée qu'il ne pouvait chasser de son esprit.

– Un épouvantable malheur, murmura-t-il. Un incompréhensible et épouvantable malheur!

Ellery le secoua.

– Que s'est-il passé, pour l'amour du ciel, docteur? Qui était à l'appareil?

– Comment?

Les yeux injectés dévisagèrent Ellery sans le voir.

– Qui vous appelait au téléphone?

– Oh! Oh! oui. La police de New York.

5

A 16 h 30, Eva s'étira en bâillant. Décidément, ce livre manquait d'intérêt. Non, pour être juste, il n'était peut-être pas ennuyeux, à condition d'être capable de lire. Mais allez donc coordonner deux phrases quand on a tant de délicieuses pensées en tête : mariage, lune de miel, maison future, mobilier et bien d'autres encore!

Si Karen en avait encore pour longtemps, le mieux serait de faire un petit somme. Encore une heure et demie à attendre avant d'appeler le Dr MacClure, en mer, pour lui annoncer la grande nouvelle! Oui, elle lui téléphonerait à 18 heures, comme elle l'avait décidé; si Karen était enfin sortie de sa chambre, à ce moment-là, elles appelleraient ensemble le *Panthia*! A moins de garder son secret jusqu'à mercredi matin, afin d'accueillir le cher voyageur par cette heureuse surprise.

La sonnerie du téléphone retentit dans la chambre de Karen. Drrr... Drrr...

La tête enfouie dans les coussins soyeux, souriant à ses beaux rêves, Eva n'y prêta aucune attention.

Drrr... Drrr...

« C'est curieux », songea Eva, les yeux fixés sur la porte fermée. « Le récepteur est posé sur le bureau de Karen, à portée de sa main lorsqu'elle écrit. » Encore!

Même si Karen faisait une courte sieste, cette sonnerie l'aurait déjà réveillée, voyons! Travaillait-elle dans son vieux grenier mystérieux? Mais... Drrr...

Peut-être Karen ignorait-elle volontairement l'appel du téléphone? Elle était si fantasque et elle avait tellement horreur d'être dérangée, dans ses moments d'inspiration! Si Karen avait décidé de ne pas répondre, le téléphone pouvait toujours sonner! Eva ferma les yeux.

Drrr... Non, ce n'était pas naturel! « Missie écrit », avait dit Kinumé qui venait d'apporter à Karen une feuille de papier à lettres et une enveloppe! Karen ne travaillait donc pas à son nouveau roman; elle écrivait une lettre. Dans ce cas, pourquoi ne répondait-elle pas au téléphone?

Drrr... La sonnerie cessa enfin.

Eva se leva pour courir à la porte de communication. Il était arrivé quelque chose à Karen! Elle était souffrante, avait dit Kinumé, et sa mauvaise mine avait frappé Eva, lors de sa dernière visite. Karen s'était évanouie ou...

Eva s'élança si précipitamment dans la chambre

que la porte revint sur elle, après avoir heurté le mur. Son cœur battait à se rompre. Vide, le petit lit japonais, vide la chaise placée derrière le bureau, le dos tourné à la triple fenêtre ogivale, de façon à ce que la lumière tombât sur les épaules de Karen, quand elle écrivait. Personne!

Intriguée, la jeune fille s'avança. Chaque chose occupait sa place attitrée : le magnifique paravent japonais déplié contre le mur, de l'autre côté du lit; les aquarelles; la grande cage vide, accrochée au-dessus de la table de chevet; le kakémono, œuvre du célèbre peintre Oguri Sotan, auquel Karen tenait tant; les meubles et bibelots inestimables. Oui, tout était à sa place, sauf la propriétaire de toutes ces jolies choses. Où était-elle donc? Karen se trouvait dans sa chambre une demi-heure auparavant; Eva l'avait entendue parler à Kinumé. Serait-elle montée dans ce grenier entouré d'un impénétrable mystère?

Puis Eva aperçut, derrière le bureau, deux babouches de poupée, les talons en l'air, pendant sur la marche de la petite estrade formée par le plancher, sous la fenêtre ogivale. Les pieds de Karen, chaussés de bas blancs à la mode nipponne, remplissaient les babouches et l'on devinait un bout de kimono...

Le cœur d'Eva se serra. Pauvre Karen! Elle s'était évanouie! En courant, la jeune fille fit le tour du bureau. La face contre terre, Karen gisait sur le bord de l'estrade, les plis de son kimono harmonieusement drapés autour de son corps d'enfant. Eva ouvrit la bouche pour appeler Kinumé.

Mais sa gorge se contracta aussitôt. Elle resta clouée sur place, envahie par une sorte de paralysie qui n'épargna que ses yeux horrifiés.

Une flaque de sang sur l'estrade. Du sang!

Eva voyait Karen de profil; sa tête reposait sur l'estrade cirée et sa gorge paraissait plus blanche encore, avec tout le sang qui avait jailli de cette horrible entaille, sur la pomme d'Adam. Eva poussa un petit gémissement inarticulé et elle mit une main sur ses yeux.

Son cerveau recommençait à fonctionner quand elle abaissa sa main. L'immobilité absolue de Karen, ses joues d'un blanc bleuté, ses paupières marbrées! Karen ne vivait plus. Elle avait succombé à cette affreuse blessure à la gorge. Karen avait été assassinée!

L'affreuse certitude retentit dans l'esprit d'Eva, avec la même insistance que la sonnerie du téléphone, quelques minutes auparavant. Mais la sonnerie s'était arrêtée, alors que la sinistre pensée semblait ne jamais devoir se taire. Eva chercha instinctivement un point d'appui, pour ne pas tomber. Sa main posée sur le bureau rencontra un corps froid dont le contact la saisit. Elle fit un bond en arrière, ouvrit les yeux et vit une longue pièce métallique, effilée d'un bout, recourbée en anneau de l'autre.

D'un geste presque inconscient, Eva ramassa l'objet.

« La branche d'une paire de ciseaux, c'est curieux! » songea-t-elle confusément. Entre la lame et l'anneau, on voyait même le petit trou rond destiné à la vis qui avait réuni les deux branches. Quelle singulière paire de ciseaux!

Eva étouffa un cri. Cette lame effilée, tranchante! L'arme du crime! Une main meurtrière avait égorgé Karen avec cette branche de ciseaux et elle avait essuyé la lame ensanglantée avant de la poser là, sur le bureau! La branche tomba des doigts de la jeune fille, ricocha sur le bord du bureau et tomba dans une corbeille à papier à demi pleine. Eva eut beau frotter sa main contre sa jupe, l'impression du sinistre contact demeura.

Elle fit le tour du bureau et tomba à genoux près

du cadavre. Karen! Jolie et étrange Karen destinée à la mort violente, alors qu'elle venait de trouver le bonheur! Prise d'un éblouissement, Eva ferma les yeux et elle s'appuya d'une main sur l'estrade. Son cri étouffé n'éveilla aucun écho dans la pièce silencieuse. Cette fois, ses doigts avaient touché une substance gélatineuse et tiède.

Le sang à demi coagulé de Karen. Sa main en était couverte.

Relevée d'un bond, luttant contre de violentes nausées, Eva recula de plusieurs pas. Son mouchoir... Il fallait essuyer. Elle glissa ses doigts sous le gros-grain de sa jupe, avec des précautions ridicules pour ne pas se tacher. Frotter, frotter encore, débarrasser sa main de cette gelée rouge qui restait sur le mouchoir.

Son cœur cessa de battre. Quelqu'un ricanait, derrière son dos. Qui...?

Eva se retourna si brusquement qu'elle perdit l'équilibre et retomba, à moitié assise, sur le bureau.

Un inconnu s'appuyait au chambranle de la porte ouverte. Un homme jeune dont le rire sec exprimait tout, sauf la gaieté, et dont les yeux d'acier restaient fixés sur les mains d'Eva, pressées contre sa poitrine et serrant le mouchoir ensanglanté.

– Ne bougeons plus, ma toute belle, ordonna l'inconnu d'une voix nonchalante.

6

Le jeune homme se redressa et il s'avança sur la pointe des pieds, avec tant de précaution qu'Eva faillit éclater d'un rire nerveux. Mais l'aisance avec laquelle il marchait ainsi le sauvait du ridicule; non, il n'avait rien de risible, ce grand garçon dont le regard restait obstinément fixé sur le mouchoir ensanglanté.

Eva lâcha le répugnant carré de batiste; il tomba à ses pieds et elle voulut s'écarter du bureau.

– Ne bougeons plus, ai-je dit.

Eva resta clouée sur place. Sans la quitter des yeux, l'inconnu recula jusqu'à la porte, trouva la poignée à tâtons, ferma silencieusement le battant, donna le tour de clef.

– Je... elle... commença Eva, sans pouvoir achever tant sa gorge était sèche.

– Silence! Restez là où vous êtes, contre le bureau, et n'essayez pas de cacher vos mains. Je tiens à surveiller ces pattes-là.

Les mots tombaient comme des gouttes d'eau glacée de sa bouche à peine entrouverte, la peau basanée de son visage ressemblait aux feuilles roussies par l'automne.

La chambre se mit à tourner. Eva ferma les yeux. Ses jambes étaient glacées, mais son cerveau était en ébullition. « Je tiens à surveiller ces pattes-là. » Qu'est-ce que cela voulait dire?

Quand Eva releva les paupières, l'inconnu se tenait devant elle et il ne regardait plus ses mains, étendues sur le bureau. C'était son visage qu'il scrutait maintenant, trait par trait : front, yeux, nez, bouche, menton, il détaillait sa physionomie comme d'autres font un inventaire. Eva essaya de voir clair dans ce chaos. Impossible! Elle devait rêver. Oui, c'était un mauvais rêve. Pour mieux s'en convaincre, elle referma les yeux.

Le silence absolu l'encouragea à risquer un regard entre ses cils. L'inconnu avait disparu comme une ombre. C'était donc bien un mauvais rêve.

Mais quand elle tourna la tête, Eva le vit derrière le bureau, un genou sur l'estrade, penché sur le corps de Karen. Il ne touchait ni à Karen, ni au sang; pour un peu on aurait juré qu'il ne touchait pas le plancher sur lequel il était agenouillé.

Comme il différait du Dr MacClure, de Richard Scott, de tous les hommes qu'Eva connaissait! N'était la dureté de l'expression, son visage bronzé, presque imberbe, rappelait celui d'un adolescent; non, ce n'était pas une physionomie ordinaire, c'était le masque impénétrable que certains individus adoptent pour subsister dans un monde hostile. L'examen tournait à son avantage : épaules larges, belles mains hâlées, taille fine : un athlète tout en muscles. Ses semblables devaient envier sa minceur. Richard lui-même... Oh, Richard! Sa mise témoignait d'une recherche un peu tapageuse : costume « Palm Beach » gris, chemise bleu marine, cravate de soie blanche, panama enfoncé sur un sourcil.

Le grand jeune homme se releva d'un bond souple et se mit à fureter dans la chambre. Sans jamais perdre Eva de vue, sans toucher à rien il allait et venait, s'arrêtait et faisait demi-tour avec l'œil attentif d'un chasseur et l'élégance nerveuse d'un pur-sang.

« Qui est-ce? » se demanda Eva. « Qui est-ce? » Une fois posée, la question l'emplit de terreur. Elle ne l'avait jamais vu et il n'appartenait pas au type d'hommes que l'on rencontre dans un salon. Malgré un vague air de famille avec les habitués du Pari Mutuel et les flâneurs suspects que l'on rencontre dans Times Square, il conservait une personnalité à part.

Qui était-ce? Comment était-il entré dans la maison? Se trouvait-il déjà dans la chambre, quand elle croyait Karen seule? Non, impossible. Pourquoi était-il là? Dans quel dessein? Etait-ce un gangster? Sa poche droite paraissait légèrement gonflée. Grands dieux! Avait-il...

Eva tressaillit. L'inquiétant individu se tenait devant elle; il avait brutalement réuni ses deux mains dans une des siennes et, de l'autre, il la tenait par le menton. Des larmes lui montèrent aux yeux, ses dents s'entrechoquèrent.

– Parlez vite, mignonne. Votre nom?

Ses paroles crépitaient comme un tir de mitrailleuse. Eva répondit avec une docilité d'enfant fasciné dont elle fut la première surprise :

– Eva MacClure.

Seule une légère contraction des mains qui la meurtrissaient prouva qu'il connaissait le nom; ses yeux demeurèrent impénétrables.

– A quelle heure êtes-vous entrée?

– Vers 16 heures.

– Qui vous a vue?

– Les domestiques.

Eva se demanda vaguement pourquoi elle répondait à cet inconnu; mais elle n'avait plus la volonté nécessaire pour résister.

– La Japonaise?

– Je suis entrée dans le boudoir au moment où Kinumé apportait une feuille de papier à lettres et une enveloppe à Karen. J'ai entendu celle-ci parler, mais je ne l'ai pas vue et elle ignorait ma présence dans la pièce voisine. Kinumé est sortie de la chambre en me disant que sa maîtresse écrivait. Je l'ai renvoyée et j'ai attendu.

– Pourquoi?

– Je voulais annoncer à Karen... Je voulais lui parler.

– Combien de temps avez-vous attendu?

– La sonnerie du téléphone a retenti à 16 h 30 ici. Longtemps. C'était à croire qu'elle ne s'arrêterait jamais...

Eva sentit que son interlocuteur était au courant de cet appel resté sans réponse. Comment? Et comment savait-elle qu'il connaissait l'incident?

Tout cela était inexplicable. Elle acheva, non sans peine.

– ... J'ai eu peur, j'ai couru et j'ai trouvé Karen.

Les yeux d'acier la tenaient sous leur domination irrésistible, ils la jaugeaient de nouveau, avec une étrange perplexité.

– Que faisiez-vous avec ce mouchoir ensanglanté?

L'inconnu repoussa le mouchoir du bout du pied.

– Je... Je m'en étais servi pour essuyer ma main. Je l'avais posée dans la flaque de sang, quand je me suis agenouillée sur l'estrade auprès de Karen.

Il lâcha lentement ses mains et son menton. Eva sentit par un picotement la circulation se rétablir dans les chairs marquées par les doigts de l'inconnu.

– Bien, mignonne, dit-il. Je vous crois trop bornée pour mentir.

Eva s'écroula par terre, contre le bureau, et elle sanglota éperdument. Jambes écartées, toujours perplexe, l'inconnu contempla pendant quelques secondes ce puéril désespoir; puis il reprit sa silencieuse inspection de la pièce.

Richard. Si seulement Richard était là! Dans ses bras, elle n'aurait plus rien à redouter de cet homme au regard terrifiant. Etre la femme de Dick, être à l'abri de tout péril! C'était ridicule de pleurer comme une fontaine; mais ses sanglots redoublaient en dépit de tous ses efforts. Richard... Et son père. Non, la pensée du Dr MacClure, voguant en haute mer, était insupportable. Il fallait l'enfermer dans un compartiment étanche de son esprit.

Une vitre vola en éclats derrière elle et un projectile effleura ses cheveux pour venir tomber au centre de la pièce.

L'inconnu l'échappa belle car il s'apprêtait à monter sur l'estrade et faillit recevoir le projectile en pleine figure. Eva le vit lever les bras pour protéger ses yeux contre les débris de verre provenant de la fenêtre centrale, mais elle ne sut jamais comment elle s'était relevée, ni comment elle se trouva sur l'estrade, pressée contre l'homme qui l'inquiétait et la rassurait à la fois.

Personne dans le jardin. Le briseur de vitres avait disparu.

Eva éclata de rire. Elle rit aux larmes, sans pouvoir s'arrêter.

– Lancer des pierres dans la chambre où Karen... avec Karen...

Une gifle magistrale la réduisit brutalement au silence. L'hilarité se termina par un gémissement et Eva recula jusqu'au bureau sur lequel elle s'appuya, pour ne pas tomber.

– Je vous avais dit de vous taire, articula l'inconnu avec un froncement de sourcils.

Eva ne s'y trompa point; c'était une sorte d'excuse, une faiblesse impardonnable. Il se détourna aussitôt, honteux d'avoir cherché à justifier son geste, non d'avoir frappé une femme. Ah! que ne pouvait-on s'évanouir à volonté, pour échapper à ce cauchemar!

L'horrible individu examina la fenêtre endommagée, protégée extérieurement par des barreaux verticaux espacés de six pouces. Comme la fenêtre à guillotine était ouverte par le bas, les deux vitres superposées avaient été brisées par le projectile lancé du jardin. C'était un caillou ordinaire, ovale, long de cinq pouces environ et couvert d'une couche de terre humide. Après l'avoir examiné à son tour, le jeune homme le retourna du bout du pied. L'autre face était luisante et parfaitement propre.

– Inintéressant, déclara l'énigmatique personnage, avec un haussement d'épaules significatif. L'œuvre d'un gamin. Miss MacClure?

– Oui? soupira Eva.

Il se planta, jambes écartées, devant elle.

– Vous êtes certaine d'avoir entendu la voix de miss Leith quand Kinumé lui a apporté la feuille de papier à lettres?

– Certaine.

– Regardez, sur le bureau.

Eva obéit. Elle reconnut la feuille aux bords dentelés, si finement décorée de chrysanthèmes rose et ivoire. L'enveloppe était vierge, la feuille par contre avait été froissée et mise en boule.

– On dirait la même.

L'inconnu s'approcha en tirant de sa poche un mouchoir dont il eut soin d'entourer sa main pour défroisser la feuille. Eva lut les quelques lignes tracées par Karen, mais les mots restèrent vides de sens, à l'exception du nom « Morel » qu'elle connaissait; Morel, l'homme d'affaires de Karen. C'était donc à lui qu'elle destinait cette lettre, interrompue au milieu d'une phrase.

– C'est bien l'écriture de miss Leith?

– Oui.

L'autre remit la feuille en boule et il la posa exactement à la même place qu'avant. Ceci fait, il fouilla un à un les tiroirs du bureau.

– Pas de papier à lettres, remarqua-t-il, son inspection terminée. Ecoutez-moi bien, mignonne. La Japonaise est hors de cause. Elle a remis la feuille à sa maîtresse et elle s'est retirée. La feuille était blanche quand vous l'avez vue dans les mains de Kinumé?

– Oui.

– Ces lignes ont donc été écrites par miss Leith, après le départ de Kinumé. La meilleure preuve que la maîtresse vivait quand la servante est sortie... Bien.

Comme il consultait pour la deuxième fois sa montre, Eva murmura :

– Kinumé est incapable de... de commettre une action semblable.

– Elle est hors de cause, ai-je dit, grogna l'inconnu, furieux. Vous ne vous êtes pas absentée un seul instant du boudoir?

– Non.

– Qui l'a traversé pour entrer dans cette chambre et pour en sortir, pendant que vous attendiez?

– Personne.

– Personne!

C'était un cri de saisissement. Eva se sentit dévisagée de nouveau, avec la même perplexité évidente. Pourquoi? Bah! Peu importait. Karen était morte et... Ah! Pouvoir se blottir dans les bras de Dick!

L'inconnu courut à la porte, écouta, tourna la poignée et inspecta le boudoir. Deux portes en tout : celle du palier et celle qui commandait la chambre à coucher. Il demanda, sans se retourner :

– Vous ne vous êtes pas endormie, ne fût-ce que quelques minutes?

– Non. Personne n'a traversé le boudoir, je l'affirme.

Il revint, la mine soucieuse.

– Combien de temps la Japonaise est-elle restée dans la chambre?

– Moins de dix secondes.

– Tonnerre! Karen a été poignardée pendant que vous attendiez dans le boudoir. « Personne ne l'a traversé », affirmez-vous. A la rigueur, l'assassin pouvait être caché dans la chambre quand la Japonaise a apporté le papier à lettres; mais comment en est-il sorti? Répondez, que diable!

– Je n'en sais rien.

L'inconnu était rouge de colère. Pourquoi? Et pourquoi voulait-il l'obliger à réfléchir, alors que ses tempes battaient si douloureusement?

– Bien. L'assassin n'est pas sorti par le boudoir. Par où est-il parti, puisqu'il n'est plus ici? Les fenêtres? Impossible, les barreaux sont trop rapprochés. Lançons-nous dans la haute fantaisie; disons que le meurtrier n'a jamais mis les pieds dans cette chambre, qu'il se balançait au bout d'une corde attachée au toit et qu'il lança le poignard entre deux barreaux. Mais, dans ce cas, où est passé le poignard qui devrait être planté dans la gorge de Karen? Un crime commis de l'extérieur? Non, puisque l'arme a disparu. Et une seule issue, la porte de communication avec le boudoir!

– Pardon, murmura Eva. Il y a une autre porte.

– Où cela?

– N'y touchez pas, je vous en prie! N'y touchez pas, répéta Eva tandis qu'il scrutait chaque mur d'un regard perçant.

– Où...

– Karen n'a jamais permis à personne de s'en approcher. Même les domestiques...

– Montrez-moi cette porte!

Eva sentit sur son front un souffle brûlant de fureur.

– Le paravent japonais la cache.

En deux bonds, l'inconnu atteignit le paravent. Il le replia, découvrant la porte.

– Où mène-t-elle? Vite!

– Au grenier. Dans la mansarde où Karen s'enfermait le plus souvent pour écrire. Personne, pas même mon père, n'y a jamais été admis. Non, je vous en supplie...

La colère du jeune homme tomba subitement devant cette porte ordinaire, située au fond d'une petite alcôve. Le verrou était tiré, de l'intérieur.

– Fermée de ce côté-ci, murmura-t-il. Avez-vous touché la targette?

– Je ne me suis pas approchée du paravent. Pourquoi? Je... je ne comprends pas.

Eva aurait voulu se boucher les oreilles pour ne plus entendre l'odieux ricanement qui précéda la réponse :

– Vous êtes dans de mauvais draps, mon ange. Je ne donnerais pas cher de votre peau.

Un bruit sinistre, venant de l'estrade, figea les jeunes gens sur place. Un faible gargouillement, un râle humain! Sentant chaque cheveu se dresser sur sa tête, Eva balbutia :

– Grands dieux! Elle... elle vit encore!

L'inconnu s'élança. Il était déjà agenouillé sur l'estrade quand Eva trouva la force de se retourner.

Les yeux de Karen, grands ouverts, fixaient Eva avec une telle intensité d'expression que la pauvre petite ferma les siens, pour échapper à ce regard. Mais elle les rouvrit immédiatement, à cause de ce glouglou ininterrompu qui venait de la gorge ouverte, sans le moindre mouvement des lèvres exsangues.

L'inconnu commença d'une voix rauque :

– Miss Leith. Qui vous a poi...

Trop tard. Les yeux toujours fixés sur Eva étaient devenus vitreux, un flot rouge jaillit de la bouche tordue par le dernier spasme. Haletante, Eva vit tout cela avant de détourner la tête.

Le jeune homme se releva en disant :

– J'aurais juré qu'elle était morte. Tonnerre! Elle s'est cramponnée à l'existence comme...

Il alluma très lentement une cigarette et mit l'allumette brûlée dans sa poche. Quand il reprit, s'adressant à Eva sans la regarder, les mots filtrèrent avec la fumée entre ses lèvres minces et dures :

– Qu'avez-vous à dire pour votre défense?

Eva entendit à peine la question. Elle ne put que le regarder dans un silence horrifié.

– Pas même capable d'inventer un alibi, alors?

insista-t-il d'un ton irrité. Pourquoi diable suis-je venu ici, aujourd'hui? Je suis le dernier des imbéciles!

– Vous avez dit... vous avez dit que je...

– Vous êtes en fâcheuse posture, ma belle. Etes-vous bête comme une oie ou d'une force extraordinaire?

Son regard pesa sur elle, perplexe et scrutateur.

– Que voulez-vous dire? balbutia Eva. Je ne...

– Cette femme vivait quand vous êtes entrée dans le boudoir. Vous affirmez que nul ne l'a traversé pour entrer dans la chambre ou pour en sortir entre le départ de la Japonaise et l'appel du téléphone. Personne n'a pu s'enfuir par les fenêtres garnies de barreaux. Personne n'a pu s'enfuir par la porte conduisant à l'escalier du grenier, pour la bonne raison que la targette est poussée de l'intérieur. Alors? Cette pièce ne possédant aucune autre issue, concluez vous-même.

Un grand frisson parcourut Eva. Elle se frotta les yeux et dit d'une voix calme :

– Excusez-moi. La mort de Karen m'a bouleversée, je ne sais plus où j'en suis. Vous ne pensez tout de même pas que j'ai...

Saisie par une poigne de fer, Eva pivota sur elle-même.

– Je pense ce que tout le monde penserait à ma place, articula l'inconnu, les yeux dans ses yeux. Personne n'est sorti d'ici, parce que personne n'a pu en sortir. C'est clair? De toute la maudite création, vous seule avez pu faire le coup! Voilà ce que je pense!

Le visage brun se mit à tourner de plus en plus vite; l'ovale se déforma, les contours s'effacèrent Richard, au secours! Dick! Dick!

– Et ce n'est pas tout, poursuivit la voix implacable et troublée. Dans un rien de temps, vous ferez la connaissance de la Police Métropolitaine. Karen

Leith avait donné rendez-vous à un inspecteur du Bureau Central, dans cette chambre, à 17 heures précises. Il est exactement 17 heures moins 2 minutes.

Eva entendit à peine son faible cri :

– Non! Je n'ai pas assassiné Karen! Pitié! Croyez-moi! Croyez-moi!

Mais, dominant ses protestations, une voix intérieure lui soufflait : « A quoi bon? Tout est fini. Dick, le mariage, le bonheur... la vie. Tout est fini. »

DEUXIÈME PARTIE

7

Eva reprit lentement connaissance. Ses joues étaient en feu, une voix lointaine ponctuait chaque gifle :

– Revenez à vous! Il n'y a pas une seconde à perdre! Revenez à vous!

Ouvrant enfin les yeux, Eva se vit étendue sur le tapis, l'inconnu agenouillé à son côté. Une gifle, une autre...

– Arrêtez, murmura-t-elle, repoussant la main cinglante comme une cravache. Je ne suis plus une enfant.

Comme elle s'asseyait, il la remit sur ses pieds et la tint pressée contre lui. Ses mains meurtrissaient les coudes d'Eva maintenant. Il la secoua sans pitié.

– Avez-vous poignardé Karen Leith, oui ou non? Répondez, que diable! Tomber dans les pommes!

La chambre s'obscurcit de nouveau. Eva croyait revivre une scène de son enfance, à Nantasket. En jouant avec un petit camarade – un diable brun comme celui-ci, avec les mêmes yeux d'acier – elle était tombée d'un arbre et avait perdu connaissance. Et ce réveil à coups de gifles! Comme elle aurait voulu le battre à son tour, l'injurier pour cacher la honte qui empourprait ses joues brûlantes, la honte de s'être évanouie sous les yeux moqueurs d'un garçon! Ses mains la démangeaient de la même façon aujourd'hui et elle dut combattre l'envie folle de rendre coup pour coup. Lutte salutaire qui ramena la lumière.

– Non, dit Eva. Non, je n'ai pas tué Karen.

Ses yeux gris étaient à la fois si soupçonneux et si perplexes, dans leur dureté et leur trouble, ils ressemblaient tant à ceux d'un enfant indécis qu'Eva le plaignit en dépit de toute logique.

– Si vous avez fait le coup, avouez-le. Je sais tenir ma langue quand je le veux. Parlez!

« Eva MacClure », songea-t-elle. « Une fiancée comblée, jalousée par ses amies, le centre d'un petit univers ouaté. Eva MacClure abandonnée de tous, prise au piège, seule dans cette chambre avec le cadavre ensanglanté de Karen et cet inconnu qui la retenait de force, par les coudes. » Non, c'était elle qui s'accrochait à lui, comme à une vivante planche de salut dont la chaleur la pénétrait.

– Je n'ai pas tué Karen, vous dis-je.

– N'espérez pas me tromper. Personne d'autre que vous n'a pu faire le coup.

– Si votre conviction est assurée, à quoi riment ces questions?

Il la secoua de nouveau avant de l'écarter, pour lire dans ses yeux.

Les paupières d'Eva battirent. Une petite voix murmura :

– Il faudra me croire sur parole. Sinon...

L'inconnu la repoussa si brutalement qu'elle se meurtrit contre le bureau. Les lèvres semblables à un trait mince remuèrent à peine et Eva l'entendit s'injurier lui-même, dans un murmure :

– Maudit imbécile!

Tirant son mouchoir de sa poche, il courut à la porte du grenier. Eva crut voir un jeune fauve bondir sur sa proie.

– Qu'allez-vous faire? demanda-t-elle, fascinée.

La main entourée de son mouchoir, le jeune homme cherchait à ouvrir la targette munie d'un petit bouton de cuivre. Il essaya de pousser la barre mobile dans un sens, puis dans l'autre... Bloquée!

– Le mouchoir ensanglanté. Brûlez-le. Vite!

Il s'acharnait sur la targette récalcitrante. Eva répéta, sans comprendre :

– Brûler mon mouchoir? Pourquoi? Où?

– Dans la cheminée du boudoir. Fermez la porte du palier, avant. Vite!

– Mais je n'ai pas...

– Une boîte dans ma poche. Prenez-la. Réveillez-vous, que diable!

Eva n'était plus qu'un instrument docile entre ses mains. Son cerveau ne réagissait plus, tant mieux! En fouillant dans la poche de son veston, pendant qu'il peinait sur la targette coincée, elle sentit l'effort de tout son système musculaire. Il n'avait plus de lèvres, son cou était tendu et gonflé à éclater.

– Je l'ai, murmura-t-elle, en serrant dans sa main la boîte d'allumettes.

Puis Eva ramassa le mouchoir ensanglanté par le coin brodé à ses initiales et elle passa dans la pièce voisine, où l'on entendait encore haleter l'inconnu, aux prises avec la targette bloquée.

La porte du palier fermée, elle s'agenouilla devant la cheminée.

Des cendres et des tisons noircis évoquèrent pour Eva l'image de Karen, la veille au soir, assise devant une flambée. Karen, si anémiée, si frileuse. Et c'était son sang sur ce mouchoir!

Le carré de batiste tomba dans le foyer et Eva dut frotter trois allumettes avant d'obtenir du feu, tant ses mains tremblaient. Des bouts de papier à demi consumés donnèrent une flamme qui lécha les bords du mouchoir.

Le sang de Karen. Elle réchauffait le sang de

Karen... Le mouchoir flamba, avec un petit sifflement.

Eva s'enfuit. Voir brûler le sang de Karen était au-dessus de ses forces. Oh! Oublier ce mouchoir, oublier le corps étendu sur l'estrade, oublier ce cauchemar!

– Je ne veux plus rester ici! cria-t-elle en rentrant dans la chambre. Emmenez-moi! Emmenez-moi à la maison, chez Dick, n'importe où!

– Assez. Taisez-vous.

Le jeune homme ne se retourna même pas. Le tissu de son veston était tendu, d'une épaule à l'autre.

– Je veux fuir!

– Vous serez vite rattrapée!

– La police...

– Le type du Bureau Central est en retard. Bénissez votre chance. Avez-vous brûlé le mouchoir?

– Mais si la police ne me trouvait pas ici...

– La Japonaise vous a vue, n'est-ce pas? Satanée targette!

Il tapait de toutes ses forces, avec sa main toujours entourée du mouchoir.

– Grands dieux, gémit Eva. Que vais-je devenir? Je...

– Taisez-vous! Sinon... Ah!

La targette venait de céder, enfin, avec un grincement.

Sitôt la porte ouverte, l'inconnu s'élança dehors. Eva le suivit d'un pas hésitant, mais elle s'arrêta sur le seuil et s'appuya contre le chambranle, les yeux fixés sur le petit escalier de bois qui conduisait à la mystérieuse mansarde. Qu'y avait-il là-haut, dans cette chambre secrète? On piétinait au-dessus de sa tête. Une fenêtre brusquement ouverte grinça. Tiens! L'inconnu dégringolait l'étroit escalier quatre à quatre. Eva se trouvait sur son passage; il la repoussa dans la chambre, entra à son tour et laissa la porte ouverte.

– Que faites-vous? demanda Eva, perplexe.

– Je vous assure un moyen de vous en tirer, répondit-il, encore essoufflé et sans la regarder. Quelle sera ma récompense, mignonne?

Eva eut un geste de recul. C'était donc pour cela qu'il...

– Un coup de pied quelque part, continua amèrement l'étrange inconnu. Bonne leçon pour l'avenir!

Il plia le paravent japonais pour dégager la porte.

– Que faites-vous? répéta Eva.

– Je donne matière à réflexion aux hommes du Bureau Central. La porte était verrouillée de l'intérieur, n'est-ce pas? Comme je l'ai ouverte, ils s'imagineront que l'assassin est entré et s'est enfui par là. J'ai trouvé deux fenêtres là-haut, fermées de l'intérieur, naturellement, continua l'inconnu avec un bref éclat de rire. Une souris n'aurait pu se faufiler par ces fenêtres. Mais j'en ai ouvert une.

– Je rêve, murmura Eva. C'est impossible!

– Les enquêteurs reconstitueront ainsi le drame : le meurtrier a grimpé du jardin sur le toit, est entré dans la mansarde par la fenêtre ouverte, a descendu l'escalier, pénétré dans la chambre par la porte également ouverte, poignardé Karen et s'est enfui par le même chemin. Clair comme le jour, hein? Poudrez-vous le nez.

– Mais...

– Poudrez-vous! Dois-je vous bichonner, par-dessus le marché?

Eva s'élança dans le boudoir afin de prendre son sac, laissé sur le divan. Le divan sur lequel elle avait feuilleté un livre ennuyeux... Combien de temps y avait-il de cela? Il flottait dans la pièce une vague odeur de fumée, de fumée et de...

A côté, son étrange allié s'assurait d'un regard perçant contre tout oubli possible.

La sonnette de la porte d'entrée déchira le silence.

Eva venait de réussir à ouvrir son sac quand il lui fut arraché des mains, refermé, jeté sur le divan. Elle se sentit soulevée de terre et jetée à son tour, près du sac.

– Trop tard, souffla le jeune homme. Au fond, il vaut mieux que vous ayez l'air d'avoir pleuré. Qu'avez-vous touché?

– Comment?

– Qu'avez-vous touché? Vite!

– Le bureau, le plancher sous les fenêtres. Oh!

– Vite!

– J'oubliais! Autre chose encore : l'oiseau en pierres de couleur!

Ses yeux lançaient de tels éclairs qu'elle baissa la tête, craignant une nouvelle gifle.

– Oiseau! Pierres de couleur! J'ai affaire à une folle! Maintenant, écoutez-moi. Pleurez si le cœur vous en dit. Tombez dans les pommes. Faites n'importe quoi, mais parlez le moins possible et ne me contredisez jamais.

Il ne comprenait pas. L'oiseau, le demi-oiseau.

– Mais...

– Quand on vous interrogera, répétez ce que vous m'avez raconté quand je suis arrivé. Ne lâchez pas que la porte était verrouillée, par exemple. Vous l'avez trouvée telle qu'elle est maintenant. C'est compris?

Il était retourné en courant dans la chambre.

Parti! Des voix montaient d'en bas, des pas approchaient; mais les battements d'un cœur peuvent étouffer les bruits extérieurs. Il n'avait pas compris! La petite branche de ciseaux enrichie de pierreries, trouvée sur le bureau. La branche qu'elle avait maniée et dont les trois parties : lame, tige, anneau, représentaient respectivement le bec, le corps et la patte d'un oiseau!

Comme elle sautait sur le tapis, la bouche ouverte pour appeler l'inconnu, un coup de poing venant du palier ébranla la porte du boudoir.

Eva retomba sur le divan. Elle voulut crier « Entrez! »; mais sa gorge contractée ne laissa passer que son souffle précipité.

Dans la chambre, le jeune homme disait d'un ton pressant :

– Allô! mademoiselle! Allô! Donnez-moi le Bureau Central de la Police. Allô! Vous dormez! Je demande le Bureau Central de la Police!

Le mot revint plusieurs fois, *fortissimo*. Le tambourinage cessa, la poignée fut tournée de l'extérieur et la porte s'ouvrit sous une poussée brutale.

Eva vit d'abord un petit individu émacié, grisonnant sous un chapeau flambant neuf, la main droite dans la poche-revolver de son vieux costume de serge bleu marine. Kinumé et la soubrette blanche de Karen regardaient peureusement par-dessus son épaule.

– Qui demande le Bureau Central? s'enquit le premier, cloué sur le seuil, le regard attentif.

– Je crois...

Eva se mordit la lèvre. « Parlez le moins possible », avait dit son conseiller.

– Miss Leith, sans doute? reprit le nouvel arrivant, perplexe.

– Le Bureau Central de la Police! hurla le jeune homme brun dans la pièce voisine. Satanée ligne, va! Allô! Allô! mademoiselle!

On l'entendit agiter rageusement le crochet du récepteur.

Le petit individu grisonnant s'avança d'un pas vif; mais l'autre se montra plus rapide encore, car la rencontre eut lieu dans le boudoir, devant la porte de la chambre dont le jeune homme brun remplissait l'embrasure.

Eva eut l'illusion fugitive d'assister à un mélodrame palpitant. Simple spectatrice, elle ne pouvait que se taire, écouter et sentir battre son cœur. Un mélodrame? Non. L'horrible réalité.

– Vive la police! s'écria le jeune homme brun. Un de ses représentants tombe du ciel avant même que l'on n'ait réussi à lui signaler un crime. Salut, Guilfoyle. Mrs Guilfoyle va bien?

– Je ne vous avais donc pas assez vu? grogna l'autre. Que signifie cette nouvelle comédie, miss Leith? continua-t-il, s'adressant à Eva. J'ai été envoyé...

Kinumé, toujours sur le palier, éleva la voix dans sa langue maternelle; mais un regard du jeune homme la réduisit aussitôt au silence. « Les deux servantes semblent le connaître », songea Eva, au moment où il saisissait Guilfoyle par le bras, pour l'obliger à se retourner.

– Ce n'est pas Karen Leith, imbécile! C'est miss Eva MacClure. On se découvre devant une dame.

– Ne commencez pas à jouer au plus malin, Terry, soupira Guilfoyle. Que se passe-t-il? On m'a envoyé...

– Découvrez-vous d'abord! Comme ceci!

« Terry » avait prestement cueilli le beau feutre neuf sur la tête de son propriétaire quand il désigna du doigt la chambre à coucher et acheva :

– Vous trouverez miss Leith là-dedans.

– A bas les pattes, Terry Ring! grogna Guilfoyle, remettant le fameux chapeau après l'avoir ramassé par terre. Que faites-vous ici? Vous ai-je bien entendu parler d'un crime, oiseau de malheur?

« Il s'appelle Terry Ring... Terence, vraisemblablement », songea Eva. « On ne le reconnaît plus depuis l'arrivée de ce détective. Il rit, il plaisante. D'où vient cette bonne humeur soudaine? »

Seuls les yeux de Terry Ring n'avaient pas changé. Ils observaient Guilfoyle, comme ils avaient observé Eva tout d'abord.

Terry Ring s'effaça avec une courbette ironique pour permettre au détective d'entrer le premier dans la chambre.

– Vous découvrirez-vous enfin? demanda-t-il.

Toujours souriant, le jeune homme suivit Guilfoyle des yeux; mais sa main gauche fit dans la direction d'Eva un petit geste si amical, si réconfortant, qu'elle se pelotonna sur le divan et goûta enfin le bienfait des larmes apaisantes.

La porte se referma sur Terry Ring. A travers ses sanglots, Eva entendit l'exclamation de Guilfoyle, puis le bruit de l'appareil téléphonique brusquement déplacé sur le bureau.

8

Pour Eva, toujours assise sur le divan, les événements se déroulèrent ensuite comme dans un rêve. Le temps dut s'écouler; mais elle ne chercha même pas à comprendre le sens de cette agitation, la raison d'une véritable invasion d'inconnus qui transforma subitement le boudoir en une fourmilière.

Pouvait-on les compter, ces hommes? Deux policiers, les premiers arrivés, puis deux autres en civil. Un géant nommé Velie qui accompagnait un petit inspecteur grisonnant, doué d'un regard singulièrement perçant, d'une voix douce et d'une grande autorité à en juger par le respect que les autres lui témoignaient. L'inspecteur s'appelait Breen ou

Queen, Eva n'avait pas très bien saisi son nom. Il y avait aussi des hommes armés d'appareils photographiques, d'autres qui ressemblaient à des femmes de ménage, avec leurs petites brosses et leurs flacons remplis de poudre. Et quelle tabagie! On se serait cru à une réunion politique réservée au sexe fort!

Pour finir, un certain Prouty traversa le boudoir pour s'enfermer dans la chambre. Quand il en sortit – un cigare éteint serré entre les dents, une trousse médicale à la main –, deux hommes en uniforme, chargés d'une longue corbeille à anses, entrèrent à leur tour dans la chambre dont la porte fut immédiatement refermée. A en juger par leur démarche pesante, la corbeille devait être très alourdie quand ils passèrent de nouveau devant Eva. Que portaient-ils donc dans ce panier, assez grand pour contenir un quartier de bœuf?

Les questions allaient bon train, naturellement. Et tandis qu'il faisait la mouche du coche, Terry Ring revenait toujours vers Eva avec un mot, un regard, un signe réconfortant.

L'inspecteur Queen interrogea Kinumé et la nouvelle soubrette qui dit s'appeler Geneva O'Mara; il posa quelques questions à Eva elle-même, d'un ton rassurant, avec un sourire vraiment paternel et en s'interrompant de temps à autre pour s'adresser tout bas à un des quatre individus nommés Flint, Piggott, Hagstrom et Ritter.

Tous ces hommes s'agitaient dans la plus grande confusion, semblait-il. On les entendait monter et dégringoler l'escalier du grenier, s'interpeller, échanger des plaisanteries qu'Eva se félicitait instinctivement de ne pas comprendre.

A un moment donné, la pression d'une main sur son épaule amena Eva à se retourner. La petite Kinumé se tenait debout près du divan, telle une vivante statue du désespoir. Les Asiatiques souffraient donc, comme les Blancs! Emue et réconfortée par cette découverte, Eva fit asseoir la vieille servante à son côté et elle entoura d'un bras protecteur les fragiles épaules secouées par les sanglots.

L'homme brun défraya plusieurs fois la conversation. Eva surprit un propos par-ci, une raillerie par-là, une allusion cinglante à ses origines ou à ses occupations. Ignorée de tous, la jeune fille se laissa distraire par le spectacle de cette agitation: elle se trouvait transportée en pleine irréalité, dans un monde où toutes les règles de conduite connues étaient abolies : un monde où l'on pouvait espionner, rire, mentir, assassiner, se laisser emporter dans un tourbillon de voix, de fumée, de questions et de plaisanteries grossières.

Terry Ring était apparemment un de ces singuliers individus qui s'intitulent « détectives privés ». Il connaissait tous les enquêteurs officiels et vice versa, mais on sentait que chacun restait sur ses gardes.

C'était un « self-made-man », un enfant des faubourgs ayant tenu un nombre incroyable d'emplois au cours de ses vingt-huit années d'existence : bonimenteur de cirque, lad, vérificateur d'une maison d'emballage, vagabond, professionnel du baseball, maître nageur, doublure à Hollywood, etc... « Il a dû commencer tout jeune », songea Eva, prise d'une pitié soudaine pour ce grand garçon brun en qui elle devinait un orphelin, un enfant de la rue aussi abandonné à ses instincts que les garnements du patronage. Comment Terry Ring s'était-il élevé à sa situation actuelle? Eva ne recueillit aucun renseignement positif à ce sujet; mais il fut question d'un vol important de bijoux à Hollywood et d'une « star » reconnaissante, allusions que Terry Ring rejeta par un haussement d'épaules, sans quitter Eva des yeux.

L'inspecteur Queen revenait toujours aux mêmes questions précises : quand Terry Ring était-il arrivé? Comment se faisait-il que ni Kinumé ni Geneva O'Mara ne l'eussent entendu entrer dans la maison? Comment expliquer l'absence d'empreintes de pas sur la terre meuble du jardin, à l'endroit où l'assassin avait « très certainement sauté » en descendant du toit? Enfin, pourquoi Terry Ring se trouvait-il chez Karen Leith?

– Un bon mouvement, Terry, insista l'inspecteur. Je vous ai donné plusieurs preuves de mon amitié, n'est-ce pas? Que faisiez-vous ici aujourd'hui?

– Karen m'avait donné rendez-vous.

– Geneva O'Mara dit que vous étiez déjà venu la semaine dernière.

– J'avais également rendez-vous avec Karen cette fois-là.

Les deux hommes rirent de concert et l'inspecteur inclina la tête d'un air satisfait, comme si toute déclaration de Mr Ring était pour lui une parole d'évangile. Mais ses yeux perçants allaient d'Eva à Terry, puis à Kinumé pour revenir à Eva.

– Et vous, miss MacClure, avez-vous entendu un bruit quelconque pendant la vingtaine de minutes où vous êtes demeurée dans cette pièce? Un cri, un soupir, un mot, un bruit provenant de la chambre voisine?

Eva fit un signe de dénégation. Droit et élancé comme un jeune arbre, Terry Ring la regardait par-dessus l'épaule du petit inspecteur.

– Je lisais un roman et... et j'avais mille pensées dans l'esprit.

– Vous lisiez d'une façon très distraite, si je comprends bien?

– Je... nous venions de fixer la date de notre mariage, mon fiancé et moi, soupira Eva. Dans ces conditions...

– Oh! je comprends! La tête ailleurs, sourde

comme un pot, je parie? Quel dommage! Il y a sûrement eu un bruit quelconque.

L'inspecteur s'éloigna et Terry Ring emboîta le pas derrière lui. Ils entrèrent dans la chambre. La chambre!

Une vague de terreur submergea Eva. La corbeille à papier! La branche de ciseaux tombée de ses mains dans la corbeille à demi pleine de papiers. Les enquêteurs ne la trouveraient peut-être pas. Si. Rien n'échappait jamais aux policiers. Ils sauraient immédiatement que c'était l'arme du crime, recherchée depuis le début. Karen avait été poignardée. Ils chercheraient l'arme jusqu'à ce qu'ils la trouvent. Si elle osait retourner dans cette chambre!

Personne n'en avait interdit l'accès à Terry Ring. Il était toléré par les enquêteurs officiels, il jouissait de certains privilèges puisque les reporters eux-mêmes restaient cantonnés au rez-de-chaussée où ils menaient un tapage infernal. Mais Terry Ring allait et venait à sa guise, en vertu de mystérieuses prérogatives accordées par les représentants de la police qui devaient le connaître assez pour être sûrs de son intégrité. Ring jouissait de leur confiance, sinon... Ah! Ils le soupçonnaient peut-être, au contraire! Allongeaient-ils la corde, pour mieux le pendre? Eva frissonna.

Les déclarations laconiques de Terry Ring se résumaient à ceci : ayant rendez-vous avec Karen à 17 heures, il avait précédé Guilfoyle de peu et s'était introduit sans sonner dans la maison pour la bonne raison que la porte d'entrée était ouverte (fait nié par Geneva O'Mara). Un macabre spectacle s'offrit à lui, dans la chambre : miss MacClure, aux trois quarts évanouie, gisait près de la dépouille. Il avait immédiatement essayé de téléphoner au Bureau Central. Les enquêteurs connaissaient la suite. Le récit d'Eva confirmait cette version. Venue voir

Karen, elle avait décidé de l'attendre dans le boudoir en apprenant par Kinumé que sa maîtresse écrivait. Quand le téléphone sonna longuement, sans que Karen y répondît, elle s'était élancée dans la chambre, craignant que Karen ne fût souffrante. Elle avait dû s'évanouir à la vue du cadavre et Terry Ring l'avait ranimée quelques instants après.

Interrogée à son tour, Kinumé raconta dans son mauvais anglais l'arrivée d'Eva et l'histoire du papier à lettres qu'elle apportait à sa maîtresse quand Eva était entrée dans le boudoir. La lettre interrompue et mise en boule fut ensuite présentée à Eva qui reconnut formellement l'écriture de Karen et crut comprendre que les enquêteurs n'avaient trouvé aucun autre papier de correspondance dans la chambre.

Le coup de téléphone préoccupait visiblement le petit inspecteur. Terry Ring conservait un air dégagé et souriant. Il souriait sans cesse maintenant.

« Ont-ils trouvé la petite branche de ciseaux? » se demandait Eva avec une angoisse dissimulée, en scrutant furtivement des visages impénétrables. Que dirait Terry Ring quand ils la trouveraient? Oserait-il encore... Eva crut sentir sur sa joue la brûlure des gifles déjà reçues. Mr Ring avait la main leste. Fait certain, il la blâmerait de ne pas lui avoir parlé de cette malheureuse branche de ciseaux. Quelle confusion dans sa pauvre tête! Elle ferma les yeux, trop lasse pour essayer de réfléchir.

– Miss MacClure!

Ouvrant les yeux, Eva vit le visage souriant du petit inspecteur. Un homme armé d'un tampon encreur et de petits cartons imprimés se tenait à son côté.

La minute redoutée avait sonné! Que disait l'inspecteur? Eva fit appel à toute sa volonté pour saisir ses paroles.

– Ne vous alarmez pas, miss MacClure. Il s'agit d'une simple formalité destinée à simplifier notre tâche.

Du coin de l'œil, Eva vit Terry Ring sortir de la chambre. L'inspecteur en venait également. Eva regarda le jeune homme brun en face, et elle détourna vivement les yeux. Il savait! L'inspecteur de même... non, pas encore, pas avant d'avoir relevé ses empreintes digitales. Mais Terry Ring se souvenait de l'oiseau en pierreries dont elle lui avait parlé. Il savait.

L'inspecteur poursuivit, en lui tapotant l'épaule :

– Dans votre affolement bien naturel, vous avez certainement touché à divers objets tant dans la chambre à coucher que dans le boudoir. Laissons celui-ci de côté, puisque vous affirmez que personne ne l'a traversé en votre présence. Mais la chambre à coucher est importante.

– Oui, dit Eva, les dents serrées.

– Nous avons relevé plusieurs séries d'empreintes à côté, et il importe de les classer au plus vite par catégories. Après avoir éliminé les vôtres, celles de miss Leith, de la Japonaise, et autres personnes de la maison, nous obtiendrons peut-être un résultat intéressant. Vous comprenez?

– Et les miennes, alors? demanda Terry Ring, avec un clin d'œil.

– Oh! Nous ne les oublierons pas, répondit l'inspecteur en riant. Mais je vous connais assez pour savoir que vous n'en avez laissé aucune, Terry. Le ciel me préserve d'avoir affaire à vous comme meurtrier!

Tous deux rirent de bon cœur.

Eva tendit ses mains à l'expert du service anthropométrique; elle les raidit pour qu'elles ne tremblent pas. La « formalité » fut vite expédiée et la pauvre petite vit ses dix empreintes imprimées sur les fiches spéciales.

« Ce sont mes empreintes », songea-t-elle, horrifiée. « Tout est fini. » Epuisée au delà des larmes, elle reçut en pleine poitrine, comme un glaive, le sourire terrifiant de Terry Ring qui s'éloignait déjà, avec l'inspecteur et ses hommes.

Eva venait de prendre la décision de n'avouer à personne, ni à Dick, ni au Dr MacClure, ni même à Terry Ring – peut-être l'avait-il oublié? – qu'elle avait manié la branche des ciseaux. Si, par bonheur, elle n'avait pas laissé ses empreintes dessus? Si... Elle venait de se jurer le silence, envers tous, quand le son d'une voix bien-aimée, éperdue d'anxiété et d'impatience, agit sur elle comme un philtre magique. Dick!

Dick accourait! Tout danger était écarté. Elle n'avait plus rien à redouter de Terry Ring, de l'inspecteur, de personne!

Elle tendit les bras et il tomba près d'elle, sur le divan. La tendresse, l'inquiétude qui bouleversaient ainsi son beau visage inondèrent la jeune fille de bonheur. Tout le monde regardait de son côté. Terry Ring le premier. Qu'importe? Elle se pelotonna dans les bras du jeune Dr Scott, en se frottant le nez contre sa poitrine, comme un enfant.

Terry Ring la regardait. Tant mieux! Son fiancé était là pour veiller sur elle, désormais. L'autre avait pu se croire indispensable, mais ce n'était qu'un étranger. Dick était son bien, son défenseur; elle l'embrassa. Terry Ring sourit.

– Ma chérie, ma pauvre petite chérie! répéta Dick jusqu'à ce qu'il la sentît dans ses bras.

Elle était bien. Rien ne l'atteindrait plus désormais.

– Que s'est-il passé, Eva? demanda enfin le Dr Scott. Je n'y comprends rien. Je ne puis y croire!

Le danger demeurait. Quelle sottise d'avoir rêvé le contraire! « Que s'est-il passé? » Oui, que s'était-il passé? Elle avait perdu Dick à jamais, voilà l'atroce vérité.

Eva se dégagea lentement.

– Karen vient d'être assassinée, Dick.

– Pauvre petite! Pleurez, cela vous soulagera.

Il la scrutait d'un œil professionnel. Son calme ne lui semblait pas naturel. S'il savait!

– J'ai déjà pleuré, Dick. Ne vous inquiétez pas à mon sujet. Je ne veux pas me rendre ridicule.

– Les larmes sont bienfaisantes, ma chérie. Vous aurez besoin de tout votre courage. Pensez à votre père. Le coup sera terrible pour lui! A son retour, il vous faudra de la force pour deux.

– Je sais, Dick. Je suis prête.

– Le Dr MacClure est déjà prévenu, vient de me dire l'inspecteur. Le *Panthia* n'accostera que mercredi matin... Eva!

– Oui, Dick.

– Vous n'écoutez pas.

– Mais si, Dick!

– Une sorte de malaise m'a tenu éveillé après votre départ, m'a poussé à venir vous chercher ici .. Eva.

– Oui, Dick.

Il la tenait pressée dans ses bras.

– J'ai une prière à vous adresser. Marions-nous tout de suite, mon amour. Ce soir.

Epouser Dick! La réalisation immédiate de son plus cher désir! Comment put-elle répondre avec tant de calme?

– Nigaud! Et la licence? Nous ne l'avons pas.

– Demain, alors? Nous irons ensemble à City Hall demain.

– Mais...

– Votre père nous trouvera unis. Un mariage dans l'intimité, ma chérie.

Eva réfléchit intensément. Comment lui dire que la situation avait changé du tout au tout, en si peu de temps? Il poserait des questions, et il fallait se taire. Un nœud coulant enserrait son cou. Que quelqu'un – l'inspecteur Queen ou ce terrible sergent Velie – tirât sur la corde, et c'en était fait d'Eva MacClure. Si elle épousait Dick maintenant, le nœud l'étranglerait en même temps qu'elle. Epargner à Dick le scandale, ménager sa réputation...

Une voix intérieure lui soufflait : « Parle. Avoue tout. Il comprendra. Il te croira. Il te défendra. »

Etait-ce sûr? Toutes les circonstances l'accablaient, pour qui connaissait les faits. Mais Terry Ring les connaissait et il... Oui, mais il la tenait et il poursuivait sans doute un but secret. Elle lui servait de gage. Un gage, c'était bien cela. Il ne croyait pas à son innocence. Qui pourrait y croire? Nul en dehors d'elle n'avait pu assassiner Karen, Terry Ring le lui avait dit. On ne pouvait exiger de personne – pas même d'un fiancé follement épris – la foi absolue, en dépit des apparences contraires. Garder Dick auprès d'elle serait intolérable, s'il la croyait coupable dans le fond de son cœur.

Tout concourait à sa perte. Cette vive discussion avec Karen... A quel sujet, au fait? Impossible de s'en souvenir; mais la querelle n'en avait pas moins été chaude et Elsie – la précédente femme de chambre blanche – l'avait surprise. La police rechercherait Elsie, comme toutes les personnes ayant appartenu à l'entourage de Karen, et elle la retrouverait forcément. Et puis, Eva avait combattu de toutes ses forces le projet de mariage de son père. Elle n'avait jamais aimé la victime, nul ne l'ignorait. Tout l'éloignait de Karen, sa vie entourée de mystère, son caractère renfermé, ses bizarreries; personne ne pénétrait les secrets de Karen, et les secrets étaient trop souvent honteux. Karen connaissait les sentiments de sa future belle-fille à son égard; leur politesse réciproque, depuis les fiançailles, était une politesse féminine : hostile et acide en dessous. Si les enquêteurs apprenaient...

– Non, Dick! Non.

Sa véhémence surprit le Dr Scott.

– Mais, Eva, je croyais...

– La situation a changé, Dick. La mort de Karen, cet affreux mystère, le pauvre papa... notre bonheur serait gâché, mon chéri. Attendons un peu. Vous me comprenez? Dites-moi que vous me comprenez?

– Bien sûr.

Il caressait sa main; mais une lueur trouble, au fond des yeux, démentait ses paroles.

– Pardonnez-moi, continua-t-il. J'aurais dû me taire. Mais j'espérais vous...

– Je sais, Dick. Mon amour!

Elle pleura dans les bras du Dr Scott qui se rasséréna peu à peu, à la vue de ses larmes. Une barrière invisible semblait les isoler de leur bruyant entourage. Mais la voix de Terry Ring brisa soudain le charme :

– Tiens! La source n'est donc pas tarie?

Eva se redressa. Il souriait avec tant de calme et d'assurance qu'on eût juré que les meurtres, les femmes en larmes et les secrets dangereux formaient la trame de son existence quotidienne.

Debout l'un en face de l'autre, les deux hommes se dévisagèrent.

– Qui êtes-vous? demanda brusquement le Dr Scott. Ne pouvez-vous la laisser tranquille? Vous voyez bien qu'elle est à bout!

– Dick, intervint Eva, une main sur son bras. Vous ne comprenez pas, Dick. Je vous présente Mr Terry Ring; c'est lui qui est entré après moi dans la chambre de...

– Excusez-moi, fit le Dr Scott. Une sale affaire.

– Certes, répondit Mr Ring.

Puis son regard se posa sur Eva. Ils contenaient

une question, accompagnée d'une recommandation pressante, ces yeux gris qui la transperçaient. Quelle audace! La mettre en garde contre un élan de sincérité vis-à-vis de son fiancé!

Mais Eva se souvint qu'elle avait volontairement caché la vérité à Scott et elle se sentit si seule, si abandonnée dans sa détresse qu'elle ferma ses yeux desséchés par les larmes déjà répandues et, pour la seconde fois en quelques mois, appela le repos éternel.

9

Le mardi passa comme un mauvais rêve. Convoquée au Bureau Central, Eva y trouva Terry Ring; mais il ne lui adressa pas la parole et seule la présence du Dr Scott – son cher défenseur – adoucit l'épreuve. Eva signa des dépositions, répondit à de nouvelles questions et refusa obstinément de manger. Un câble du Dr MacClure l'attendait quand Scott la ramena, chez elle, le soir.

Quelques mots, admirables de simplicité :

« Ne vous tourmentez pas. Serons réunis mercredi matin. Tendresses. Papa. »

Eva pleura d'émotion et elle ignora la pile de messages téléphoniques amoncelés sur la table du vestibule : condoléances d'amis, transcrites par Venetia, la fidèle négresse des MacClure, qui avait failli en perdre la raison.

A peine rentrée, Eva se jeta sur son lit; le Dr Scott appliquait une compresse froide sur son front quand Venetia vint annoncer que Mr Terence Ring la demandait au téléphone.

– Répondez que miss MacClure est sortie, grogna le jeune médecin.

Eva n'eut pas la force de protester. Elle avala avec la même docilité un breuvage amer et s'endormit aussitôt, pour ne s'éveiller que le lendemain et découvrir que son fiancé avait passé la nuit tout habillé sur le divan du salon, au grand scandale de la brave Venetia dont l'âme puritaine s'indignait du relâchement des mœurs modernes.

Mercredi matin, en se rendant à la gare transatlantique, les jeunes gens durent employer des ruses de criminels en fuite pour semer les reporters. Terry Ring – costume couleur de miel, chemise brune, cravate citron – faisait les cent pas devant le bureau de la douane. Il avait l'air de s'ennuyer et ignora complètement les nouveaux arrivants; mais un sillon se creusa entre les yeux du Dr Scott posés de loin sur lui.

Eva s'assit sur un banc du hall tandis que son fiancé allait aux renseignements. Il venait de la quitter quand, levant les yeux, elle vit Terry Ring devant elle.

– Bonjour, ma jolie, dit Terry. Vous avez meilleure mine ce matin et ce chapeau vous sied à ravir. D'où vient-il?

– Mr Ring...

– Terry.

– Terry, je ne vous ai pas encore remercié pour tout...

– N'en parlons plus. Je suis un imbécile. Ecoutez-moi, Eva... (Le nom vint assez naturellement pour que l'intéressée ne s'étonnât point.)

– ... Avez-vous donné la véritable version à votre fiancé?

– Non, murmura Eva, les yeux fixés sur ses gants de pécari perforé, et furieuse de manquer du courage nécessaire pour le regarder en face.

– Parfait. Continuez dans cette bonne voie.

– Non.

– Il le faut, vous dis-je!

– Non, c'est impossible. Je ne puis cacher la vérité à mon père. Ce serait mal, Mr Ring.

– Terry! Vous ne mesurez donc pas la profondeur du pétrin dans lequel vous êtes? Intelligente un jour, bouchée le lendemain!

Eva ne put retenir une question :

– Terry, pourquoi m'aidez-vous?

Pas de réponse. Eva releva bravement la tête. Voyant ses yeux à la fois embarrassés et furieux, elle continua très vite :

– ... Si c'est pour de l'argent, je...

Elle crut qu'il allait la frapper, devant tout le monde.

– Ecoutez-moi bien et retenez ceci...

Il se pencha sur elle, son visage bronzé devenu acajou. Puis, brusquement calmé, il demanda :

– ... Combien pouvez-vous m'offrir?

– Oh, pardon!

– Vous avez cru que j'allais vous donner une raclée bien méritée, hein? Que cela vous serve de leçon, pour l'avenir!

Honteuse, Eva posa une main gantée sur son bras; mais il la secoua d'un geste impatienté avant de se redresser, les poings serrés.

– Je suis désolée, Terry. Mais comment pouvais-je savoir...

– Parce que je ne suis pas de votre monde, je suis un salaud. Dites-le!

– Mais enfin, pourquoi me protégez-vous ainsi?

– Je suis le chevalier des belles filles en détresse, voilà.

– Voyons, Terry! Si je puis me fier à un étranger, je puis également me fier à mon propre père, n'est-ce pas?

– A votre aise.

– Je ne puis vous exposer à de nouveaux risques, vous compromettre davantage.

– Et qui vous aidera à sortir de ce mauvais pas, je vous prie?

– Dick, mon fiancé! lança Eva dans un sursaut de colère. Vous êtes le plus...

– Pourquoi lui avoir caché la vérité, dans ce cas?

Eva baissa les yeux.

– J'avais une raison.

– La peur d'être plaquée?

– Non!

– Ce serait une saleté. Vous tremblez! Tout plutôt que d'être amenée à constater que votre joli cœur est un lâche. Quelle pitié!

– Vous êtes le plus exécrable des...

– Et vous connaissez votre situation exacte. Ce vieux renard de Queen a le nez fin, je le sais pour l'avoir vu plusieurs fois à l'œuvre. Il est soupçonneux, vous le savez.

– J'ai peur, Terry!

– Il y a de quoi!

Terry Ring s'éloigna avec une désinvolture qui était une dernière bravade, un raffinement de cruauté juvénile. Eva le suivit des yeux, dans une sorte de brouillard; il retourna auprès de la douane où il se trouva bientôt entouré par un essaim de reporters.

– Le *Panthia* est en quarantaine, annonça le Dr Scott en s'affalant sur le banc. Après accord avec les autorités du port, une vedette de la police est partie les chercher.

– *Les* chercher? répéta Eva.

– Votre père et un certain Queen, un passager dont il a fait la connaissance à bord, ai-je cru comprendre.

– Queen!

Scott baissa la tête.

– Le fils de l'inspecteur, oui. Je crois avoir aperçu

Ellery Queen à la garden-party de Karen; il ne fait pas partie de la police et se contente d'écrire des romans policiers.

– Queen, murmura Eva d'une voix blanche.

– Nous nous serions bien passés de lui, bougonna Scott.

Queen! Ce nom devenait obsédant. Eva se souvenait vaguement du grand jeune homme portant un vilain pince-nez qui lui avait produit une assez bonne impression, chez Karen. Elle avait même manqué de politesse à son égard, et il l'avait pris du bon côté. Mais cela se passait en mai. Maintenant...

Effrayée de ses propres pensées, Eva se blottit contre l'épaule de son fiancé. Il l'observait avec cette étrange expression, si semblable à celle de Terry Ring; en dépit de la tendresse qu'il lui témoignait et qu'elle acceptait avec tant de reconnaissance, une ombre s'était glissée entre eux qui n'existait pas avant.

Le jour de l'ice-cream au chocolat semblait se perdre dans la nuit des temps.

Comme les reporters revenaient à l'assaut, le Dr Scott la remit debout et l'entraîna plus loin.

Eva ne garda qu'un souvenir confus de l'instant où elle tomba dans les bras du Dr MacClure. Faut-il voir là l'effet d'une conscience chargée, qui veut oublier le plus possible? Sans doute. Fait certain, toutes ses résolutions de courage s'effondrèrent d'un seul coup et elle sanglota sur la poitrine de son père, comme au temps où les poupées étaient ses confidentes, et les champs environnant la maison de Nantasket, son univers. Elle sanglota parce qu'il avait conservé sa force morale, alors qu'il avait maigri et vieilli d'une façon effrayante. Ses yeux bordés de rouge témoignaient de deux nuits d'insomnie et de larmes versées dans la solitude de sa cabine.

Le compagnon du Dr MacClure s'était contenté de murmurer une phrase de sympathie, après quoi il s'était éloigné en direction des cabines téléphoniques. Le voyant revenir, l'air sombre, Eva songea avec un frisson : « Il vient de parler à son père et maintenant il s'adresse à ces individus aux grands pieds, des policiers en civil, assurément ! » Après ces quelques mots, jetés au passage, les formalités de débarquement se réduisirent au minimum et les reporters cessèrent de rôder autour du petit groupe. Les bagages du Dr MacClure expédiés à son adresse, le jeune Mr Queen – transformé en mentor bénévole – conduisit le trio vers un taxi.

Eva manœuvra pour rester en arrière avec son fiancé.

– Dick, j'aimerais être seule avec papa, commença-t-elle, embarrassée. Vous n'êtes pas fâché ?

– Fâché ? Jamais de la vie !

Le Dr Scott l'embrassa avant d'ajouter :

– Je vais me sauver, sous un prétexte quelconque. Je comprends parfaitement, ma chérie.

« Oh ! Dick ! Vous ne pouvez comprendre ! » songea Eva. Mais elle lui sourit tendrement et tous deux pressèrent le pas pour rejoindre les voyageurs.

– Excusez-moi, monsieur, dit Dick au Dr MacClure. Je suis attendu à l'hôpital et puisque vous êtes là maintenant...

D'un geste las, le savant passa une main sur son front.

– Allez, mon ami, dit-il. Je veillerai sur Eva.

– A ce soir, ma chérie ?

Le Dr Scott embrassa de nouveau sa fiancée, puis il jeta un regard nuancé de défi à Ellery et héla un taxi.

– En route! s'écria Mr Queen. Montez, miss MacClure.

Eva resta clouée sur place, terrifiée.

– Où allons-nous, papa?

– Nous accompagnons Mr Queen. Ne t'inquiète pas, ma petite fille.

– Mais, papa, je voulais vous parler!

– Mr Queen ne sera pas de trop, déclara le Dr MacClure d'un ton bizarre. Je l'ai engagé, en quelque sorte.

– Un engagement purement amical, miss MacClure, expliqua Ellery, souriant. Voulez-vous monter?

– Oh! fit Eva d'une voix étranglée.

Elle obéit et, pendant toute la durée du trajet – remplie par un monologue de Mr Queen sur la politique européenne et les vieilles coutumes bretonnes – elle se demanda avec angoisse s'il se montrerait aussi amical quand il connaîtrait la vérité.

Ellery eut beaucoup de peine à écouter les transports de joie par lesquels Djuna, le jeune homme à tout faire des Queen, salua l'heureux retour de son idole. Etant parvenu à expédier le pauvre Djuna dans la cuisine, avec mission de préparer du café, il veilla à installer confortablement les MacClure, passa la boîte de cigarettes et bavarda à bâtons rompus, pour éviter un silence gênant. Très « maître de maison », il versait le café quand Djuna alla répondre à un coup de sonnette.

Par la porte restée ouverte sur le vestibule, Eva vit s'avancer un grand jeune homme brun, les mains dans ses poches. Elle tressaillit. Même ici!

– Bonjour, Queen, dit Terry Ring en jetant son chapeau sur la cheminée. Vous vous souvenez encore de moi, j'espère?

Si l'arrivée de ce visiteur inattendu le contraria, Ellery n'en laissa rien paraître. Il serra cordialement la main de Terry et fit la présentation nécessaire :

– Mr Ring, le Dr MacClure. Mon père m'a parlé de votre rôle dans cette déplorable affaire, Terry, continua-t-il. J'en sais autant que lui, ce qui est peu de chose, en vérité.

Terry sourit. Il dévisagea ensuite le docteur qui lui rendit la pareille, puis il s'assit.

– Vous connaissez donc Mr Ring? murmura Eva entre deux gorgées de café.

– Tout le monde le connaît! Terry et moi sommes de vieux amis, les bêtes noires du Bureau Central, pas vrai, Terry?

Mr Ring émit une restriction d'un ton aimable :

– Ce qui nous distingue est que je suis un détective de métier et pas vous. J'ai souvent dit et je le répète : on peut se fier à un type qui travaille pour assurer son pain quotidien, mais il est parfois imprudent d'accorder la même confiance à un dilettante. C'est bien le mot?

Il lui interdisait d'ouvrir son cœur à Ellery Queen. Comme si elle en avait l'intention! Eva réprima un frisson.

Dans le silence qui suivit, Ellery dévisagea tour à tour les jeunes gens, puis il s'assit et demanda :

– Puis-je connaître le but de votre visite, Terry?

– Amical, purement amical, répondit l'autre en souriant.

– Vous n'ignorez pas que vous êtes filé?

– Non, bien sûr. Les flics ont du temps à perdre, voilà tout!

– J'ai appris que vous suiviez miss MacClure comme son ombre, depuis l'assassinat de miss Leith. Pourquoi?

– C'est mon affaire.

– Et la mienne, intervint le Dr MacClure d'une voix calme.

– Craindriez-vous, par hasard, que miss MacClure

ne transmît une information incriminante pour... disons pour vous?

Terry ouvrit un paquet de cigarettes. Ellery se leva pour lui tendre du feu.

– Merci. Qu'est-ce qui a bien pu vous mettre cette idée en tête, Queen?

– Nous pensons, le Dr MacClure et moi, que vous n'avez pas dit à mon père tout ce que vous saviez.

– Quels limiers! Le docteur s'est ruiné en communications téléphoniques transatlantiques, je parie?

Ellery s'entoura d'un nuage de fumée.

– Le mieux serait de repartir de zéro, dit-il enfin. Vous avez la parole, docteur.

– Papa, intervint Eva, ne pourrions-nous remettre à plus tard cette conversation avec Mr Queen? Rentrons! Ces messieurs nous excuseront, j'en suis sûre.

Le Dr MacClure posa une main velue sur son épaule.

– Eva, j'exige la vérité, mon enfant.

De frayeur, Eva mordilla l'index de son gant. Jamais elle n'avait vu son père si pâle, si sévère. Tous les regards étaient fixés sur elle. Prise au piège! Avant de continuer, le Dr MacClure la prit par le menton, pour l'obliger à relever la tête :

– As-tu tué Karen, Eva?

La question explosa comme une bombe. Dans un brouillard, la langue paralysée, Eva ne put que soutenir le regard troublé du savant.

– Réponds, ma petite fille. J'ai besoin de savoir.

– Et moi aussi, intervint Ellery. Vous offensez involontairement votre père en le regardant avec ces yeux horrifiés, miss MacClure. En réalité, la question vient de moi.

Eva restait paralysée. Le Dr MacClure se laissa

retomber sur le divan et Ellery poursuivit avec bonté :

– Nous sommes quatre dans cette pièce les murs n'ont pas d'oreilles et mon père est absent.

– Votre père, balbutia Eva d'une voix blanche.

– Mettons une fois pour toutes les choses au point, miss MacClure. En affaires, le facteur « sentiment familial » n'existe pas chez les Queen. L'inspecteur va de son côté, moi du mien. Nos méthodes, nos vues et nos buts diffèrent; il cherche des preuves, je cherche la vérité et cette double poursuite nous entraîne souvent dans des directions diamétralement opposées. Bref, une cloison étanche sépare nos agissements respectifs.

– Que savez-vous au juste, Queen? demanda brusquement Terry. Jouons cartes sur table.

– Entendu, Terry. Grâce au téléphone transatlantique, je me suis tenu en liaison étroite avec mon père, depuis le début de l'enquête. J'ai lieu de croire qu'il vous soupçonne, miss MacClure et vous.

Eva baissa les yeux. Ellery acheva :

– La prudence de l'inspecteur Queen est proverbiale. J'ai l'impression que vous n'êtes ni l'un ni l'autre sortis de la zone dangereuse. Voilà.

– Eva, ma petite fille, pourquoi refuses-tu...

– Permettez, docteur, interrompit Ellery. Laissez-moi tout d'abord définir ma position. Le Dr MacClure a conquis mon estime et mon affection en moins de quarante-huit heures; il a également éveillé mon intérêt en évoquant le passé. Bref, je lui ai promis mon concours. Mon père l'a appris par ma bouche; nos chemins bifurquent donc ici et chacun garde pour soi les renseignements obtenus.

– Au fait! grogna Terry Ring. Nous perdons du temps.

– Le vôtre est-il si précieux? riposta Ellery. Si j'ai bien compris, les apparences semblent indiquer qu'un inconnu s'est introduit dans la maison par une fenêtre du grenier, qu'il a emprunté l'escalier débouchant dans la chambre, a poignardé miss Leith et s'est enfui par le même chemin. Aucune preuve matérielle – empreintes digitales, traces de pas dans le jardin – n'est encore venue confirmer cette théorie basée sur une voie d'accès et de fuite purement hypothétique. Toute autre théorie se trouve infirmée d'avance par les circonstances. A moins que vous n'ayez poignardé miss Leith de votre main, miss MacClure.

– Oh! soupira Eva.

Terry sursauta et Ellery reprit :

– Excusez ma brutalité. Comme je l'ai expliqué à votre père, je dois traiter ce genre d'affaire avec une précision mathématique. La théorie d'un meurtrier venant de l'extérieur ne repose sur aucune preuve; et, selon votre propre aveu, vous étiez donc dans la pièce contiguë.

– Eva... commença le Dr MacClure, sans pouvoir achever.

– Si vous pouvez me convaincre de votre innocence, je mettrai tout en œuvre pour la faire éclater, continua Ellery avec une grande douceur. Si vous êtes coupable, je me retire dès maintenant.

– Vous convaincre de mon innocence! s'écria Eva, levée d'un bond. Comment le pourrais-je? Comment un autre le pourrait-il?

– Est-ce toi? murmura le docteur. Réponds, ma petite fille : est-ce toi?

Eva rejeta son chapeau en arrière pour prendre son front à deux mains.

– Je deviendrai folle! Personne ne me croira jamais! Je... je ne puis rien dire. Je suis prise au piège!

– Assez, ordonna Terry à voix basse. Assez!

– Non! Je n'ai pas tué Karen! Pourquoi lui aurais-je voulu du mal? Dick venait enfin de prendre la décision que j'attendais; nous devions nous marier dès votre retour, papa. Folle de joie, j'ai couru chez Karen pour lui apprendre la grande nouvelle. Même avec le plus grave des mobiles, comment aurais-je pu tuer quelqu'un lundi dernier, alors que je marchais sur les nues? Tuer!

Elle retomba, secouée de frissons, dans son fauteuil.

– Je serais incapable d'écraser une punaise!

Les yeux du docteur, posés sur elle, s'éclaircirent.

– Mais si je vous disais la vérité, poursuivit la pauvre petite avec désespoir, vous...

– Assez! gronda Terry. Rappelez-vous ce que je vous ai dit!

– Continuez, miss MacClure, dit doucement Ellery.

– Vous seriez obligés de me croire coupable. Tout le monde le croirait! Tout le monde!

Elle fondit en larmes, la tête appuyée sur le bras de son fauteuil.

– Tout le monde... sauf moi, peut-être, murmura Ellery.

Fumant avec une sorte de rage, Terry haussa les épaules et gagna la fenêtre. Le Dr MacClure ôta le chapeau de sa fille pour lui caresser les cheveux.

Ellery s'approcha d'Eva et il l'obligea à lever la tête.

– Vous saurez tout! dit-elle entre ses sanglots.

En jurant, Terry lança sa cigarette par la fenêtre.

Sa confession terminée, Eva retomba, épuisée, contre le dossier de son fauteuil, et elle ferma les yeux. Le Dr MacClure faisait craquer ses jointures avec une sorte de sauvagerie saisissante. De la fenêtre Terry demanda :

– Quel est le verdict, Sherlock?

Ellery alla s'enfermer dans sa chambre. Les autres entendirent le téléphone cliqueter, puis un murmure assourdi. Ellery reparut enfin en disant :

– Le plus pressé est de visiter la maison. Nous y retrouverons Morel, l'homme d'affaires de miss Leith, auquel j'ai diverses questions à poser. Miss MacClure...

– Oui? répondit Eva, sans ouvrir les yeux.

– Ne laissez pas vos nerfs prendre le dessus, je vous prie. Vous pouvez nous aider puissamment par votre calme.

– Je tiendrai bon, Mr Queen.

– Elle tiendra bon, répéta Terry.

– A nous deux maintenant, Terry, poursuivit Ellery. Votre œil de professionnel a apparemment saisi du premier coup la situation dramatique de miss MacClure. Votre avis?

– Je crois que la petite n'a rien à redouter tant que la police ignore le détail de la porte verrouillée.

– Le « détail »... Hum!

Ellery fit le tour du living-room avant d'ajouter :

– Quel problème! En admettant l'innocence de miss MacClure, la chose est impossible. Personne n'a pu pénétrer auprès de miss Leith, laquelle n'en fut pas moins poignardée. Terry, que faisiez-vous lundi, chez Karen Leith?

– Cela ne vous regarde pas.

– Mauvais départ pour notre collaboration. Comment saviez-vous que miss Leith attendait à 17 heures un détective, à la suite d'un rendez-vous pris par téléphone le dimanche matin?

– Mon petit doigt me l'avait dit.

– Enfin et surtout, pourquoi vous êtes-vous rendu complice d'une inconnue que les circonstances désignaient comme une meurtrière?

– Je répondrai à la dernière question, déclara Terry en se retournant. J'ai épousé la cause de cette petite parce que toutes les circonstances l'incriminaient. Parce qu'elle est la seule suspecte possible. Parce que la réalité n'est jamais aussi simple. Parce que je la crois victime d'une machination.

Terry s'approcha d'Eva et lui sourit avant d'achever :

– Et principalement parce que je suis convaincu de sa sincérité. Tant pis pour moi si je suis le dernier des imbéciles! Mais tenez bon, mon petit. Je lutterai avec vous, jusqu'au bout.

Eva rougit, la lèvre inférieure tremblante. Terry fronça les sourcils, puis il s'avança vers la porte.

– Je tiens à vous dire, Ring, combien j'apprécie...

Terry se retourna pour désigner Ellery et il interrompit la phrase embarrassée du docteur.

– Remerciez le grand homme. Au revoir.

Il disparut dans le vestibule et claqua la porte d'entrée sur lui.

– J'ai l'impression que vous avez fait une conquête, dit sèchement Ellery à Eva. A ma connaissance, c'est un exploit sans précédent.

10

Dans le taxi qui les emportait vers Washington Square, Ellery posa une nouvelle question :

– Quelqu'un connaissait-il votre intention d'aller voir miss Leith?

Père et fille se tenaient épaule contre épaule et tous deux semblaient tirer un réconfort de ce rapprochement.

– Personne, en dehors de Dick auquel j'ai dit où j'allais, vers 16 heures moins quelques minutes.

– Cette visite a répondu à une impulsion soudaine?

– C'est cela.

– Terry se trompe donc et nous devons écarter l'idée d'une machination dirigée contre vous. Bien.

Une surprise attendait le trio chez Karen Leith : l'inévitable Mr Ring s'y trouvait déjà, en grande conversation avec l'inspecteur qui lui relançait la balle avec la bonne humeur d'un homme n'ayant rien de mieux à faire. Les Queen comblèrent d'un regard le fossé creusé par une longue séparation, puis Ellery présenta le Dr MacClure.

– Vous seriez mieux chez vous, docteur, dit l'inspecteur, frappé par sa mauvaise mine. Pourquoi vous imposer cette épreuve supplémentaire dès aujourd'hui? Nous avons tout le temps de faire plus ample connaissance.

– Merci. Je tiens à rester, répondit le savant, un bras autour des épaules d'Eva.

Queen haussa les épaules, puis il se tourna vers son fils.

– Voici le boudoir de miss Leith, El, dit-il. Sa chambre est à côté. Rien n'a été touché, sauf la dépouille.

Les narines palpitantes, Ellery traversa rapidement le boudoir pour passer dans la chambre. Les autres l'y suivirent en silence.

– A-t-on retrouvé l'arme? demanda-t-il, après un long regard circulaire.

– Oui... je crois que oui.

Surpris par la réticence de son père, Ellery leva les yeux. Puis il commença son inspection personnelle.

– A propos, reprit-il soudain, dans quelles circonstances et pourquoi miss Leith a-t-elle demandé la visite d'un détective, père?

– Dimanche matin, vers 9 heures, elle a téléphoné

au Bureau Central pour prier qu'on lui envoie quelqu'un, le lendemain, à 17 heures. Guilfoyle a été désigné. En arrivant, il a trouvé le cadavre de miss Leith, miss MacClure et Terry. Quant à la raison de cette demande, nous l'ignorerons sans doute toujours, puisque miss Leith ne l'a pas donnée.

Eva détourna la tête. Les paroles de l'inspecteur la transperçaient comme un glaive.

– Ce coup de téléphone émanait bien de miss Leith? Vous en êtes sûr? insista Ellery.

– Kinumé, sa vieille servante japonaise, était présente quand elle a appelé le Bureau Central. Allons, Terry, un bon mouvement, continua l'inspecteur avec bonne humeur. Videz votre sac.

– J'écoute et je m'instruis, répondit l'autre d'un ton sec.

– Vous avez téléphoné plusieurs fois à Karen Leith durant le dernier week-end, dimanche après-midi entre autres. Geneva O'Mara *dixit*. Quel genre d'affaire poursuiviez-vous avec miss Leith?

– Qui parle de rapports « d'affaires »? Les flics manquent décidément de délicatesse!

L'inspecteur haussa les épaules avec philosophie. Il attendrait son heure une fois de plus, voilà tout.

Ellery terminait une fouille rapide du bureau. Il désigna la cage vide, accrochée près du lit bas, et demanda :

– Est-ce un symbole ou un oiseau occupait-il cette cage du vivant de miss Leith?

– Je n'en sais rien, répondit l'inspecteur. Etait-elle vide quand vous êtes entrée ici, lundi, miss MacClure?

– Je ne m'en souviens plus. Je...

– Elle était vide, interrompit Terry.

– L'oracle a parlé! déclara Ellery. Une cage suppose un oiseau. Connaissez-vous l'occupant probable de celle-ci, docteur?

– Je n'y ai guère attaché d'importance, à vrai dire; mais Karen y tenait beaucoup et elle le soignait comme un enfant. Kinumé vous renseignerait mieux que moi; c'est un oiseau de son pays, emporté avec elle de Tōkyō, voici neuf ans.

L'inspecteur sortit. Ellery continua sa ronde autour de la pièce et Eva se rapprocha instinctivement de Terry quand il examina la targette de la porte donnant sur l'escalier du grenier. Le Dr MacClure s'était assis sur un curieux petit tabouret japonais et il avait enfoui son visage entre ses mains. L'atmosphère de la chambre rendait toute conversation difficile.

Quand il revint, au bout de quelques minutes, l'inspecteur était suivi par deux personnes : Kinumé – chargée d'une seconde cage contenant un oiseau exotique – et Geneva O'Mara. Celle-ci resta sur le seuil de la porte, l'air à la fois stupide, craintif et curieux.

– Quelle merveille! s'écria Ellery, débarrassant la vieille Nipponne de la cage. Je me souviens de vous, Kinumé. La disparition de votre maîtresse vous fait beaucoup de chagrin, n'est-ce pas?

Kinumé baissa ses yeux rougis par les larmes.

– Le mal a frappé, monsieur, murmura-t-elle.

Il y avait un air de famille entre la vieille Japonaise et l'oiseau au plumage éclatant : tête, ailes et queue pourpres, corps brun-chocolat, délicatement strié de blanc à la gorge. Du bout de son bec accentué à l'extrémité de la queue, il mesurait environ un pied et ses petits yeux brillants, fixés sur Ellery, marquaient une violente hostilité envers les étrangers. Pour accompagner ce regard, il poussa un cri rauque, souverainement déplaisant.

– Compensation naturelle, remarqua Ellery. La perfection n'existe ni chez les hommes ni chez les bêtes. Comment cet oiseau s'appelle-t-il dans votre pays, Kinumé?

– *Kashi-dori*. Vous dites : geai. *Kashi-dori* des Liou Kiou, mon pays. Lui très vieux.

– Un geai des Liou Kiou, murmura Ellery, songeur. Pourquoi n'occupe-t-il pas la cage de la chambre, Kinumé?

– Lui tantôt ici, tantôt dans l'autre cage, accrochée dans la chambre du soleil. Lui crier la nuit, empêcher missie de dormir...

Kinumé enfouit son visage dans les manches de son kimono et elle acheva entre ses sanglots :

– Missie l'aimait. Missie l'aimait par-dessus tout. Elle le soignait.

– La sale bête!

L'exclamation imprévue et sans doute involontaire venait de la porte. Effrayée par le son de sa voix, Geneva O'Mara voulut battre en retraite; mais Ellery la rappela :

– Qu'ai-je entendu? Restez, je vous prie.

La soubrette s'arrêta, interdite et butée.

– Je n'ai rien dit, déclara-t-elle.

– Tout le monde vous a entendue. Pourquoi paraissez-vous détester autant cet oiseau?

– Miss Leith en était folle. Il nous rendait la vie intenable, voilà!

Comme Geneva O'Mara reculait insensiblement vers la porte, Ellery la rappela :

– Approchez. Personne ne vous mangera.

– Pourquoi faire tant d'histoires pour un oiseau? maugréa l'inspecteur.

– Je m'informe, c'est tout, riposta Ellery. Comment vous appelez-vous et depuis combien de temps êtes-vous ici?

– Geneva O'Mara. Trois semaines.

– Soignez-vous cet oiseau?

– Ce n'est pas dans mes attributions. Mais la Japonaise est tombée malade dès les premiers jours de mon arrivée et j'ai dû la remplacer. Parlez-moi d'un oiseau bien nourri! Hachis de bœuf, œufs, et le reste! Avec cela, la maudite bête a saisi la première occasion pour s'envoler dans la cour et de là sur le toit d'où elle nous narguait! Nous avons eu beaucoup de mal à la rattraper. J'ai cru que miss Leith en aurait une attaque, ou qu'elle me mettrait séance tenante à la porte. Elle ne gardait jamais personne, Elsie – la dernière femme de chambre – m'avait prévenue. Personne, sauf elle...

Geneva désigna Kinumé d'un doigt vengeur.

– Mauvaise graine! lança Kinumé, dont les yeux bridés lançaient des éclairs.

– Taisez-vous, sale Jaune!

Un regard du Dr MacClure mit la soubrette en fuite. Le geai des Liou Kiou poussa un cri rauque et le docteur dit d'un ton las :

– Emportez-le, de grâce!

– Au diable les oiseaux! maugréa Terry Ring.

– Vous pouvez vous retirer, Kinumé, dit Ellery.

Celle-ci s'inclina humblement avant de sortir en emportant le geai, prisonnier dans sa cage.

Ellery défroissait la feuille de papier à lettres japonais, roulée en boule sur le bureau, quand un petit individu bedonnant et chauve entra dans la chambre, une serviette sous le bras.

– Morel, l'homme d'affaires de miss Leith, annonça le nouvel arrivant. Bonjour, inspecteur. Bonjour, miss MacClure. Ah! Docteur! Croyez à toute ma sympathie. Quelle affreuse tragédie! L'œuvre d'un dément, sans aucun doute. Mr Ellery Queen, si je ne me trompe? Je vous reconnais d'après vos photographies.

– Je vois que vous connaissez tout le monde, sauf Mr Ring, dit Ellery, serrant une main moite.

– Enchanté, Mr Ring. Qu'attendez-vous de moi, Mr Queen?

– Avez-vous lu cette lettre?

– Hier, oui. Je m'étonne que ma cliente l'ait

laissée inachevée. A moins que miss Leith n'ait été interrompue par le... par...

Morel toussota.

– Qui a froissé la feuille, dans ce cas? demanda dédaigneusement Terry.

Ellery lui lança un coup d'œil, puis il lut la lettre datée du lundi après-midi. L'écriture était petite, d'une netteté presque extraordinaire.

« Mon cher Morel,

« Mes comptes font ressortir des " crédits gelés " à l'étranger, provenant de droits d'auteur impayés. La plus grosse somme est due par les éditeurs allemands, soumis à la loi nazie sur les exportations de devises; j'ai d'autres créances moins importantes dans divers autres pays : Espagne, Italie, France, Hongrie, etc. Ayez l'obligeance d'en dresser une liste complète et de procéder, si possible, à un recouvrement immédiat. Tâchez d'obtenir un accord amiable, relatif à des échanges de crédit, entre Hardesty et Fertig; j'ai appris que certains auteurs avaient bénéficié de semblables arrangements intervenus entre des agents littéraires anglais et des éditeurs allemands.

« Et ce n'est pas tout, Morel. L'autre affaire dont j'ai à vous parler est extrêmement importante et de nature confidentielle. Je sais pouvoir compter sur votre absolue discré... »

– Hum! fit Ellery. Miss Leith s'est arrêtée avant d'avoir exposé le principal. Terry doit avoir raison. Elle s'est ravisée, voilà tout.

– De quelle affaire s'agissait-il? demanda Morel. Je tiens à le savoir!

– Et vous n'êtes pas le seul! grogna Terry.

Le Dr MacClure et Eva s'étaient approchés du bureau et ils lisaient la lettre, appuyés l'un sur l'autre.

– Je ne vois qu'un testament... commença le docteur.

– Le testament de miss Leith est rédigé depuis longtemps et j'en suis l'exécuteur, interrompit Morel. En souvenir de son père, ma cliente a légué tous ses biens, meubles et immeubles, à l'Université impériale de Tōkyō.

– Son testament ne comporte aucun legs personnel? demanda Ellery.

– Aucun.

– Et votre cliente n'avait jamais émis l'intention de modifier ses dispositions en vue de son prochain mariage avec le Dr MacClure?

– Non, Mr Queen. La semaine dernière encore, miss Leith m'avait entretenu de son testament en termes qui me permettent d'être catégorique.

– C'était inutile, intervint le Dr MacClure d'une voix atone. Ma fortune personnelle dépasse de beaucoup ce que Karen possédait; elle le savait.

– Curieuse affaire! décréta Terry.

– Mais n'y avait-il personne – un individu, s'entend – qui fût appelé à bénéficier du décès de miss Leith? insista Ellery.

– Pas une âme. La principale ressource de ma cliente était constituée par le revenu d'une grosse fortune laissée par une grand-tante du côté paternel, décédée depuis longtemps. D'après les dispositions de la testatrice, miss Leith ne devait entrer en possession du capital qu'à quarante ans révolus. Son quarantième anniversaire tombait en octobre... dans un mois, ma parole!

– Ah! fit Ellery. C'est intéressant.

– Et non moins regrettable, dit Morel. La richissime grand-tante avait envisagé l'éventualité et pris des dispositions en conséquence. Si miss Leith n'atteignait pas l'âge de quarante ans, la fortune devait revenir à sa plus proche parente.

– Qui est?

– Personne. Miss Leith était absolument seule au monde, m'avait-elle dit. Maintenant, la fortune de la tante revient à certaines institutions charitables, désignées par le testament de cette dame

L'inspecteur Queen se gratta le menton avant de poser une question délicate :

– A votre connaissance, y avait-il un prétendant évincé dans le passé de miss Leith, docteur?

– Non. J'aurai été le premier... et le dernier homme de sa vie.

– Mr Morel, intervint Ellery, vous étiez parfaitement au courant des affaires privées de miss Leith. Savez-vous quelque chose qui soit susceptible de nous fournir une indication sur le mobile du meurtre?

Morel caressa son crâne dénudé avant de répondre :

– Ma cliente m'avait dit récemment qu'elle ne se connaissait pas d'ennemis. Est-ce cela que vous désiriez savoir, Mr Queen?

– Elle le croyait, tout au moins, remarqua Terry.

L'homme d'affaires fixa sur lui ses petits yeux brillants; puis il murmura une phrase sibylline, salua à la ronde et sortit, en serrant toujours sous son bras la serviette qu'il n'avait pas ouverte.

– Etrange destinée, reprit Ellery après son départ. Une femme comblée de bienfaits terrestres : la célébrité, une grosse fortune à portée de sa main, la certitude d'épouser bientôt l'homme de son choix; une femme heureuse déjà, en attendant de l'être davantage, frappée en pleine ascension par une main inconnue.

– On demeure confondu devant un tel coup du sort, murmura le Dr MacClure.

– Quels sont les mobiles habituels du crime? L'intérêt? Mais la disparition de miss Leith ne devait pas rapporter un dollar à qui que ce soit, sauf à des institutions publiques, insoupçonnables d'homicide. La jalousie? Aucune trace de complications sentimentales ou autres dans le passé de la victime. Nous ne sommes donc pas en présence d'un crime passionnel. La haine? Mais vous venez d'entendre Morel déclarer que sa cliente n'avait pas d'ennemis. Aucun indice, aucune lueur, rien!

– Que ne puis-je orienter vos recherches! soupira le Dr MacClure.

Eva détourna la tête et Terry dit soudain :

– Morel a peut-être vu juste, pour une fois. Le crime d'un dément... Pourquoi pas?

Il y eut un silence.

– Asseyez-vous, miss MacClure, dit enfin Ellery. C'est une pénible épreuve pour votre père, je le sais; mais vous pouvez m'être utile. Asseyez-vous.

– Merci, murmura Eva. Je... oui, cela me fera du bien.

Elle s'assit sur le bord du lit bas tandis qu'Ellery examinait le contenu de la corbeille à papier.

– Il y a aussi ce caillou qui a brisé la fenêtre, grommela l'inspecteur en indiquant le caillou resté sur le sol, à l'endroit même où Eva l'avait vu.

– Oh, ça! fit Ellery. Terry prétend qu'un gosse a dû le lancer pour faire une blague.

Il continua de fouiller dans la corbeille.

– Tiens! s'écria-t-il en ramassant avec d'infinies précautions un objet tombé dans le fond.

– N'ayez crainte pour les empreintes, dit négligemment l'inspecteur. Le nécessaire a déjà été fait.

Le Dr MacClure s'avança vivement.

– C'est la première fois que je vois cet objet! s'écria-t-il avec un retour de son ancienne vigueur. Il n'appartenait pas à Karen.

– Kinumé dit au contraire que miss Leith l'avait apporté avec elle du Japon, rectifia l'inspecteur. Vous devez vous tromper, docteur.

Ellery examina la branche de ciseaux trouvée par Eva sur le bureau, le lundi après-midi. Les deux branches réunies formaient un oiseau dont un beau travail de pierreries incrustées représentait le plumage chatoyant. La lame, longue d'environ deux pouces et demi, formait le bec acéré, les pattes recourbées constituaient le double anneau.

– L'œuvre d'un artiste oriental, murmura Ellery en soupesant la branche aux feux multicolores, légère comme une plume bien qu'elle mesurât cinq pouces de longueur totale. L'idée est ingénieuse. Quel peut être l'oiseau représenté?

– Une grue, d'après Kinumé, qui l'a d'ailleurs appelé d'un autre nom, *tsuru* ou quelque chose d'approchant, expliqua l'inspecteur. Un oiseau sacré, paraît-il. Miss Leith aimait décidément les oiseaux.

– J'y suis! s'écria Ellery. La grue japonaise, symbole de longévité! O macabre ironie des symboles...

– Libre à vous de philosopher sur cet instrument, interrompit sèchement l'inspecteur. Pour moi, c'est l'arme du crime, sans plus.

Eva étouffa un cri. Si elle s'était souvenue à temps! Si Terry avait effacé ses empreintes!

– Vous êtes certain de votre fait? murmura Ellery.

– Sam Prouty déclare que la largeur et l'épaisseur de la blessure correspondent exactement à celles de la lame; or, je ne crois pas à ce genre de coïncidence.

– Il y a d'autres hypothèses.

– La gaine? Impossible.

– Quelle gaine?

– Nous avons trouvé dans la chambre du grenier un étui de la même forme et Kinumé dit que les ciseaux étaient toujours dedans. Mais il n'est pas tranchant.

– Le grenier? répéta Ellery, fixant distraitement un bâton de cire dorée et un cachet gravé d'un emblème japonais, posés sur le bureau.

Le grenier! Eva avait complètement oublié l'existence du mystérieux grenier interdit à tous. Qu'y avait-il, là-haut? Peu importait, puisque...

– Les ciseaux, cassés depuis des années au dire de Kinumé, étaient relégués là-haut, reprit l'inspecteur. Tout s'enchaîne à souhait pour faciliter la reconstitution : l'assassin s'introduit par la fenêtre de la mansarde, il s'empare de cette branche de ciseaux, descend ici, poignarde miss Leith, jette son arme dans la corbeille à papier après en avoir essuyé la lame ensanglantée et s'enfuit par le même chemin. Oui, tout concorde, apparemment.

Folle d'angoisse, Eva crut distinguer une pointe de moquerie dans le ton de l'inspecteur. Sa reconstitution était impossible. L'assassin n'avait pu passer par le grenier puisque la porte de la chambre était verrouillée de l'intérieur!

– J'ai envie d'aller faire un tour là-haut, dit Ellery, rêveur.

11

Ellery monta l'escalier raide et juste assez large pour permettre aux MacClure de le gravir côte à côte. Une discussion s'engagea entre l'inspecteur et Terry Ring pour savoir à qui reviendrait le singulier honneur de fermer la marche; Terry finit par faire admettre ses raisons, au grand agacement de l'inspecteur qui avait horreur de sentir quelqu'un derrière lui, principalement quand ce quelqu'un gravissait sans bruit des marches toutes prêtes à craquer sous les pas d'autrui.

L'escalier aboutissait dans une chambre fraîche, légèrement mansardée, éclairée par deux fenêtres aux rideaux de chintz, bien meublée et égayée par de précieuses aquarelles japonaises. Une chambre ensoleillée, harmonieuse, d'une simplicité presque virginale, si différente du « mystérieux grenier » tel qu'Eva se l'était souvent représenté, avec le respect craintif d'une curiosité éveillée.

– L'agréable pièce! s'écria-t-elle involontairement. Je comprends que Karen ait écrit de si beaux livres, ici!

– On y étouffe, dit le Dr MacClure d'une voix étranglée.

Il alla se planter devant la fenêtre, le dos tourné à l'assistance.

– Quel singulier mélange de civilisations différentes! remarqua Ellery. Une machine à écrire, vieux modèle, sur ce fragile secrétaire en bois de teck, ce lit démodé, ces beaux tapis d'Orient : voilà un contraste qui n'existe pas aux autres étages.

Une petite pièce attenante, commandée par la chambre, mais possédant une fenêtre et une lucarne, était aménagée avec tous les perfectionnements modernes en cuisine-salle de bains. Le petit appartement semblait avoir été habité par une femme d'un goût raffiné et sédentaire; c'était une charmante retraite, isolée du monde extérieur avec lequel elle ne communiquait que par la porte donnant sur le vieil escalier.

– Le temple de la solitude, dit Ellery. Si j'ai bien compris, miss Leith venait se recueillir ici?

– C'est ici qu'elle a écrit *Nuages du Levant,* murmura Eva, les larmes aux yeux. Jamais je n'avais rêvé que ce mystérieux grenier fût si... si charmant.

– D'après les renseignements que j'ai pu obtenir, miss Leith s'enfermait parfois pendant une semaine ou deux à cet étage, pour favoriser l'inspiration, dit l'inspecteur.

Ellery fit un rapide inventaire des innombrables livres alignés sur de longues étagères. Ouvrages de documentation en six langues différentes; œuvres de Lafcadio Hearn, Chamberlain, Aston, Okuma; traductions de poètes japonais en anglais, français et allemand voisinaient avec les classiques occidentaux. Le bureau, encombré de livres également usagés, retint l'attention de notre limier qui se mit à ouvrir un tiroir après l'autre. Fragments de manuscrits, notes dactylographiées : toutes les précieuses paperasses d'un auteur frappé par la mort en pleine création étalées sous des yeux profanes. Pour Eva, fascinée et révoltée, la brusque intrusion d'un étranger dans ce domaine sacré s'apparentait au sacrilège.

Dans un tiroir, Ellery trouva un étui à ciseaux en ivoire sculpté d'où pendait une amulette japonaise, attachée par un cordonnet de soie.

– L'étui des fameux ciseaux, dit l'inspecteur à la vue de l'objet.

– Avez-vous retrouvé l'autre branche?

– Pas encore. Elle doit être égarée depuis des années.

L'intérêt d'Ellery se tourna ensuite vers un placard dont la porte était ouverte. Plusieurs robes d'aspect défraîchi, ni manteaux ni chapeaux; sur la planche du bas, une paire de souliers. Ellery hocha la tête avant d'aller examiner les objets disposés sur une coiffeuse : brosse et peigne à cheveux, boîtes à poudre et flacons assortis, nécessaire de manucure, coffret de laque rempli de riches accessoires.

– Par exemple! s'écria Ellery.

– Qu'y a-t-il? demanda vivement l'inspecteur.

Sans répondre, Ellery vint au placard d'où il tira successivement une robe imprimée et une autre en satin noir, garnie de dentelle écrue. Après examen, il les raccrocha, puis il regarda les souliers. Soudain, un vieil étui à violon, dissimulé jusque-là par les vêtements, attira son attention.

Un étrange soupçon traversa l'esprit d'Eva Le jeune Mr Queen avait-il remarqué...? Les autres semblaient ne s'être aperçus de rien.

L'étui renfermait un violon à la patine vénérable dont les cordes avaient dû sauter une à une, au cours d'un précédent été, car elles pendaient lamentablement. Au bout d'un long moment, Ellery porta l'instrument endommagé sur le lit, comme s'il ne pouvait en détacher ses yeux. Tous les regards étaient fixés sur lui maintenant, même celui du Dr MacClure qui s'était détourné de la fenêtre, mû par la force irrésistible du silence.

– Bien, soupira Ellery. Bien!

– Parlez! s'écria l'inspecteur, impatienté.

– L'éminent Mr Queen vient de faire une découverte, annonça gravement Terry Ring.

Ellery alluma une cigarette avec une lenteur exaspérante.

– Oui, répondit-il enfin. Je viens de faire une découverte, assez importante, ma foi. Karen Leith n'a jamais occupé cette chambre!

– Karen n'a jamais...

Le Dr MacClure ne put achever.

Eva étouffa un cri. Mr Queen avait donc remarqué...

Son esprit était en ébullition. Ce coup de théâtre... Une planche de salut, peut-être?

– Non, docteur, répondit Ellery. Depuis des années, sans doute, et jusque tout dernièrement, cet appartement fut occupé par une autre femme

La moustache grise de l'inspecteur se hérissa sous l'effet de la surprise et de l'indignation.

– Allons donc! Mes hommes sont passés ici et...

Ellery interrompit, avec un haussement d'épaules, la protestation paternelle :

– Vos hommes n'y ont vu que du feu, voilà tout. Je suis certain de ce que j'avance.

– Mais c'est impossible! s'écria le Dr MacClure.

– Mon cher docteur! Miss Leith était bien droitière?

– Naturellement!

– Vous confirmez mon souvenir, car je la vois encore, au cours de sa réception, préparer le thé à la mode japonaise, et elle le préparait de la main droite. Est-il également vrai que votre fiancée mesurait environ cinq pieds un pouce ou deux et qu'elle pesait approximativement cent cinq livres?

– Parfaitement, Mr Queen, intervint Eva, le cœur battant. Karen mesurait cinq pieds, un pouce et demi et elle pesait cent trois livres!

– Petite, fluette, teint mat, cheveux noirs comme l'aile d'un corbeau : un physique très caractéristique, en somme.

– Où voulez-vous en venir? grogna l'inspecteur.

– Miss Leith était droitière, disons-nous. Néanmoins, j'ai constaté du premier coup d'œil que ce violon convenait à un artiste gaucher.

Ici, Ellery souleva l'instrument; il remit chaque corde à sa place attitrée sur le chevalet et reprit :

– Regardez ces cordes. L'ordre habituel, de gauche à droite en regardant le violon est : *sol, ré, la, mi.* Dans ce cas particulier, vous constaterez d'après l'épaisseur des cordes que l'ordre inversé donne *mi, la, ré, sol.* Un violoniste gaucher. Le fait est exceptionnel.

Après avoir recouché l'instrument dans son étui, Ellery se dirigea vers le placard; pour la seconde fois, il sortit la robe imprimée et la présenta à Eva en demandant :

– Croyez-vous que cette robe ait pu convenir à une femme aussi petite et aussi mince que l'était miss Leith, miss MacClure?

– Jamais de la vie! s'écria Eva. La différence de

taille m'avait sauté aux yeux tout à l'heure. Karen n'a pu porter ni cette robe ni celle en satin noir, Mr Queen.

– Merci.

Ellery raccrocha le portemanteau; puis il revint à la coiffeuse, leva la brosse à cheveux et posa une nouvelle question :

– Ces cheveux sont-ils ceux de miss Leith?

Pressés autour de notre limier, les autres virent quelques cheveux blond cendré, pris dans les crins de la brosse. Ellery ouvrit enfin la boîte à poudre.

– Viendrait-il à l'esprit d'une brune au teint mat d'employer une poudre si claire? acheva-t-il.

Le Dr MacClure tomba sur le lit. Eva mit tendrement les bras autour de son cou. Une diversion, enfin! La mystérieuse occupante de la mansarde détournerait d'elle les soupçons du terrible petit inspecteur! Il croirait que cette inconnue avait tué Karen. Il ne pouvait en être autrement. Quel bonheur! Quel bonheur! Eva chassa la certitude que cette femme n'avait pu tuer Karen, à cause de la porte verrouillée. La porte verrouillée. La porte...

– Les hommes chargés de fouiller cette pièce recevront de mes nouvelles, lança l'inspecteur furieux.

Ellery reprit brusquement :

– A-t-on relevé des empreintes digitales, ici?

– Le ménage a dû être fait à fond récemment, répondit l'inspecteur. Les rares empreintes relevées appartiennent à la vieille Japonaise, laquelle refuse de parler.

– Bien. Utilisons les éléments connus pour tracer le portrait de notre ermite en jupons. D'après les indications fournies par les robes, je vois une femme de cinq pieds sept ou huit pouces, pesant entre cent trente et cent quarante livres, ayant passé l'âge de la coquetterie. Sommes-nous d'accord, miss MacClure?

– Oui, répondit Eva. Ces robes démodées conviendraient parfaitement à une personne de quarante ans ou davantage.

– Notre inconnue est une blonde au teint clair, reprit Ellery. Elle joue – ou a joué – du violon. Un secret important est attaché à cette femme, sans quoi miss Leith ne l'aurait pas tenue cachée ici, depuis des années, apparemment. Oui, tout s'explique : sa vie retirée, l'interdiction formelle et générale de monter au grenier, le changement fréquent de servantes blanches, les murs réfractaires au son. Un secret! Connaissez-vous une femme répondant au signalement que je viens de donner, docteur?

– J'ai beau chercher... commença le savant avec un geste vague.

– Réfléchissez. La personne en question ne doit pas appartenir au chapitre américain de la vie de miss Leith. Il faut remonter plus loin. Le Japon. Le Japon! Cherchez dans le passé, docteur! Vous aviez rencontré votre fiancée à Tōkyō, vous connaissiez sa famille. Oui, je suis sur la bonne voie... Attendez!

Ellery courut au placard et il revint avec un soulier dans chaque main.

– Voici une autre indication. Je l'avais presque oubliée. Deux souliers du pied droit, dépareillés.

– Un bon point pour Sherlock, murmura Terry Ring.

Frappant avec impatience un soulier contre l'autre, Ellery reprit :

– Ils n'ont jamais été portés. L'enduit des semelles n'a pas une éraflure. Je ne vois que deux explications possibles : ou notre inconnue est amputée d'une jambe ou c'est une infirme obligée de porter un soulier orthopédique. Eh bien, docteur?

Le savant se raidit.

– Non! C'est impossible, répondit-il enfin.

– Papa!

Eva le secoua.

– Parlez! Dites-nous ce que vous savez!

– La vérité sera découverte tôt ou tard, déclara Terry Ring. Ce n'est qu'une question de temps, docteur.

– C'est impossible, dis-je! gronda le géant.

Puis, les épaules voûtées, il regagna la fenêtre et chiffonna à pleines mains les rideaux de chintz avant de reprendre, d'une voix dure et impersonnelle :

– Il y a eu dans l'entourage de Karen une femme correspondant à votre signalement, Queen. Quand je l'ai connue, c'était une blonde au teint clair dont la taille et le poids approchaient de vos chiffres; elle était gauchère et jouait du violon. Mais cela remonte à plus de vingt ans. Elle en avait vingt-deux à l'époque. Cette femme portait un soulier orthopédique, rehaussé, car sa jambe droite était plus courte que l'autre, de naissance. Elle boitait.

– Qui était-ce, docteur? demanda doucement Ellery.

– La sœur aînée de Karen, Esther.

Eva dut s'appuyer contre le lit pour ne pas chanceler. C'en était trop! Elle avait entendu parler d'Esther Leith; elle savait pourquoi son père venait de déclarer que la sœur aînée de Karen n'avait pu occuper la mansarde.

– Il s'agit certainement de la même femme, dit l'inspecteur. De telles coïncidences n'existent pas.

– Vraiment?

Le Dr MacClure se retourna enfin et la vue de ses traits crispés arracha un petit gémissement à Eva.

– Vous croyez vraiment que le problème est résolu? Eh bien, que direz-vous en apprenant par ma bouche qu'Esther Leith n'a jamais quitté le Japon? Qu'elle est restée au Japon!

– Encore faudrait-il pouvoir le prouver, riposta l'inspecteur.

– Je sais ce que je dis, articula le Dr MacClure. Esther Leith est morte à Tōkyō en 1924, voici douze ans passés.

TROISIÈME PARTIE

12

– Avez-vous assisté à la fin d'Esther Leith, docteur? demanda tranquillement l'inspecteur.

– Ne prête aucune attention à ces absurdités, Eva, gronda le géant. Ce n'est qu'une coïncidence fantastique, voilà tout.

– Mais, papa, sa propre sœur! Quelle abomination!

– N'en crois rien! M'entends-tu! Esther s'est suicidée. Elle s'est jetée dans le Pacifique au cours d'une croisière en mer.

– Serait-ce la tragédie dont vous m'avez laissé soupçonner l'existence lundi après-midi, à bord, docteur? demanda Ellery.

– Oui. Je me trouvais en Nouvelle-Angleterre à l'époque et une lettre de Karen m'apprit la pénible nouvelle. Certains journaux en avaient parlé, paraît-il, mais je ne les avais pas lus.

– C'est bizarre, murmura l'inspecteur.

– Mais c'est la pure vérité, inspecteur! s'écria Eva. Karen m'avait raconté toute l'histoire, dans un moment de confiance.

– Excusez-moi un instant, dit Queen avant de sortir.

Les autres l'entendirent descendre l'escalier du grenier. Terry Ring s'appuya sur l'autre pied, comme s'il avait attendu l'occasion de reposer sa jambe fatiguée.

L'inspecteur revint presque aussitôt, tenant à la main un petit paquet de lettres liées par une faveur rouge.

– Tiens! fit Ellery. Voilà qui m'avait échappé!

– Et pour cause, répondit aimablement son père. Notre premier soin fut de mettre cette correspondance en lieu sûr, bien qu'elle ne présentât apparemment guère d'intérêt. Elle en a pris.

Le Dr MacClure avait blêmi. L'inspecteur s'adressa à lui avec bonté :

– Nous sommes renseignés, vous le voyez. Miss Leith conservait ces lettres dans le fond d'un vieux coffre, au sous-sol. Toutes datent de 1913, sauf deux qui sont de 1918. Deux lettres de vous, docteur, adressées à Esther Leith *MacClure.*

Le savant s'assit sur la chaise placée devant le bureau.

– Les autres ont été échangées entre Esther et Floyd, j'imagine? demanda-t-il d'une voix altérée. Quelle folie d'avoir espéré...

– Papa! s'écria Eva. De quoi s'agit-il?

– J'aurais dû te mettre au courant depuis longtemps, soupira le savant. Esther Leith était ma belle-sœur; elle avait épousé mon jeune frère Floyd à Tōkyō, en 1914.

Le Dr MacClure poursuivit son récit d'une voix atone. Floyd, un charmant garçon au caractère gai et influençable, avait embrassé la carrière médicale moins par attrait personnel que pour suivre l'exemple de son aîné qu'il adorait. Quand, en 1913, le futur professeur fit un premier voyage d'études sur le cancer, Floyd l'accompagna en Extrême-Orient. L deux frères rencontrèrent à Tōkyō Hugh Leith, professeur de littérature à l'Université impériale, qui accueillit à bras ouverts ses jeunes compatriotes.

– Esther et Floyd s'éprirent l'un de l'autre, acheva le narrateur. Leur mariage fut célébré au début de l'été 1914, quelques semaines avant la déclaration de guerre du Japon à l'Allemagne.

Eva s'approcha de son père et elle posa une main sur son épaule.

– Mais vous aimiez également Esther, dit l'inspecteur en tapotant les lettres. Vos sentiments se lisent entre les lignes, docteur.

– Au diable ces lettres! Pourquoi Karen les avait-elle conservées? s'écria le Dr MacClure en rougissant. C'est vrai. Mais le cœur d'Esther alla à Floyd. Je crois qu'il ne se douta jamais de mon... de mes sentiments.

– Papa chéri! murmura Eva.

– Aussitôt après leur mariage, je rentrai en Amérique, seul. Floyd adorait le Japon et il comptait s'y fixer définitivement avec sa femme. Je ne devais jamais le revoir.

– Continuez, docteur, dit Queen après un long silence. Votre frère fut tué accidentellement, n'est-ce pas? Il est question de ce malheur dans une de vos lettres à Karen Leith, datées de 1918.

– Oui. Karen me communiqua tous les détails. Floyd avait la passion des armes à feu et du tir. Il donnait des leçons de tir à Esther, dans leur jardin de Tōkyō et...

– Et elle l'a tué? demanda vivement Ellery.

– Oh! ce fut un de ces maudits accidents que l'on compte, hélas, par milliers! Esther visait la cible et elle était nerveuse. Floyd se tenait trop près. La balle lui a brûlé la cervelle. Il n'a pas eu le temps de voir venir la mort.

Comme le Dr MacClure gardait de nouveau le silence, l'inspecteur insista :

– Il y a autre chose, si je ne me trompe? Ces lettres font allusion à une certaine femme...

– Vous savez cela également! interrompit le docteur qui se mit à arpenter la pièce. Comment me serais-je douté que cette correspondance... Oui, il y avait une autre femme. Rien ne fut jamais prouvé, ni à l'époque ni depuis. Je puis seulement vous affirmer ceci : Floyd aimait Esther et elle seule; mais il était séduisant, faible et il attirait les femmes. Bref, des racontars circulèrent et parvinrent aux oreilles d'Esther.

– Oh! fit Eva avec commisération.

– Il faut avoir connu Esther pour comprendre. C'était une créature exceptionnelle, intelligente, douée d'un grand talent littéraire, belle comme le jour; mais son infirmité la rendait hypersensible et la seule pensée d'une infidélité même légère de son mari devait lui être intolérable. Après l'accident, la malheureuse en arriva à se persuader qu'elle avait voulu abattre Floyd, qu'elle l'avait visé inconsciemment.

Le visage du Dr MacClure s'assombrit encore.

– La mort de Floyd devint une idée fixe. La pauvre Esther finit par s'accuser de meurtre prémédité.

– C'est la raison de son suicide? demanda Ellery.

– Oui. Après l'enquête qui l'innocenta de toute responsabilité, elle perdit momentanément la raison. Ceci se passait en 1918; je retournai au Japon où je ne pus que constater mon impuissance, hélas! Le Pr Leith était mort en 1916, pendant la guerre; je laissai donc Karen seule avec Esther quand je rentrai aux Etats-Unis au début de 1919. En 1924, Karen m'annonça le suicide d'Esther; puis, en 1927, j'appris par une chronique littéraire que Karen venait de s'installer définitivement à New York et je me procurai aussitôt son adresse. Vous savez la suite et vous comprenez maintenant pourquoi j'affirme qu'Esther n'a pu habiter ici.

Le savant épongea son front moite.

– J'y suis! s'écria Eva. Par une touchante pensée, Karen avait groupé dans cette chambre tous les souvenirs de sa sœur. C'est cela! Papa a mille fois raison : Esther n'a jamais vécu ici!

– Je n'en jurerais pas, dit Terry Ring en examinant très attentivement ses ongles. Conserver pendant des années les cheveux d'une morte, pris dans les crins d'une brosse! Ce serait pousser un peu loin le culte du souvenir!

– Attendez! Voici une autre explication possible : Esther est encore de ce monde, mais elle ne jouit pas de toute sa tête. Papa vient de nous dire que sa raison s'était égarée, après l'accident, n'est-ce pas? Karen a fort bien pu répandre la nouvelle de son suicide et la garder secrètement auprès d'elle, au lieu de la faire enfermer.

– Il peut y avoir du vrai dans cette théorie, miss MacClure, déclara l'inspecteur.

Ellery s'était approché du bureau et feuilletait des papiers avec une perplexité évidente.

– Le mystère demande à être éclairci le plus vite possible, père, dit-il enfin. Qu'il s'agisse d'Esther ou d'une autre, vous possédez un signalement détaillé de la femme qui vivait ici jusqu'à ces temps derniers. Elle devrait être facile à retrouver.

– J'ai donné à Thomas les instructions nécessaires, quand je suis descendu pour chercher les lettres, répondit l'inspecteur. Il va câbler à la police japonaise dans le sens voulu. Si le décès d'Esther Leith MacClure n'a pas été formellement constaté, ces vieilles lettres nous serviront à...

– Je répète que c'est impossible, interrompit le savant d'un ton las.

Queen alla appeler, du haut de l'escalier :

– Kinumé! Hep! Kinumé! Montez au grenier!

Puis il revint et continua :

– Karen Leith n'a pu cacher une femme ici pendant des années sans le concours de quelqu'un. S'il s'agissait d'Esther, la vieille Nipponne était dans le secret, depuis le début.

– Je doute que Kinumé... commença le Dr MacClure.

– Il fallait à Karen Leith une gardienne sûre, une femme chargée des gros travaux et... Prenez votre temps, Kinumé.

La vieille Japonaise montait en s'arrêtant à chaque marche pour souffler. Quand elle parut enfin, tremblante, son regard craintif alla involontairement de l'un à l'autre, comme s'il cherchait un visage connu. Puis elle baissa les yeux, croisa les mains dans les manches de son kimono et attendit.

– Où est Esther, Kinumé? demanda brusquement l'inspecteur.

– Bonjour, Eva. Bonjour, Dr MacCloo, dit Kinumé, retrouvant son calme.

– M'avez-vous entendu? Où est Esther Leith?

Kinumé s'inclina.

– Missie Esther morte. Longtemps, longtemps. Missie Esther noyée dans la mer.

– Qui habitait cette chambre?

– Missie Karen. Tantôt ici, tantôt en bas.

– Personne d'autre?

– Missie Karen écrire ici.

– Avez-vous fait le ménage de cette chambre récemment?

– Missie défendre entrer. Missie nettoyer elle-même.

– Bien, soupira l'inspecteur. Retirez-vous. Je n'ai pas la prétention de forcer une Japonaise à parler contre son gré. Cela ne s'est jamais vu!

Kinumé s'inclina humblement avant de sortir.

– Ramenez votre fille chez vous et prenez un peu de repos, docteur, continua Queen. Je vous téléphonerai quand j'aurai reçu les renseignements demandés au sujet d'Esther.

– Au revoir, murmura Eva, sans regarder personne en particulier.

Comme les MacClure descendaient l'escalier, Terry Ring se leva, avec l'intention évidente de les suivre.

– Non, dit doucement l'inspecteur. Restez, Terry.

13

– Oh! fit Terry Ring, cloué sur place.

Tandis que son père allait fermer la porte donnant sur l'escalier, Ellery s'approcha de la fenêtre avec un soupir et il plongea son regard dans le jardin, calme et désert au crépuscule. Le soir de la garden-party de Karen, la mystérieuse recluse s'était-elle tenue dans l'obscurité, à cette même place, spectatrice insoupçonnée de la fête? Qu'y avait-il à cet instant dans le fond de son cœur?

Ellery remarqua les lourdes persiennes de bois plein rabattues contre le mur, le store bleu de nuit roulé au-dessus de la fenêtre. « Oui, songea-t-il, cette chambre ressemble beaucoup à une cellule. »

– Comment un être humain a-t-il pu vivre ici pendant des années, à l'insu de tous? dit-il. C'est vraiment la situation la plus étrange dont j'aie jamais entendu parler.

– Laissons cela pour l'instant, déclara l'inspecteur. Terry!

– Présent et bon pour la sellette, soupira l'autre.

Ellery se retourna. Les deux hommes s'affrontaient du regard, avec un demi-sourire, à la manière d'adversaires bien élevés, sur le terrain.

– Je vous connais de longue date, Terry commença l'inspecteur. Vous avez parfois joué de mauvais tours à la Police Métropolitaine, mais vous avez toujours marché droit et vous vous êtes tenu à l'écart des combinaisons louches. Vous avez ma sympathie et mon estime, Terry.

– Merci, Mr Queen, dit gravement le jeune détective privé.

– Pourquoi nous cacher votre rôle dans cette affaire? Vous pouvez nous aider, Terry. Que savez-vous?

– Mes renseignements ne valent pas les vôtres, inspecteur!

– Je vois mal ce que vous avez à gagner en travaillant contre nous. Qui paiera vos services? Karen Leith est morte.

Le coup porta, mais Terry Ring se ressaisit aussitôt et il demanda en souriant :

– A propos, quand l'enterre-t-on?

– C'est dommage, mon garçon. Grand dommage en vérité, soupira Queen. Seul votre passé m'empêche de vous arrêter sur-le-champ, comme complice. Les détectives privés en général ne me plaisent guère, vous le savez; on trouve trop de maîtres chanteurs, d'espions à gages, de pêcheurs en eau trouble dans leurs rangs. Mais je fais une exception en votre faveur.

– Avec cette recommandation-là, j'irai loin, déclara Terry Ring en se frottant les mains. Puis-je la noter?

– Vous pouvez noter cet avertissement : si vous persévérez dans votre attitude, vous finirez la semaine en prison. Je connais le moyen de délier les langues.

Comme Terry Ring regardait autour de lui, l'inspecteur demanda :

– Que cherchez-vous?

– Le téléphone, pour appeler mon avocat. N'est-ce pas le réflexe de tout malfaiteur pris au collet?

Le ton de Queen devint menaçant :

– Vous regretterez votre obstination, Terry! Vous vous expliquerez au Bureau Central et...

– Et vous serez obligé de me relâcher au bout de deux heures, acheva Ring, imperturbable.

Ellery crut bon d'intervenir, en médiateur

– En un sens, Terry a raison, père, dit-il. Votre exaspération est compréhensible, certes; mais réfléchissez avant de commettre une erreur que vous regretteriez par la suite. Si vous l'arrêtiez maintenant, notre ami serait excusable de vous garder rancune, et il a les journalistes dans sa manche.

Sans broncher, Terry Ring soutint un regard capable de faire rentrer un homme sous terre; puis l'inspecteur tira sa tabatière de sa poche, bourra ses narines de tabac, aspira rageusement, éternua à la manière d'un cyclope et gronda pour terminer :

– Je n'oublie rien, Terry. A bientôt.

Des claquements de portes successifs annoncèrent son départ.

– Ouf! dit gaiement Terry Ring. Un type épatant, le petit père Queen. J'aime à le voir rager. Une cigarette?

Ellery en prit une que Terry alluma.

– Merci.

– C'est moi qui vous remercie, répondit l'autre. Sans vous...

– Descendons, interrompit Ellery. Rien ne nous retient plus ici.

Kinumé montait péniblement l'escalier principal; elle s'aplatit contre le mur, les yeux baissés, quand les jeunes gens la croisèrent. Une fois passé, Ellery se retourna. La vieille femme continuait sa lente ascension.

– Si Kinumé est mêlée à une affaire de séquestration, elle ne perdra rien pour attendre, dit Terry d'un ton sec. Le cas échéant, cette brute de Ritter écorcherait vive sa propre grand-mère.

– Kinumé, répéta Ellery, les sourcils froncés. Elle pourrait résoudre un de nos problèmes. Au diable ces Orientaux!

– Quel grief nourrissez-vous contre elle?

– L'admiration n'est pas un grief, au contraire. C'est le tempérament de sa race qui m'irrite. Si l'on veut expliquer la perpétuelle turbulence des Japonais en Asie, on trouve un complexe d'infériorité vis-à-vis de la race blanche développé à l'extrême.

– Mr Queen, Je-Sais-Tout!

– Ne faites pas l'imbécile. J'entends que Kinumé est l'esclave de sa vénération pour une Blanche. Créature de Karen Leith, elle savait tout ce qui se passait là-haut, mais Karen lui avait fait jurer le secret et son respect pour une pigmentation épidermique différente de la sienne l'oblige à garder sa vieille bouche cousue comme... comme la vôtre, par exemple.

– Oh! fit Terry pour tout commentaire.

Le geai des Liou Kiou occupait seul le petit jardin d'hiver que les jeunes gens traversèrent pour sortir. Il les accueillit par un horrible cri rauque et les suivit d'un œil méchant.

– Sale bête! dit Ellery. A la place de Karen, je lui aurais tordu le cou depuis longtemps.

– Le *kashi-dori* réservait peut-être ses grâces pour sa maîtresse, répondit Terry, l'esprit ailleurs.

Il faisait si bon vivre dans le jardin fleuri, parfumé et désert, qu'Ellery se sentit presque fautif à la pensée du frêle cadavre, couché sur une table de marbre, à la morgue.

– Halte, dit-il, arrivé à la hauteur d'un banc d'où l'on voyait l'arrière de la maison. Je n'ai pas encore eu le temps de réfléchir.

Une fois assis, Ellery allongea les jambes et ferma les yeux. Terry respecta son silence en grillant une cigarette et en regardant la maison aux fenêtres fermées. Ici, l'on apercevait un vieux masque jaune, pressé contre une vitre; là, le visage borné et revêche de Geneva O'Mara, la soubrette blanche. Mais Terry feignit de ne pas les voir et nos deux curieuses se lassèrent au bout d'un moment.

– Il y a trop d'inconnues dans cette équation, soupira enfin Ellery, rouvrant les yeux. Procédons par élimination. Vous détenez la clef d'un des mystères, Terry.

– Vraiment?

– Imbécile! Quel est l'objet de mon intérêt dans cette affaire?

– Je vous le demande. Si vous admettez l'innocence d'Eva MacClure, c'est bien la première fois que vous croyez quelqu'un sur parole.

– Et vous, alors? riposta Ellery en riant.

Silence. Comme son compagnon grattait du pied les graviers de l'allée, Ellery reprit :

– Puisque vous me refusez votre concours, faisons appel aux seules ressources de mon esprit. Primo, il y a le coup de téléphone de lundi après-midi auquel Karen Leith n'a pas répondu, pour l'excellente raison qu'elle était déjà morte. L'incident tracasse mon père, mais ma conviction personnelle est assurée : le mystérieux demandeur, c'était vous.

– Simple hypothèse, mon cher.

– Allons, Terry! protesta Ellery avec bonne humeur. Je ne suis pas un enfant, vous non plus. Vous êtes un détective privé et, soit dit sans vouloir vous offenser, vous n'êtes pas assez « intellectuel » pour avoir eu l'honneur d'intéresser Karen Leith. Donc, vos relations avec elle étaient d'ordre professionnel.

– Sans avoir été au collège, j'ai la prétention de valoir vos beaux esprits! gronda Terry, furieux.

– Certes. Mais je maintiens mon point de vue : vous n'intéressiez pas l'auteur de *Nuages* sur le plan intellectuel et je doute qu'elle ait succombé à votre attrait physique. La vérité crève les yeux. Miss Leith s'était adressée à vous en tant que détective privé, au sujet d'une affaire secrète, bien entendu. Or, nous découvrons qu'une femme vivait cachée dans son grenier depuis des années! Il faudrait être aveugle pour ne pas faire le rapprochement.

– Bien. Et après?

– De quelle mission miss Leith vous avait-elle chargé?

– Devinez!

– Hum! Soudain, miss Leith décide de s'adresser à la Police Métropolitaine. Déduction : ou votre échec l'obligeait à recourir aux enquêteurs officiels, ou le succès de votre mission terminait la partie louche de l'affaire.

– Espèce de...

Terry Ring s'était levé. Ellery le retint par le bras.

– Là, là, dit-il. Quels biceps! Rasseyez-vous, Tarzan.

L'autre grogna, mais il obéit et Ellery poursuivit :

– De toute façon, vos services devinrent inutiles. Laissez-moi romancer un peu. Notre détective privé est évincé. Il prend la mouche et, son métier consistant à être au courant de tout, il découvre que miss Leith attendait un type du Bureau Central, lundi, à 17 heures. Que fait alors notre jeune détective privé? Décidé à devancer Guilfoyle, il entre dans un taxiphone – celui d'University Place, le plus proche de Washington Square, par exemple – et veut téléphoner à miss Leith qui ne répond pas. Il accourt et se trouve devant le cadavre de sa cliente!

– Vous divaguez, déclara Terry. Mais puisque nous sommes loin des oreilles indiscrètes, recevez cette confidence : je suis l'auteur de ce fameux coup de téléphone, parfaitement. Et après?

– Ah! s'écria Ellery dont le triomphe fut éphémère car l'autre rentra aussitôt dans sa coquille. Eh bien, puisque je suis sur la voie des conjectures... Terry, j'ai le sentiment que notre amie, la dame blonde, ne se trouvait plus dans la maison à la fin de la semaine dernière. Qu'en pensez-vous?

– Vous vous êtes renseigné en sous-main! s'exclama Terry, levé d'un bond. C'est du propre! Chercher à contrôler vos informations en jouant au plus malin!

– Je suis donc dans le vrai. Merci.

La colère de l'autre tomba subitement. Il s'infligea une correction – un coup de poing dans la mâchoire, haussa les épaules et soupira :

– J'ai donné dans le panneau, comme un imbécile. Vous êtes mon maître, Queen.

– Quel compliment! La situation se précise donc : la femme blonde a pris la clef des champs et sa fuite a terrorisé Karen Leith. Pourquoi? Je l'ignore, à mon vif regret; mais je réfléchirai à la question.

– Vous excellez dans ce genre de gymnastique intellectuelle, mon cher.

– Deuxième épisode : Karen vous engage comme détective privé, pour retrouver la trace de la fugitive. Vos démarches se prolongent, votre cliente s'impatiente car il lui faut retrouver la femme blonde de toute urgence. Au reçu de votre rapport négatif, elle vous congédie en formulant l'intention de remettre l'affaire entre les mains de la police officielle. Votre amour-propre est piqué au vif, vous décidez de vous cramponner.

– Vous brûlez, concéda Terry.

– Karen vous avait-elle nommé la femme blonde? Vous avait-elle dit qu'elle vivait dans son grenier?

– Non. J'ai découvert cela tout seul, par la suite. Karen s'était contentée de me donner son signalement, en ajoutant qu'il s'agissait d'une personne à laquelle elle s'intéressait et qui devait se cacher sous un nom d'emprunt, depuis sa fuite.

– Comment avez-vous découvert l'affaire du grenier?

– Secret professionnel.

– Vous n'avez pas réussi à retrouver la fugitive, si je comprends bien?

Terry Ring se leva sans répondre. Il fit quelques pas dans l'allée. Ellery, qui l'observait attentivement, le vit ramasser un des galets formant la bordure de l'allée; puis il revint en soupesant le caillou.

– Franchement, Queen, je me méfie de vous, dit-il enfin.

– Pourquoi êtes-vous venu au secours d'Eva MacClure? Qu'aviez-vous à perdre si la police avait trouvé la porte verrouillée de l'intérieur et arrêté Eva comme la seule meurtrière possible de Karen Leith?

Terry Ring regarda le caillou niché dans sa main. Ellery insista :

– Auriez-vous vendu vos services à un tiers, entre-temps? Espionniez-vous Karen Leith au sujet de la femme blonde, par hasard?

L'avertissement du danger siffla aux oreilles d'Ellery quand le poing hâlé de son interlocuteur se referma sur l'innocent minéral, qui pouvait fort bien briser le crâne d'un honnête homme. Puis Terry se détourna, il leva le bras et lança le projectile. Le caillou alla frapper une branche d'arbre surplombant le mur d'enclos et il tomba dans le jardin voisin.

– Vous pouvez user votre salive empoisonnée, gronda Terry Ring. C'est fini, je ne répondrai plus à une seule de vos satanées questions.

Ellery n'avait d'yeux que pour la branche qui pendait lamentablement sur le mur, brisée net.

– Seigneur! s'écria-t-il. L'avez-vous fait exprès?

– Quoi?
– Aviez-vous visé cette branche?
– Parbleu!
– Quarante pieds au bas mot, dit Ellery, évaluant la distance des yeux.
– J'ai fait mieux, répondit Terry d'un ton indifférent. J'avais visé la feuille du bout, mais je n'ai atteint que la troisième.
– Avec un caillou ovale, par-dessus le marché... Vous venez de me donner une idée, Terry.
– J'ai été champion de base-ball dans mon jeune temps. Quelle idée?
Ellery regarda une certaine fenêtre garnie de barreaux, au premier étage de la maison, une fenêtre dont les vitres superposées avaient volé en éclats, le lundi après-midi.

– Vous savez parfaitement que je me trouvais dans la chambre, avec la petite, quand le caillou a été lancé, gronda Terry. De quoi diable...
– Je ne vous accuse de rien, interrompit impatiemment Ellery. Terry, ramassez un galet semblable à celui qui a brisé la fenêtre. Non, prenez-en un plus petit.
Terry hocha la tête, puis il partit à la chasse.
– Hep! s'écria-t-il soudain. En voici un nid!
Ellery accourut. Au milieu d'une rangée de cailloux bien assortis, disposés en bordure d'allée, on voyait une brèche révélatrice, une dépression ovale imprimée sur la terre meuble, entre deux galets.
– Le projectile de l'autre jour venait donc d'ici, murmura notre limier.
– On le dirait, oui.
Ellery ramassa deux cailloux.
– Faites-en une petite provision, Terry, dit-il.
Puis, laissant son compagnon courbé à terre, il regagna le banc, visa la fenêtre brisée derrière les barreaux et lança un des galets.

– Raté, bougonna-t-il quand le projectile rebondit dans le jardin, après avoir frappé le mur à deux pieds environ et à gauche de la fenêtre.

– Recommencez, dit Terry qui l'avait rejoint.

A la seconde tentative, le caillou frappa le mur, un bon pied sous l'objectif. Une tête inquiète parut derrière les barreaux protégeant la fenêtre du boudoir.

– Eh! cria le détective Ritter. Arrêtez, sinon... Oh! Excusez-moi, Mr Queen, continua-t-il en reconnaissant Ellery. Que se passe-t-il?

– Nous procédons à une expérience assez infructueuse, dans un dessein purement scientifique, répondit Ellery, découragé. Ecartez-vous par acquit de conscience, Ritter. Un miracle peut toujours se produire.

Le détective s'empressa d'obéir. Revenues à leurs postes d'observation respectifs, au rez-de-chaussée, Kinumé et Geneva O'Mara suivaient la scène avec un intérêt craintif.

– A votre tour maintenant, dit Ellery à son compagnon. Vous avez été champion de base-ball et vous pouvez encore atteindre une certaine feuille, visée à quarante pieds de distance, n'est-ce pas? Essayez de casser la fenêtre voisine de l'autre.

– Comment réussirais-je à faire passer un de ces cailloux entre deux barreaux? demanda Terry, les yeux fixés sur la triple fenêtre ogivale.

– Toute la question est là. Vous êtes un expert, trouvez la réponse.

Après avoir jeté son chapeau sur le banc, Terry ôta son veston, dénoua sa cravate jaune citron et choisit un galet. Puis il loucha vers la fenêtre de droite, rectifia la position, arrondit le bras et lança le projectile qui ricocha sur deux barreaux et retomba dans le jardin.

– Recommencez, ordonna Ellery.

Terry obéit. Mais seule une barre de fer protesta, la vitre demeura intacte.

– Ce n'est pas mal, déclara Ellery. Remettez ça, brillant champion.

Troisième, quatrième, cinquième expérience...

– Enfer! s'écria Terry. C'est impossible, voilà tout!

– Quelqu'un a cependant réussi ce tour de force, murmura Ellery, songeur.

Terry remettait déjà son veston.

– Personne ne me fera jamais croire que ce n'était pas un coup de pur hasard, déclara-t-il. Je n'aurais même pas eu l'idée d'essayer. Regardez ces barreaux! Si vous mettiez un caillou dans un intervalle, je parie qu'il ne resterait pas un demi-pouce d'espace, de chaque côté!

– C'est exact. Je vous ai demandé l'impossible, Terry. Mais la démonstration aura du moins servi à prouver que...

– Que le caillou de l'autre jour n'a aucun rapport avec le meurtre? acheva ironiquement Terry, enfonçant son chapeau sur sa tête. La belle avance! Je n'en ai jamais douté.

14

Couvert dressé, bains préparés, Venetia attendait ses maîtres. Le docteur échappa à ses affectueuses démonstrations en allant se plonger dans l'eau brûlante, Eva fit une courte halte dans le vestibule encombré de gerbes et de corbeilles de fleurs. Des piles de lettres et de télégrammes étaient venus s'ajouter aux messages téléphoniques, laborieusement transcrits par la fidèle négresse sur le cahier spécial.

– Seigneur! soupira Eva. Dire qu'il faudra remercier toutes ces personnes. Je ne connaissais pas autant d'amis à Karen.

– Ce n'est pas pour elle, répondit Venetia, appuyant sur le pronom. C'est pour le Dr John. Lisez les cartes et les signatures. Des docteurs et encore des docteurs!

– Le Dr Scott a-t-il téléphoné?

– Non, mon agneau, pas encore. Allez vous déshabiller bien vite. Votre bain va refroidir. M'entendez-vous?

– Oui, Venetia.

Eva entra dans sa chambre. Venetia montra le poing au récepteur avant de regagner sa cuisine, en bougonnant.

La sonnerie du téléphone retentit quatre fois pendant qu'Eva se détendait peu à peu sous l'effet de l'eau chaude. Elle n'y prêta aucune attention; rien n'avait plus d'importance maintenant. Quel effet cela faisait-il de mourir? De mourir comme Karen, par exemple? Mais Karen elle-même avait eu une courte agonie. Ah! cet horrible glouglou de la fin, ce regard accusateur! Terry Ring avait cru que Karen désignait la coupable des yeux, Eva l'avait senti. Mais c'était seulement le dernier regard d'un être dont le cœur cesse de battre, dont les yeux ne perçoivent plus la lumière.

Eva pressa l'éponge sur ses paupières, puis elle sortit de la baignoire et alla s'asseoir devant la coiffeuse pour s'enduire le visage de cold-cream.

Ces coups de téléphone, ces lettres, ces fleurs! Les gens devaient être embarrassés pour manifester leur sympathie. Quand un deuil naturel frappe un ami, on lui exprime ses condoléances, on envoie des fleurs et, le devoir de politesse accompli, on goûte mieux le bonheur de vivre. Mais que faire dans un cas d'assassinat? Le code des usages mondains reste muet sur ce chapitre et la situation est particulièrement délicate quand il s'agit d'un meurtre entouré de circonstances mystérieuses. Ne risque-t-on pas d'adresser des fleurs à l'assassin!

Tout était à la fois si tragique et si absurde qu'Eva laissa tomber sa tête sur la coiffeuse et qu'elle inonda de larmes ses joues enduites de cold-cream. Si les gens savaient! Si les expéditeurs de fleurs et de télégrammes savaient qu'elle était la seule personne au monde ayant eu l'occasion d'assassiner Karen Leith... Elle, Eva MacClure, la fiancée de Dick. Si Dick...

– Eva! appela le Dr Scott derrière la porte de communication entre la salle de bains et la chambre.

Il était venu! Enlever le cold-cream, s'asperger le visage d'eau froide, l'essuyer. Vite, un nuage de poudre, trois traits bien dessinés du nouveau rouge à lèvres : Eva s'enroula dans un peignoir turc, elle ouvrit la porte et tomba dans les bras du Dr Scott.

Plantée sur le seuil de la porte principale, Venetia leva les bras au ciel.

– Eva! Vous... Ce n'est pas convenable!

– Sortez! ordonna Scott.

– Vous n'y pensez pas, monsieur. Je vais avertir le Dr John. Je...

– Allez-vous-en, Venetia, dit Eva entre ses dents.

– Mais vos cheveux... Et vous êtes pieds nus!

– Je m'en moque!

Eva embrassa son fiancé pour la troisième fois. Il sentit trembler son jeune corps sous le peignoir de laine.

– Vous allez attraper la mort, pieds nus, sur le plancher!

Le Dr Scott s'arracha des bras d'Eva et il alla claquer la porte au nez de la négresse scandalisée.

Puis, revenu à Eva, il la prit dans ses bras et la porta jusqu'au divan.

– Oh! Dick! soupira-t-elle.

– Chut, ma chérie.

Il la pressait contre lui et, malgré sa détresse, Eva comprit confusément qu'il cherchait moins à la réconforter qu'à fuir ses soucis personnels. Oui, c'était cela. Seule une préoccupation secrète expliquait ce désir de silence, ce besoin de la sentir contre lui.

Eva se dégagea en repoussant une mèche de cheveux tombée sur ses yeux.

– Dick, qu'y a-t-il?

– Rien, voyons!

Il voulut l'attirer de nouveau.

– Ne parlons pas, Eva. Restons ainsi.

– Mais vous êtes soucieux, je le sens.

Scott essaya de sourire.

– Quelle intuition! dit-il. La journée a été mauvaise, oublions-la.

– Pauvre chéri! Vous avez eu des ennuis, à l'hôpital?

– Une césarienne. La femme est morte, bien par sa faute, d'ailleurs.

– Oh! fit Eva, retombant dans ses bras.

Mais il éprouvait maintenant le besoin de parler, de se justifier.

– Elle m'a menti. Je lui avais prescrit une diète sévère et j'ai découvert après coup qu'elle s'était bourrée de glaces, de crème fouettée, de viandes en sauce et le reste! Je ne pouvais tout de même pas la suivre partout, comme un caniche! Si une femme est incapable de dire la vérité à son médecin, quelles chances un pauvre mari a-t-il de la connaître jamais?

C'était donc cela! Pétrifiée sur sa poitrine, Eva percevait les battements irréguliers de son cœur. Dick avait une manière personnelle de poser des questions. Et ces regards perplexes, si fréquents depuis lundi! Scott poursuivit, avec la même amertume :

– Et pour comble, ces maudits reporters m'ont assailli toute la journée : chez moi, à l'hôpital, dans la rue. Que me veulent-ils? Je n'ai rien fait, que je sache! Un sale torchon publiait ma photographie cet après-midi. « Le jeune médecin mondain nie. » Nie quoi? Je ne sais rien!

– Dick, dit tranquillement Eva en se redressant.

– J'ai eu envie de taper dans le tas. « Quel est le dessous des cartes, docteur? » « Qui a assassiné Karen Leith? » « Votre opinion? » « On raconte que la victime était cardiaque. Est-ce vrai? » « Avez-vous conseillé le silence à votre fiancée? » « Pourquoi? » « Où? » « Comment?» Et, dernière question : « A quand le mariage? »

Eva prit son visage enflammé entre ses mains.

– Dick, écoutez-moi, mon chéri. J'ai quelque chose à vous dire.

Le bout du nez aquilin, si souvent embrassé par Eva, pâlit légèrement.

– Oui? dit Scott d'une voix rauque.

Peur. Il avait peur! On le lisait sur ses traits, sur toute sa personne. Eva faillit lui demander ce qu'il redoutait; mais elle le savait.

– J'ai caché aux enquêteurs un détail essentiel, Dick.

– Lequel?

– Oh! Dick! La porte n'était pas ouverte! Le verrou était mis, à l'intérieur de la chambre.

L'aveu était lâché. Eva ressentit un soulagement immédiat. Le Dr Scott se leva à demi et elle dut se raccrocher au divan pour ne pas rouler à ses pieds. Puis il retomba lourdement en arrière.

– Eva! Quelle porte?

– Celle qui donne sur l'escalier du grenier. Le

verrou était mis, de l'intérieur, quand je suis entrée dans la chambre.

Eva l'observait, étonnée de son propre calme, apitoyée par un si complet désarroi.

– Mais comment quelqu'un a-t-il... Personne n'a pu s'enfuir par le grenier, dans ce cas!

– Non.

– Et les fenêtres de la chambre...

– Sont munies de barreaux très rapprochés, acheva Eva, comme s'il s'agissait d'une garniture de chapeau.

– La seule issue possible était le boudoir dans lequel vous attendiez.

Les yeux du Dr Scott s'éclairèrent.

– Eva! Quelqu'un a traversé le boudoir, n'est-ce pas? Voilà ce que vous avez caché à la police!

– Non, mon chéri. Personne, pas même une souris, n'a traversé le boudoir.

Scott se leva et il se mit à arpenter la pièce comme un homme pressé par l'heure de son train.

– Voyons, Eva, vous ne saisissez pas la portée de... Cela signifie que personne, sauf vous, n'a pu...

– Que personne, sauf moi, n'a pu poignarder Karen. Dites-le, mon chéri. Je veux l'entendre de votre bouche.

Il vint se planter devant elle et Eva soutint son regard qui la transperçait. Puis la voix du Dr MacClure, interpellant Venetia du living-room, rompit l'interminable silence. Scott baissa les yeux, il fourra ses mains dans ses poches et tapa du pied dans un accès de rage impuissante.

– Tonnerre! C'est impossible!

– Qu'est-ce qui est impossible?

– La situation, de A à Z!

– Parlez-vous du meurtre... ou de nous?

La façon dont il ébouriffa ses cheveux trahissait un tel tumulte intérieur qu'Eva détourna la tête.

– Ecoutez, ma petite. J'ai besoin de réfléchir. Laissez-moi le temps de m'habituer...

Eva s'enroula dans son peignoir blanc.

– Regardez-moi, Dick. Croyez-vous que j'aie tué Karen?

– Grands dieux, non! C'est à devenir fou! Une chambre n'ayant qu'une seule issue, le boudoir que personne n'a traversé! Que croire? Que penser? Soyez raisonnable. Donnez-moi le temps de la réflexion!

Devant tant d'incohérence, de doute, de détresse, Eva ressentit une douleur aiguë, un déchirement interne. Elle dut lutter contre l'impression d'être foudroyée par la maladie.

Une chose restait encore à dire, une demande à formuler. Ensuite, elle serait vraiment fixée. Eva se raidit.

– Lundi dernier, quand vous m'avez demandé de vous épouser dès le lendemain, j'ai atermoyé à cause de cette porte verrouillée, Dick. Moi aussi, je voulais gagner du temps. Je n'avais pas le courage de vous en parler et je ne pouvais devenir votre femme avec ce secret entre nous. Vous me comprenez? Le secret... l'obstacle n'existe plus.

Eva se tut, consciente d'en avoir assez dit. Entre grandes personnes, les mots prennent un sens qui échapperait aux enfants.

Scott humecta ses lèvres.

– « Devenir ma femme », murmura-t-il. Vous voudriez m'épouser tout de suite, c'est bien cela?

– Demain. Dès que nous aurons la licence. Ici, au Connecticut, n'importe où.

Eva ne reconnut pas sa propre voix. Ce brusque changement venait-il de l'étau glacé qui enserrait son cœur, figeant une à une les gouttes de son sang? Elle était fixée. Lundi, Dick voulait hâter leur mariage; aujourd'hui mercredi, il cherchait à gagner du temps! Et la pauvre petite ne s'attendait pas à la suite!

Scott saisit ses mains et il parla avec une autorité nouvelle :

– Eva! J'y pense. Qui a déverrouillé cette porte avant l'arrivée de la police? Vous, ou ce Ring?

– Peu importe, Dick. L'idée vient de Mr Ring. Il a déverrouillé la porte et m'a sauvée du même geste.

– Qui est au courant?

– Papa et Mr Queen... le fils.

– Tout le monde, sauf moi! Et vous me demandiez de...

Il ricana, la bouche amère.

– Que se passera-t-il quand l'inspecteur découvrira la vérité?

– Je n'en sais rien, Dick!

– Quel est le jeu de ce Ring? Pourquoi se fait-il le complice d'une inconnue? Parbleu! Vous le connaissiez déjà. Le connaissiez-vous? Répondez!

Les yeux de Scott lançaient des éclairs. Futile et ridicule scène de jalousie...

– Non, Dick. Je ne le connaissais pas. Mr Ring a simplement été très bon pour moi, à sa manière.

– Je la connais, « sa manière »! Un voyou de l'East Side, qui fraternise avec tous les gangsters de New York! J'ai pris mes renseignements et je sais ce qu'il cherche, le bon Mr Ring!

– Dick, c'est la pire infamie...

– Allez-y! Défendez-le maintenant! J'ai la prétention de mesurer la profondeur du bourbier dans lequel ma future femme s'enlise, voilà tout!

– Comment osez-vous!...

– Compromise dans un crime crapuleux...

Eva se jeta sur son lit, la tête enfouie dans l'oreiller.

– Partez! dit-elle entre ses sanglots. Je ne veux plus jamais vous revoir. Vous croyez que je l'ai tuée.

Vous me soupçonnez de toutes sortes d'horreurs avec ce... avec Terry Ring! Partez!

Eva pleura, incrustée dans le matelas, ses jambes nues pendant hors du lit. Qu'importe? Dick était parti. Elle ne l'avait pas entendu quitter la chambre, mais il l'avait abandonnée et elle comprenait enfin sa folie. Elle aurait voulu qu'il la crût aveuglément, sans poser une question. C'était trop attendre d'un homme. Qu'était-elle pour Dick? Une inconnue. Quand des fiancés s'aiment, les baisers et les futilités absorbent tout leur temps; chacun apprend à connaître toutes les lignes du visage de l'autre, à interpréter un soupir, à rendre caresse pour caresse. On vibre à l'unisson et le secret des cœurs, l'essentiel, reste entier. Qui reprocherait à Dick de penser à sa carrière, à sa famille si collet monté? C'était naturel!

Les sanglots d'Eva redoublèrent. Elle avait agi comme un monstre d'égoïsme et d'incompréhension. Dick n'était responsable ni des préjugés de son milieu, ni de la situation désespérée dans laquelle sa fiancée se trouvait. Il n'était qu'un homme, le meilleur, le plus tendre des fiancés. Et elle l'avait chassé! En partant, Dick avait emporté sa dernière chance de bonheur, il l'avait laissée face à face avec ce terrible petit inspecteur.

Le Dr Scott desserra les poings et il tomba sur le lit, contre elle, éperdu de repentir et de tendresse.

– Je vous aime, chérie. Pardonnez-moi. Vos lèvres, Eva... Je vous aime.

– Oh! Dick!

Eva se retourna pour lui jeter les bras autour du cou.

– J'ai été une sotte. Jamais je n'aurais dû...

– Chut! Nous franchirons ensemble ce mauvais pas. Serrez-moi bien fort... Comme cela! Embrassez-moi, mon amour.

– Dick...

– Nous nous marierons dès demain si vous le désirez.

– Non! Attendons que tout... que tout soit arrangé.

– Bien, ma chérie. Comme vous voudrez. Cessez de vous tourmenter, je vous en prie.

Un peu plus tard : Eva repose sur son lit; le Dr Scott est assis à son chevet et l'on dirait une statue si ses doigts experts de médecin ne massaient les tempes douloureuses, calmant les pulsations des vaisseaux sanguins. Eva se détend et s'endort sous leur caresse régulière; mais, au-dessus de ses cheveux épars, le visage du jeune docteur reste troublé et soucieux.

15

Jeudi après-midi, dans le jardin de Karen Leith, Ellery se plaignit en ces termes à Terry Ring :

– L'aspect de cette affaire est par trop changeant! C'est une abeille volant de fleur en fleur : impossible de la suivre.

– Qu'est-ce qui vous chiffonne? s'enquit Terry, chassant d'une pichenette un peu de cendre tombée sur sa cravate mauve. Zut! J'ai brûlé ma cravate!

– A propos, seriez-vous voué aux couleurs tendres? demanda Ellery. Le gai printemps est passé, mon vieux. Nous sommes en septembre!

– Allez au diable! riposta Terry, rougissant.

– On peut adopter la mode de Hollywood, mais encore faut-il savoir choisir son idole avec discernement.

– Fichez-moi la paix! Vous n'avez pas répondu à ma question, Queen.

Les jeunes gens s'étaient arrêtés sur le petit pont rustique. Ellery jeta un caillou dans la mare; puis :

– J'ai fait une découverte qui me tracasse.

– Laquelle?

– Vous avez connu Karen Leith et je vous tiens pour un excellent observateur de la nature humaine, Terry. Parlez-moi d'elle.

– Femme de lettres, grand talent, la quarantaine, jolie pour ceux qui aiment les fruits tapés, intelligente en diable et plus énigmatique encore. Pourquoi?

– Vous n'êtes pas le seul à lire les journaux! bougonna Ellery. C'est votre opinion personnelle qui m'intéresse.

– Ah! fit Terry, regardant les poissons rouges. Karen Leith était un monstre déguisé : une nature basse, foncièrement égoïste, dénuée de tout scrupule, fausse comme un jeton et ambitieuse comme Lucifer. Je ne lui aurais pas confié le râtelier de ma logeuse.

– Quelle description, mon cher adversaire! Elle est parfaitement exacte, d'ailleurs. Vous ne pouvez savoir à quel point vous avez vu juste, Terry, acheva gravement Ellery.

– Le Dr MacClure a de la veine d'en être débarrassé à si bon compte. Il l'aurait battue au bout de trois mois de mariage.

– Notre illustre savant n'est qu'un géant sentimental. Néanmoins, votre prédiction se serait peut-être réalisée.

Terry dit d'un ton dégagé :

– Si le docteur ne s'était trouvé en pleine mer à l'heure du crime, je le soupçonnerais d'avoir fait le coup.

– Il n'y avait pas d'hydravion en vue du *Panthia*, foi de Queen, répondit Ellery en riant. Quant à la préoccupation actuelle du docteur, je l'attribue à

Eva beaucoup plus qu'à sa défunte fiancée; mais je donnerais cher pour en connaître la cause exacte.

– Moi de même. Videz votre sac, Queen. Qu'avez-vous découvert?

Ellery alluma une cigarette.

– Savez-vous ce que Karen Leith était réellement? demanda-t-il. Je vais vous le dire : un parasite. Un monstre de la nature. Un vase d'immondices en jupons.

– Vous déciderez-vous à parler, oui ou non?

– L'incroyable, l'inconcevable est qu'elle ait pu concentrer pendant des années toute son énergie sur un objectif criminel, en vivant dans les affres de l'appréhension perpétuelle. Seule une femme dévorée de fureur intérieure a pu réaliser ce tour de force. A quelle source Karen Leith s'abreuvait-elle? Une passion malheureuse et refoulée semble être la seule explication possible. Je crois que Karen a aimé Floyd MacClure dans sa jeunesse.

– L'hypothèse est hardie, mon cher, déclara Terry Ring.

– Et ce n'est pas tout, reprit Ellery, songeur. D'avoir démasqué le monstre qu'était Karen Leith n'élucide pas le mystère de sa mort.

Terry se jeta sur le gazon et rabattit son feutre gris perle sur ses yeux.

– Ecoutons l'orateur! dit-il ironiquement.

– Parlant au figuré, j'ai examiné les deux mansardes au stéthoscope et autres appareils détecteurs. Les barreaux de fer garnissant les trois fenêtres sont scellés au mur; aucun truquage possible de ce côté-là. Non, personne n'est entré ni sorti par l'une de ces fenêtres, Terry.

– Je l'ai toujours dit!

– J'ai taquiné la porte et la targette. Vous aviez trouvé celle-ci mise de l'intérieur, mais certains mécanismes spéciaux permettent d'actionner un verrou, de l'autre côté du battant.

– Mr Queen vient de lire un de ses propres romans policiers à la noix de coco, bougonna Terry, sous son chapeau.

– Soyez poli. Je parle sérieusement. L'invention n'est pas de moi et elle a servi plus d'une fois; mais pas dans ce cas particulier. Après avoir vainement essayé tous les procédés de mon répertoire spécial, j'ai écarté l'hypothèse d'un mécanisme secret. La porte et les fenêtres écartées, j'ai pensé... Je vous interdis de rire, Terry!

– Je me tords déjà!

– J'ai pensé à un panneau secret. Et pourquoi pas? Qui s'aviserait de cracher sur son arrière-grand-mère, sous prétexte qu'elle est vieille et démodée? Mais un tel panneau n'existe pas. Les murs de cette chambre tiennent ensemble comme ceux de la Grande Pyramide.

– Les placards?

– Sont de vulgaires placards. Je nage... Ce mystère vous laisse une singulière impression d'impuissance.

– A qui le dites-vous! soupira l'autre.

– J'ai envisagé toutes les hypothèses, celle-ci entre autres : le meurtrier se tenait d'une façon quelconque à l'extérieur de la maison et il a poignardé Karen à travers les barreaux. Ecartons momentanément l'objection évidente : « Mais l'arme a été retirée de la blessure et essuyée! » Admettons une reconstitution fantastique : Karen, debout devant la fenêtre, a été poignardée entre deux barreaux; puis l'assassin a retiré la branche de ciseaux, l'a essuyée et l'a jetée sur le bureau. Eh bien, cela ne « colle » pas! A moins d'avoir été poignardée par un gorille, Karen serait tombee sous la fenêtre et non où vous l'avez trouvée, au bord de l'estrade. Il n'y avait même pas de sang sous la fenêtre!

– Jamais un gorille n'aurait eu le bras assez long pour réussir ce coup-là, protesta Terry.

– Cela rappelle Poe. C'est fou! Impossible!

– A moins qu'Eva MacClure ne soit une menteuse.

– Oui.

Terry se leva d'un bond souple.

– Eh bien, non! Je ne suis pas ce que l'on peut appeler un naïf, n'est-ce pas? Or, je réponds d'elle, vous m'entendez? Cette petite dit la vérité, Queen!

– Quand il s'agit de sauver sa peau...

– Vous croyez qu'Eva a tué cette garce? Dites-le!

Un poisson rouge plongea dans la mare et des cercles se formèrent à la surface de l'eau. Ellery sortit enfin de son mutisme.

– Il y a une autre explication, commença-t-il. Mais elle est tellement fantastique que j'ose à peine m'y arrêter.

– Laquelle? Laquelle?

Le ton de Terry était presque menaçant.

– Elle permettrait à Eva d'avoir dit la vérité, tout en ayant... Non!

– Parlez, malheureux!

Mais, à cet instant, le visage rougeaud de Ritter parut derrière les barreaux d'une fenêtre. Le détective hurla, du boudoir :

– Hep! Mr Queen! Les MacClure viennent d'arriver et ils vous demandent!

– J'arrive!

Ellery se tourna vers Terry pour ajouter :

– Je les ai convoqués. Vous ne serez pas de trop et mieux vaut en finir.

Le Dr Scott était là aussi. Eva semblait détendue par une bonne nuit, le Dr MacClure s'était ressaisi : un homme résigné, avec une nuance de fatalisme. Par contre, Scott n'avait visiblement pas fermé l'œil et, rien qu'à le regarder, notre limier comprit qu'il connaissait l'histoire de la mystérieuse femme blonde. Pourquoi cette révélation l'avait-elle troublé à ce point? Nourrissait-il une aversion conventionnelle pour les drames de famille?

– Hello! dit Ellery de son ton le plus cordial. Vous avez bien meilleure mine aujourd'hui, l'un et l'autre.

– Qu'y a-t-il, Queen? demanda le Dr MacClure. Votre voix, au téléphone...

– Oui. L'objet de cette réunion est fort grave, docteur. Le cas échéant, m'autorisez-vous à faire devant le Dr Scott une révélation dont la portée peut être tragique?

– Pourquoi serais-je de trop? intervint l'intéressé, piqué au vif. Si vous êtes disposé à parler devant lui...

Il désigna Terry Ring d'un doigt accusateur.

– ... le fiancé de miss MacClure peut vous entendre.

– Compris, grogna Terry Ring.

Ellery le rappela comme il gagnait la porte.

– Restez, Terry! Evitons les discussions, messieurs. Elles seraient odieuses en ce moment.

– Dick sait la vérité, dit Eva d'un ton calme. Je lui ai tout raconté, hier soir.

– Oh! Vous étiez seule juge de la situation, miss MacClure. Montons, je vous prie.

Ritter se tenait sur le palier du premier étage. Ellery s'arrêta pour lui dire deux mots au passage, puis il se retourna vers les autres avant d'ajouter:

– J'attends l'éditeur de Karen Leith. Il nous rejoindra là-haut. Veuillez me suivre.

– Buescher? dit le Dr MacClure, surpris. Qu'attendez-vous de lui, Queen?

– La vérification autorisée d'une conclusion personnelle.

La montée de l'escalier conduisant au grenier

s'effectua dans un profond silence. Fidèle à son habitude, Terry Ring fermait la marche et le Dr Scott se retourna plusieurs fois pour lui lancer un regard hostile.

La porte de la mansarde n'était pas encore refermée quand Ritter appela d'en bas :

– Mr Queen! Voici Mr Buescher!

– Montez, Mr Buescher, cria Ellery. Asseyez-vous, miss MacClure... Ah, bonjour, Mr Buescher. Vous connaissez le Dr et miss MacClure, naturellement. Je vous présente le Dr Scott, le fiancé de miss MacClure et Mr Terry Ring, un détective privé.

Le nouvel arrivant tendit une main moite aux deux jeunes gens; puis il exprima ses condoléances au Dr MacClure.

– Merci, Mr Buescher, merci.

Sur ce, le géant alla se planter devant une fenêtre, les mains croisées derrière le dos.

L'éditeur de Karen Leith ne payait pas de mine; mais son extraordinaire réussite témoignait de son flair et de son intelligence. Il s'assit sur l'extrême bord d'une chaise, posa les mains sur ses genoux osseux et fixa sur Ellery ses yeux candides.

– En quoi puis-je vous être utile, Mr Queen? demanda-t-il.

– Comme intelligence, votre réputation est faite, Mr Buescher, commença Ellery. Votre discrétion est-elle à la hauteur?

– Ah! fit l'autre avec un sourire. On apprend la valeur du silence, dans ma profession, Mr Queen. Néanmoins, s'il s'agissait d'une illégalité, je...

– L'inspecteur Queen est au courant. Je l'ai informé ce matin.

– Dans ce cas, ma discrétion vous est entièrement acquise, monsieur.

– Un éditeur pourrait être tenté d'exploiter la révélation qui va suivre dans un but publicitaire, expliqua Ellery. Voilà pourquoi je me suis permis d'insister sur la nécessité du secret absolu.

– S'il s'agit de Karen Leith, la publicité faite autour de son nom depuis quelques jours me suffit, déclara sèchement l'éditeur.

– Ce que vous allez apprendre aurait un plus grand retentissement que le meurtre de Karen Leith.

– Un plus grand retentissement que... commença le docteur.

– J'ai acquis la certitude que l'occupante de cette pièce était Esther Leith MacClure.

Le Dr MacClure sursauta, Buescher écarquilla les yeux, Ellery poursuivit dans un profond silence :

– Vous vous trompiez, hier, miss MacClure. Esther Leith MacClure est aussi saine d'esprit que vous et moi. D'où il ressort que sa sœur Karen portait une responsabilité criminelle.

– Qu'avez-vous découvert, Mr Queen? s'écria Eva.

Ellery alla ouvrir le tiroir supérieur du bureau et il en tira les vieilles lettres attachées par une faveur rouge. Puis, désignant une liasse de feuilles dactylographiées, il demanda :

– Etes-vous familiarisé avec les œuvres de miss Leith, Mr Buescher?

– Evidemment.

– Comment présentait-elle ses manuscrits?

– Dactylographiés.

– Vous lisiez le manuscrit original?

– Cela va sans dire.

– Vous avez lu le manuscrit original de *Nuages du Levant,* le Grand Prix Littéraire?

– Naturellement. Dès les premières pages, j'ai compris qu'il s'agissait d'un chef-d'œuvre.

– Vous souvenez-vous de certaines corrections faites par l'auteur, au crayon, au-dessus du texte primitif raturé?

– Oui. Il y en avait quelques-unes, si j'ai bonne mémoire.

– Est-ce le manuscrit original de *Nuages du Levant*?

Après avoir pris les papiers qu'Ellery lui tendait, Buescher mit des lunettes à monture d'or et feuilleta le manuscrit.

– Oui, répondit-il enfin, en remettant les feuilles sur le bureau. Puis-je connaître la raison de cette... hum!... de cette extraordinaire inquisition, Mr Queen?

– Dr MacClure!

Le géant s'avança. Ellery lui tendit plusieurs lettres, prises dans le paquet, et il ajouta :

– D'après le témoignage de Morel, ces lettres ont été écrites par Karen Leith. Voulez-vous confirmer cette première identification d'autographe?

Les mains toujours croisées derrière son dos, le Dr MacClure se contenta de jeter un coup d'œil sur la page du dessus.

– C'est bien l'écriture de Karen, dit-il avant de regagner la fenêtre.

– A vous, Mr Buescher.

L'éditeur se livra à un examen plus approfondi. Il transpirait quand il dit enfin, en rendant le paquet de lettres à Ellery :

– Oui. Cette correspondance est de la main de miss Leith.

Ellery ajusta son pince-nez; il ouvrit le manuscrit et annonça :

– Je vais vous lire un ou deux passages de *Nuages du Levant.*

« Accroupi dans l'ombre, le vieux Mr Saburo riait aux anges; mais, par instants, la lueur d'une pensée filtrait à travers le voile opaque de ses yeux. »

– Voici maintenant la correction, au crayon :

« Accroupi dans l'ombre, le vieux Mr Saburo riait

aux anges; mais, par instants, une pensée clignotait derrière les lucarnes vides de son esprit. »

– Oui, murmura Buescher. Je me souviens de ce passage.

Ellery tourna quelques pages; puis il lut :

« Invisible de la terrasse, Ono Jones aperçut cette femme dans le jardin. »

– Cette phrase, raturée, fut remplacée par :

« Invisible de la terrasse, Ono Jones aperçut une silhouette féminine, découpée en ombre chinoise sur la lune. »

– Je comprends mal... commença l'éditeur.

Ellery continua de feuilleter le manuscrit.

– Ici, dans une description du ciel japonais, le mot *cloisonné* a été biffé et remplacé par : *émaillé*. Plus loin, les personnages sont entrés dans la description et l'auteur écrit d'abord : « *Ils se tenaient sous un dôme richement colorié* »; puis, il corrige au crayon : « *Ils se tenaient sous une immense tasse à thé peinte, transparente et renversée.* »

« Ces exemples suffiront, acheva Ellery, en refermant le manuscrit. Que pensez-vous de ces corrections, Mr Buescher?

– Elles portent la marque de la création, répondit celui-ci, de plus en plus perplexe.

– Nous sommes bien d'accord : personne n'oserait prendre de telles libertés envers l'œuvre d'autrui?

– La question ne se pose même pas, Mr Queen! C'est de l'auteur que je parle.

– En d'autres termes, vous jureriez que Karen Leith a corrigé ses manuscrits de sa main, celui de *Nuages du Levant* et les autres?

– Assurément!

Présentant le manuscrit d'une main, les lettres de l'autre, Ellery s'avança vers l'éditeur auquel il dit :

– Veuillez comparer les écritures.

Buescher obéit, sans comprendre d'abord, puis avec une sorte de fièvre.

– Grands dieux! s'écria-t-il enfin. Les corrections ne sont pas de la main de miss Leith!

– Nous nous trouvons devant une pénible certitude, docteur, reprit Ellery. *Nuages du Levant, le Soleil, les Filles de l'Eau* et les autres petits chefs-d'œuvre publiés sous le nom de Karen Leith ne sont pas d'elle. Karen Leith était aussi étrangère à l'œuvre qui lui valut une réputation mondiale que le correcteur attaché à la maison d'édition de Mr Buescher.

– Mais c'est impossible! s'exclama Eva. Il doit y avoir une erreur, Mr Queen. Quel écrivain autoriserait un autre à tirer gloire et profit de son œuvre personnelle?

– Je n'ai pas dit que Karen Leith possédât « l'autorisation » de l'auteur, miss MacClure. De toute façon, le mot « autorisation » ne signifie pas « consentement spontané ». Et l'exploitation criminelle existe dans tous les domaines.

Ellery marqua un temps d'arrêt, puis :

– Tous les romans attribués à Karen Leith furent écrits par sa sœur, Esther. Je suis en mesure de le prouver.

Le Dr MacClure s'assit lourdement sur le rebord de la fenêtre.

Ellery reprit :

– Toutes les vérifications ont été faites et elles ont toutes abouti au même résultat positif. Les corrections sont de la main d'Esther Leith, affirment à l'unanimité les experts en écriture qui ont examiné ce matin le manuscrit de *Nuages du Levant* et les lettres de votre belle-sœur dont certaines remontent à 1913, docteur. J'ajoute que l'hypothèse selon laquelle Esther eût servi de secrétaire à

Karen est à écarter, vu la nature personnelle et créatrice de ces corrections.

– Ne seriez-vous pas tenté d'exagérer la portée de vos constatations? demanda le Dr Scott, après s'être éclairci la voix. Esther Leith a pu écrire ces fameuses corrections sous la dictée de sa sœur Karen, il me semble?

– Permettez, dit Ellery en prenant un gros carnet posé sur le secrétaire. Voici, *de la main d'Esther Leith,* le plan détaillé de *Nuages du Levant;* des notes abondantes, personnelles, créatrices, accompagnées de brefs commentaires prouvant que les idées venaient d'elle et de personne d'autre. Je crois avoir réfuté votre objection, Dr Scott.

– Mais Esther est morte, murmura Eva. Papa nous l'a dit et Karen... Karen m'avait raconté sa fin tragique.

– Miss Leith vous a volontairement trompés, votre père et vous, déclara Ellery. Esther vit. Tous ses livres ont paru depuis 1924, date de son prétendu « suicide ».

– Mais il s'agit peut-être de vieux manuscrits, d'anciennes notes exhumées d'un tiroir par Karen et...

– Non, miss MacClure. Nous relevons dans l'œuvre d'Esther Leith de nombreuses allusions à des événements contemporains, postérieurs à 1924. Elle est encore de ce monde et elle a écrit ici même les livres qui illustrèrent Karen.

– Grands dieux! s'écria Buescher qui arpentait la pièce depuis un moment. Quel scandale dans les milieux littéraires!

– Le scandale n'éclatera que si nous le voulons bien, dit le Dr MacClure d'une voix enrouée. Elle est morte. Pourquoi ressusciter...

– Et le Grand Prix Littéraire! grogna l'éditeur. S'il y a eu fraude ou plagiat...

– Peut-on envisager que *Nuages du Levant* soit

l'œuvre d'une folle, Mr Buescher? interrompit brusquement Ellery.

– Jamais de la vie! Quelle situation! continua Buescher, levant les bras au ciel. Peut-être Esther Leith était-elle consentante, après tout? Peut-être...

– Je n'accuse pas Karen Leith d'avoir tenu sa sœur sous la menace d'un revolver pour lui imposer cette existence de morte vivante! protesta Ellery, impatienté. Il y a d'autres moyens d'imposer sa volonté, Mr Buescher.

– Son... son calme! Je la revois le jour de sa garden-party! En fait de publicité, je deviendrais un objet de risée publique si l'affaire s'ébruitait!

– Où est cette pauvre créature? demanda soudain Eva.

Elle courut à son père avant d'ajouter :

– Papa chéri, je comprends combien tout ceci doit vous être douloureux; mais si Karen a commis réellement cette infamie, nous devons retrouver Esther et réparer de notre mieux l'horrible injustice dont elle a été victime.

– Oui, nous devons la retrouver, répondit le docteur.

– Et en attendant, *motus*, intervint Terry Ring. Tel serait du moins mon conseil, si je me permettais d'en donner un.

– Terry a raison, déclara Ellery. Mon père remue ciel et terre pour retrouver Esther. Que tout ceci reste entre nous, jusqu'à nouvel ordre.

– L'inspecteur Queen la retrouvera vite! s'écria Eva. Papa, n'êtes-vous pas heureux qu'Esther soit vivante et...

Elle s'arrêta net. L'expression de son père venait de lui rappeler l'amour du jeune Dr MacClure pour la femme que son frère avait épousée.

– Ayons confiance, ma petite fille, soupira le docteur.

A cet instant, Ritter cria d'en bas :

– Mr Queen! L'inspecteur vous demande au téléphone!

16

Au retour de sa courte absence, Ellery avait une expression grave.

– Esther est retrouvée! s'écria Eva.

– Non. Merci, Mr Buescher, continua Ellery. Je vous rends votre liberté en vous rappelant une dernière fois votre promesse.

– Je n'y manquerai pas, rassurez-vous! répondit l'autre. Docteur, je ne puis vous dire combien je déplore...

– Au revoir, Mr Buescher, interrompit le Dr MacClure.

L'éditeur empocha le mouchoir avec lequel il venait de s'éponger; puis il sortit, les lèvres pincées.

Quand le claquement d'une porte, en bas, eut annoncé son départ, Ellery reprit :

– Mon père nous attend immédiatement au Bureau Central.

– Encore! soupira Eva.

– L'inspecteur ne vous a pas nommé, Dr Scott. Si vos occupations...

– J'accompagne miss MacClure.

Scott prit Eva par le coude et il l'entraîna vers l'escalier.

– Qu'y a-t-il? murmura le Dr MacClure à Ellery. L'inspecteur a-t-il...

– Mon père est resté sourd à mes questions, docteur. Mais je le connais et il semblait triomphant, au bout du fil. Préparons-nous au pire.

Le savant inclina la tête, puis il suivit le jeune couple dans l'escalier.

– Nous y sommes! murmura Terry entre ses dents. Moi aussi, je connais assez bien papa Queen pour savoir que le coup des empreintes ne lui échapperait pas.

– Il doit y avoir quelque chose de plus grave que les empreintes, Terry.

– Suis-je convoqué?

– Non.

Terry enfonça le feutre gris perle sur ses yeux.

– Cela me décide, déclara-t-il. Je vous accompagne.

Les arrivants interrompirent un entretien entre l'inspecteur et Morel, le petit homme d'affaires bedonnant. Queen se leva en disant :

– Entrez, je vous en prie. Vous connaissez tous Mr Morel, je pense. Peu importe, d'ailleurs; vous n'êtes qu'un serviteur de la communauté, pas vrai, Morel?

– Ah! Ah! fit l'autre pour toute réponse.

Il transpirait abondamment et fuyait le regard des MacClure. Les yeux de l'inspecteur pétillaient, mais son ton devint désagréable quand il s'adressa à Terry Ring.

– Tiens, vous voilà! Vous revenez toujours, comme une fausse pièce, Terry. Je n'ai pas besoin de vous. Filez!

– Vous regretterez de m'avoir mis à la porte, inspecteur, répondit le jeune homme.

– Bien, restez. Vous de même, Dr Scott, puisque vous êtes là. Mais je dois vous avertir que cette entrevue risque de vous être désagréable.

– Risque de m'être... commença Scott qui pâlit et détourna les yeux après avoir regardé Eva.

– Asseyez-vous, miss MacClure. Asseyez-vous, messieurs...

L'inspecteur donna l'exemple, puis il se tourna vers Terry :

– Pourquoi aurais-je regretté de vous avoir mis à la porte? demanda-t-il.

– Vous aviez rudement envie d'apprendre ce que je savais, hier. C'est tout.

– Oh! Votre langue se serait déliée? Comme quoi il suffisait de s'entendre pour que je retrouve mon ami Terry. En premier lieu...

L'inspecteur pressait déjà un bouton de sonnette, Terry l'interrompit sèchement :

– En premier lieu, je ne dirai pas un mot avant que vous ayez abattu votre jeu, vieux profiteur.

– Hum? C'est un marché?

– Dois-je rester?

– Oui. Ecrivez, Mushie, continua Queen, s'adressant au policier entré sur ces entrefaites.

Mushie s'assit près du bureau et il ouvrit son carnet de sténographe. Carré dans son fauteuil, l'inspecteur se frotta les mains et reprit :

– Pourquoi avez-vous assassiné Karen Leith, miss MacClure?

« Voici le grand moment », songea Eva avec un calme surprenant. La police avait relevé et identifié les empreintes. Ni le Dr MacClure, immobile comme un bloc de granit; ni Terry Ring dont les poings crispés gonflaient ses poches; ni le Dr Scott qui s'était mordu la lèvre avant de sentir son devoir de fiancé et de lui prendre la main; ni Ellery Queen, debout devant la fenêtre, le dos tourné à l'assistance et semblant ne pas avoir entendu; ni eux ni personne ne pouvaient rien.

Eva revit l'existence des prisonnières telle que la présentent les producteurs de films – des hommes documentés, assurément. A elle le linge rugueux, les robes informes, les lavages de planchers et autres corvées semblables! « Ce sera gai! » songea-t-elle encore, stupéfaite de sa lucidité et de son calme extérieur alors que le tonnerre de la catastrophe l'assourdissait et que les lourdes portes d'une prison barraient soudain son avenir. Les portes d'une prison ou, pire encore, la...

Non! Eva ferma les yeux, repoussant de toutes ses forces la vision tragique. Mais le mot s'imposa traîtreusement à son esprit et ses jambes se mirent à trembler comme si leurs muscles venaient de fournir un effort épuisant.

– Permettez, père... commença Ellery.

– Non.

– Si. Je ne sais sur quoi vous vous basez, mais méfiez-vous des décisions hâtives. Miss MacClure ne vous échappera pas. Prenez votre temps, père.

– Je l'ai déjà pris et j'ai un devoir à remplir.

– Songez au préjudice qu'une erreur causerait à cette jeune fille.

– Le scandale, les journaux! murmura le Dr Scott, horrifié.

– Miss MacClure aurait dû penser à tout cela avant de poignarder Karen Leith. De plus, je suis un policier, non un juge. Evitons les interventions inutiles, je vous prie. Attendez... Ellery, connaissez-vous un fait susceptible de démontrer l'innocence de miss MacClure?

– Pas encore. Mais j'entrevois une...

L'inspecteur se tourna vers Eva.

– J'attends votre réponse, miss MacClure, dit-il.

– Je... excusez-moi. Je n'écoutais pas.

– Vous n'écoutiez pas!

– Assez! gronda le Dr MacClure. Cette enfant est sur le point de s'évanouir et vous ne vous en apercevez même pas! Eva!

Il se pencha sur elle, autoritaire, furieux, redevenu lui-même.

– Tiens bon! Ne te laisse pas intimider, ma petite fille. Eva! M'entends-tu?

– Oui, oui, balbutia Eva.

Elle essaya vainement d'ouvrir les yeux; ses paupières étaient comme collées.

– Vieille brute! rugit Terry Ring, bondissant vers le bureau. De quel droit malmenez-vous cette pauvre petite? Regardez-la! Elle serait incapable de tuer une mouche et vous l'accusez d'un meurtre! Vous tombez sur une innocente parce qu'il vous faut un coupable et que vos services à la manque ne sont pas fichus de le trouver! Je ne sais ce qui me retient...

– Vous vous oubliez, mon garçon, interrompit l'inspecteur, très calme. Sachez tous que je ne lance pas une accusation de meurtre à la légère, autrement dit sans preuve. Quant à vous, Terry, un bon conseil : il serait temps de penser un peu moins à miss MacClure et un peu plus à votre cas personnel. Vous feriez, à la rigueur, un complice très présentable!

Maté, le jeune détective privé alla se planter derrière la chaise d'Eva et il n'en bougea plus. Le regard inquiet de Morel revenait sans cesse vers la porte.

– Allez-y, père, dit Ellery.

L'inspecteur ouvrit un tiroir de son bureau et il en tira un objet enveloppé d'ouate.

– Voici l'arme du crime, annonça-t-il. Cette branche de ciseaux porte les empreintes d'Eva MacClure sur la lame, la tige et l'anneau.

Eva entendit le cri rauque du Dr Scott comme s'il venait de très loin :

– Grands dieux!

– Après avoir bien essuyé la lame ensanglantée, vous avez négligé d'être aussi prudente ensuite, n'est-ce pas, miss MacClure?

L'inspecteur brandissait sous son nez le demi-oiseau aux pierreries rutilantes.

– Elle peut expliquer la présence de ses empreintes, intervint Terry. Elle...

– Je m'adresse à miss MacClure. Le sténographe de la police consignera vos réponses, miss MacClure. Mais vous avez le droit de garder le silence et j'ai le devoir de vous avertir que tout ce que vous direz pourra être retenu contre vous.

On eût dit que les paroles de l'inspecteur possédaient un pouvoir magique, car Eva ouvrit les yeux avec une étonnante facilité.

– Ma chérie, taisez-vous! gronda le Dr MacClure.

– Mais c'est tellement simple! dit Eva d'une voix claire. Quand j'ai trouvé Karen baignant dans son sang, je me suis appuyée contre le bureau et ma main a rencontré ce... cet objet. Je l'ai saisi inconsciemment; puis j'ai compris que je tenais l'arme du crime et je l'ai lâché. Il est tombé dans la corbeille à papier.

– Ah! fit l'inspecteur sans la quitter des yeux. Voilà donc votre version. La lame était-elle ensanglantée quand vous avez touché cette branche de ciseaux?

– Non, inspecteur Queen. Elle était parfaitement propre.

– Pourquoi avez-vous passé cet incident sous silence quand je vous ai interrogée, lundi dernier?

– J'avais peur.

– De quoi?

– Je n'en sais rien. J'avais peur.

– Vous craigniez de ne pouvoir vous justifier facilement?

– Je... oui, je crois.

– Mais qu'aviez-vous à redouter si vous n'aviez pas poignardé Karen Leith? Vous étiez forte de votre innocence, n'est-ce pas?

– Naturellement! Je n'ai pas tué Karen! Je ne l'ai pas tuée!

Les larmes brouillèrent la vue d'Eva. La pureté de conscience permet de fixer n'importe qui dans les yeux, paraît-il. Mais personne n'aurait pu soutenir le regard soupçonneux, profondément hostile et impitoyable qui la transperçait. Personne.

– Si c'est tout ce que vous avez contre cette petite, autant rentrer chez vous et enfiler vos pantoufles, papa Queen! dit Terry en haussant les épaules.

Sans daigner répondre, l'inspecteur alla remettre la branche de ciseaux à sa place; puis il prit une petite enveloppe dans le même tiroir, revint vers Eva, tira quelque chose de l'enveloppe et dit :

– Voici ce que nous avons trouvé dans la cheminée du boudoir.

Eva se força à regarder. C'était impossible! Impossible. Le mauvais sort ne pouvait s'acharner à ce point contre elle! Mais si! Ce que l'inspecteur lui montrait était un coin presque intact de son mouchoir, un petit triangle de batiste, portant son chiffre brodé et maculé d'une tache brunâtre!

Eva entendit la profonde aspiration de Terry Ring, derrière elle. Un danger qu'il n'avait pas prévu! La seule mission qu'il lui eût confiée et dont elle s'était mal acquittée! Elle sentit sur sa nuque la morsure de son amertume et de son mépris.

– Reconnaissez-vous votre mouchoir, miss MacClure?

– Eva! Ne répondez pas, ma chérie! Taisez-vous! Il outrepasse ses droits!

Elle n'avait pas eu le courage d'attendre que le mouchoir fût entièrement consumé. Le feu s'était éteint. C'était inévitable.

– On lit encore les initiales E. M., Dr MacClure. Comment espérez-vous prouver que ce mouchoir n'appartenait pas à votre fille? En fait...

L'inspecteur s'arrêta, comme s'il craignait d'en avoir trop dit.

– Autre chose : l'analyse de la tache faite dans nos laboratoires a établi qu'elle provenait de sang humain, du même type que celui de Karen Leith. Il s'agit d'un type peu courant, ce qui simplifie notre besogne et aggrave votre cas, miss MacClure.

– Pas un mot, Eva, ordonna Terry. Pas un mot, vous m'entendez!

– Non!

Eva trouva la force de se lever.

– ... Non, je ne me tairai pas! Tout cela est trop bête! Oui, c'est mon mouchoir! Oui, j'ai essayé de le brûler, parce qu'il y avait du sang de Karen dessus!

– Grands dieux! répéta le Dr Scott, comme s'il était incapable de dire autre chose.

Terry Ring regarda Ellery, puis il haussa les épaules et alluma une cigarette.

– Mais l'explication est si naturelle! Il y avait du sang sur l'estrade; quand je me suis agenouillée auprès de Karen, j'en ai mis sur mes doigts et je me suis essuyé la main avec mon mouchoir. On eût dit de la gelée, murmura Eva, frissonnante. Comprenez-vous, maintenant? Tout le monde aurait fait de même. Personne ne peut laisser sécher du sang sur ses doigts! C'est horrible! Horrible! Ensuite, j'ai brûlé mon mouchoir. Je l'ai brûlé parce que j'avais peur. Oui, peur!

Elle se jeta en sanglotant dans les bras de son père.

– Voilà donc votre explication, dit Queen.

– Ecoutez-moi, inspecteur! s'écria Terry Ring. Je prends mes responsabilités : l'idée de brûler le mouchoir venait de moi. Quand Eva m'a raconté ce qui s'était passé, sur la scène du crime, je lui ai ordonné de brûler ce maudit chiffon.

– Pourquoi, Mr Ring? demanda l'inspecteur. Aviez-vous peur également?

– Je prévoyais les conclusions d'un policier borné s'il trouvait le mouchoir ensanglanté, voilà tout!

Morel toussota.

– Ma présence est-elle réellement indispensable, inspecteur Queen? Un client m'attend et...

– Restez!

L'homme d'affaires retomba sur sa chaise et l'inspecteur reprit :

– Avez-vous inscrit la déclaration de Mr Ring, Mushie? Parfait! Maintenant, miss MacClure voici comment les choses se sont passées en réalité!

« Vous avez poignardé Karen Leith avec la branche de ciseaux, vous vous êtes servie de votre mouchoir pour essuyer la lame ensanglantée, après quoi vous avez voulu le brûler. Nous possédons deux preuves matérielles à l'appui de notre théorie et si Mr Ring revendique comme sienne l'idée de détruire une de ces preuves, grand bien lui fasse! Il sera inculpé de complicité, voilà tout.

« D'après le témoignage de la servante japonaise, Karen Leith vivait quand vous êtes restée seule dans le boudoir; d'après votre propre déclaration, recueillie sur la scène du crime, personne n'a traversé ledit boudoir durant la demi-heure que vous prétendez y avoir passée; d'après la lettre traitant d'affaires courantes que Karen Leith avait commencée pour Morel, sur le papier que Kinumé venait de lui apporter, la victime ne songeait nullement à se donner la mort; enfin, d'après le témoignage de Terry Ring, vous vous trouviez seule avec miss Leith agonisante quand il entra dans la chambre. Telles sont, miss MacClure, les charges pesant contre vous. J'ai exposé l'affaire au procureur du district Henry Sampson et il l'a jugée recevable. »

Un profond silence plana, ponctué plutôt que

rompu par les sanglots d'Eva, réfugiée dans les bras du Dr MacClure.

– Excusez mon intervention, dit enfin Terry Ring. Mais si nous parlions un peu de la blonde occupante du grenier?

L'inspecteur cligna des yeux; puis il alla s'asseoir devant son bureau.

– Je veux bien, dit-il. La femme blonde, la sœur de Karen Leith...

– Parfaitement. Qu'en savez-vous?

– Et vous, Terry? Qu'en savez-vous?

– Ne croyez-vous pas utile de tirer cette affaire au clair avant de commettre une erreur judiciaire? Vous savez que Karen Leith a gardé pendant neuf ans cette femme séquestrée dans une mansarde. Vous savez qu'un beau jour la prisonnière a pris la clef des champs. Vous savez qu'elle avait de quoi haïr celle qui exploitait honteusement son talent. Vous savez qu'un escalier reliait les chambres des deux sœurs et que les ciseaux provenaient de celle d'Esther!

– A propos, nous avons approfondi l'histoire du prétendu suicide d'Esther Leith, docteur, commença Queen. La...

– Ecoutez-moi! rugit Terry.

– La mer n'a jamais rendu le cadavre. D'autre part, miss Leith a amené deux personnes avec elle du Japon en Amérique : Kinumé et une passagère blonde, inscrite sous un nom manifestement faux et qui n'a pas quitté sa cabine de toute la traversée. On s'explique aisément pourquoi miss Leith ne vous avait pas averti de son arrivée, docteur. Elle voulait se ménager le temps nécessaire pour s'installer et cacher sa sœur avant de renouer d'anciennes relations.

– C'est donc vrai, murmura le Dr Scott, retrouvant l'usage de la parole. Cette femme... une meurtrière...

– Mensonge! rugit le Dr MacClure.

Ses yeux lançaient de telles flammes que son futur gendre pâlit davantage.

Ellery dit posément, en regardant l'inspecteur :

– Nous commençons à divaguer, je le crains. Un point reste encore dans l'ombre, père. Le mobile.

– Le ministère public n'a pas à fournir de mobile!

– Non. Mais c'est un argument appréciable quand il s'agit de convaincre un jury qu'une jeune fille d'excellente famille et de réputation intacte a assassiné la fiancée de son père.

– Le mobile? Cette question m'a embarrassé, je l'avoue. Et soudain, le mobile s'est offert à moi, propre à satisfaire tous les jurés de la création. Mais ce n'est plus de ma partie, acheva l'inspecteur, haussant les épaules.

– J'avais un mobile pour tuer Karen?

La question d'Eva fut accompagnée d'un éclat de rire convulsif.

– Que m'avez-vous dit aujourd'hui, More ? demanda Queen, tourné vers l'homme d'affaires qui s'épongeait le front avec un mouchoir humide de transpiration.

– Je... mettez-vous à ma place, Dr MacClure. Je n'avais nullement l'intention de me mêler de tout cela; mais quand j'ai découvert... mon devoir envers la loi...

– Au fait! gronda Terry Ring.

Le malheureux Morel s'exécuta :

– Voici plusieurs années, miss Leith m'a remis une grande enveloppe cachetée portant la mention : « A ouvrir après ma mort ». Je... je ne me suis souvenu de cette mission que ce matin et j'ai ouvert l'enveloppe. Tous les papiers contenus cedans concernent Esther Leith MacClure : correspondance échangée entre le Dr MacClure et miss Leith en 1919, dispositions écrites de la main de ma cliente en prévision du cas où sa sœur lui survivrait (Esther devait être renvoyée secrètement au Japon) et ainsi de suite.

– Tous les documents sont là, déclara l'inspecteur en tapotant son bureau.

Son regard posé sur le Dr MacClure se nuança de pitié; mais il poursuivit :

– Vous avez bien gardé le secret, docteur, et vos raisons étaient très estimables. Les circonstances m'obligent malheureusement à dévoiler la vérité.

– Epargnez-la, murmura le savant, penché sur le bureau. Ne remuez pas tout le passé devant elle.

– Mille regrets, docteur. La comédie est bien montée, mais l'intéressée est au courant, que vous le croyiez ou non.

Queen déroula un document posé dans un panier, à portée de sa main; il fixa Eva dans les yeux, s'éclaircit la voix et articula :

– J'ai ici un mandat d'arrestation à votre nom, sous l'inculpation du meurtre de Karen Leith, miss MacClure.

Eva se leva, chancelante.

– Je crois... Je crois...

– Attendez, inspecteur!

Terry atteignit le bureau d'un bond. Il continua, usant toute sa force de persuasion :

– Ce marché que je vous avais proposé, je suis prêt à le tenir. Laissez une chance à cette petite. Elle n'est pas une criminelle, vous dis-je! Attendez au moins d'avoir retrouvé Esther! Elle a pu faire le coup et nous lui connaissons deux mobiles possibles : la haine mûrie au cours de ses années de réclusion et l'intérêt. N'oubliez pas la fortune de la grand-tante, léguée à Karen Leith!

– Je ne l'oublie pas, dit l'inspecteur Queen.

– Karen Leith n'a pas atteint l'âge de quarante

ans. La fortune de la tante passe donc à sa plus proche parente, autrement dit à Esther puisqu'elle est vivante! C'est Esther, la sœur de Karen, qui hérite, n'est-ce pas, Morel?

– Oui.

– Quel est le chiffre approximatif du magot?

– L'héritage dépasse un million de dollars.

– Là! Qu'en pensez-vous, papa Queen? La mort de Karen rapporte plus d'un million de dollars à Esther!

Les yeux gris de Terry pétillaient.

– Que pèse votre mobile contre la petite quand il y a tant d'or dans l'autre plateau de la balance?

– Vous parliez d'un marché à l'instant, Terry, dit l'inspecteur. Que m'offrez-vous?

Le jeune homme se redressa avant de répondre :

– Si vous y mettez le prix, je crois être en mesure de retrouver Esther Leith.

L'inspecteur sourit.

– Votre offre ne m'intéresse pas, Terry. Vous oubliez un détail important. Que serait devenue cette fortune si Karen Leith avait vécu un mois de plus, Morel?

– Ma cliente en aurait hérité.

– Et elle avait légué tous ses biens, meubles et immeubles, à l'Université impériale de Tōkyō, si je ne me trompe?

– Oui.

– En d'autres termes, si Eva MacClure avait attendu un mois pour tuer Karen Leith, cette fortune lui échappait définitivement... ainsi qu'à Esther Leith, d'ailleurs.

Terry marqua sa perplexité par un froncement de sourcils; l'inspecteur continua :

– Les empreintes relevées sur l'arme et le coin de mouchoir constituent deux charges matérielles contre Eva MacClure et nous ne possédons aucune preuve qu'Esther fût dans la maison à l'heure du crime. Je ne marche pas, Terry, mais je note à toutes fins utiles que « vous croyez être en mesure de retrouver Esther Leith. »

– La fortune échappait définitivement à Eva, dites-vous? Auriez-vous brusquement perdu la raison, papa Queen? Il n'y avait aucun lien de parenté entre Karen Leith et Eva MacClure; dans ces conditions...

– Permettez, interrompit le Dr Scott d'une voix mal assurée. Dois-je comprendre que vous accusez ma fiancée d'avoir poignardé Karen Leith par intérêt, inspecteur Queen?

– Par intérêt et par esprit de vengeance, oui.

– Papa! s'écria Eva. Avez-vous entendu?

– Cessez cette comédie, ordonna sévèrement l'inspecteur. Le Dr MacClure n'est pas plus votre père que moi!

– Pas son père? murmura le Dr Scott, croyant rêver.

– « Par esprit de vengeance », répéta Eva, prête à défaillir. Pourquoi?

– Pour les souffrances d'Esther au cours des neuf dernières années. Karen l'avait dépouillée de tout : gloire, fortune, famille, bonheur.

– Je... je sens que je deviendrai folle si personne ne m'explique...

– Qu'est-ce que cela pouvait bien faire à cette petite que Karen Leith enterrât sa sœur vivante? s'écria Terry Ring. Répondez, vieil entêté!

– Les réactions varient avec les individus, déclara l'inspecteur, très calme. Mais ne seriez-vous pas également sorti de vos gonds si la victime de Karen Leith avait été votre propre mère, Terry?

– Sa mère!

– Oui, Dr Scott. Esther Leith MacClure est la mère de votre fiancée.

Eva poussa un cri :

– Ma mère!

Terry Ring et Ellery Queen s'élancèrent ensemble en la voyant chanceler. Mais ce fut Terry qui arriva le premier.

QUATRIÈME PARTIE

17

– Ce n'est rien, murmura Eva en repoussant Terry. Laissez-moi, je vous prie.

– Je vous répète que je lui avais caché la vérité!

Voyant que l'inspecteur ne le croyait pas, le Dr MacClure fit un geste de désespoir et il se tourna vers Eva, appuyée contre le dossier d'une chaise, trop calme pour ses yeux exercés de médecin.

– Eva. Eva, ma chérie, dit-il.

– Ma mère?

Le savant repoussa Richard Scott qui semblait hébété; puis il prit Eva par le coude et il la conduisit comme une enfant jusqu'au canapé de cuir.

– Apportez-moi de l'eau, ordonna-t-il.

Terry Ring s'élança dehors et il courut jusqu'aux lavabos. Quand il revint, portant un gobelet plein d'eau, le Dr MacClure obligea Eva à boire quelques gorgées. Ses yeux perdirent peu à peu leur fixité alarmante.

– Excusez-moi, inspecteur, murmura-t-elle enfin, le visage pressé contre la poitrine de son père.

– Là, là, pleure, ma petite fille. C'est ma faute. J'aurais dû t'avertir. Pleure, ma chérie.

– Il a dit... Mais alors, Karen était ma tante. Vous êtes mon oncle et elle... maman!

– Je pensais que vous ne découvririez jamais la

vérité. Et quand j'ai appris sa mort... J'ai cru plus sage de me taire, Eva.

– Oh, papa! Ma mère!

Le Dr MacClure était plus calme qu'Ellery ne l'avait vu depuis leur première conversation, sur le pont du *Panthia.* Il s'était redressé, comme un homme allégé d'une partie de son fardeau.

– Bois, ma chérie.

– Permettez. J'ai divers éclaircissements à...

Foudroyé par un regard du géant, Queen mordilla sa moustache et se rassit.

– Vous attendez des détails, Eva, dit le Dr MacClure en caressant ses cheveux. Oui, elle est votre mère, une créature rayonnante d'intelligence et de beauté. La plus adorable femme que j'aie jamais rencontrée.

– Maman! répéta Eva entre ses sanglots. Oh! Comme je voudrais la voir!

– Nous te la rendrons, ma petite fille. Repose-toi.

Il allongea Eva et se mit à évoquer ses souvenirs, en allant d'un mur à l'autre :

– Je n'oublierai jamais le câble par lequel Floyd m'a annoncé ta naissance, Eva. Qu'il était fier! 1916... l'année marquée par un autre événement de famille : le décès de ton grand-père, Hugh Leith. L'accident qui coûta la vie à Floyd survint deux ans plus tard; puis ta mère tomba malade. Au reçu d'une lettre de Karen, je partis pour le Japon, toute affaire cessante. C'était en 1918, quelques jours après l'armistice.

Etendue sur le canapé, Eva voyait le portrait de sa mère, dessiné au plafond. Un tel bonheur, à un tel moment! Grande, élancée, auréolée de ses cheveux blond cendré; belle, naturellement, et n'appartenant à la terre que par sa pitoyable jambe trop courte. L'image était si nette...

– J'ai trouvé Esther dans une maison de santé,

poursuivit le Dr MacClure. Sa raison avait sombré peu après la mort dramatique de Floyd; elle la recouvra, sans redevenir comme avant. C'était très curieux, on avait l'impression qu'un ressort vital s'était brisé en elle.

– Se souvenait-elle de l'accident? demanda Ellery.

– C'était son idée fixe. Il suffisait d'être médecin pour comprendre que la hantise d'avoir assassiné volontairement Floyd la poursuivrait jusqu'à la tombe. Esther est douée d'une sensibilité excessive; quand j'ai fait sa connaissance, elle était déjà un paquet de nerfs délicat et une poétesse inspirée.

– Mais pourquoi ne pouvait-elle surmonter cette obsession, docteur? Sa conscience lui reprochait-elle réellement la mort de votre frère?

– J'ai pénétré jusqu'au fond des choses, vous dis-je! Ce fut un déplorable accident et rien de plus. Esther aurait dû guérir; mais un élément impondérable et étranger travaillait contre elle, la blessant inlassablement, retardant son retour à la vie, ne lui accordant aucun répit. Je suis resté, hélas, impuissant devant cette force ennemie que je sentais, sans pouvoir la définir.

« Pauvre chérie », songea Eva. « Pauvre chérie, comme elle a souffert! » Elle avait toujours secrètement envié ses amies d'avoir une mère, fût-elle vaine, égoïste ou légère. Toutes les mères ont pour leurs filles des trésors qui effacent tout : vanité, égoïsme, légèreté et autres défauts. Et maintenant qu'elle était sur le point de retrouver la sienne, qu'avait-elle à attendre? Le scandale. La prison. Le déshonneur et, peut-être... Les yeux d'Eva s'emplirent de larmes.

– Je suis resté le plus longtemps possible au Japon. Karen se montra parfaite. Désormais, elle se consacrerait à sa malheureuse sœur, déclarait-elle; mais le sort de l'enfant la préoccupait, Esther n'étant pas en état de l'élever. La misérable couvait déjà son projet diabolique! cria le Dr MacClure, brandissant le poing. Mais comment pouvais-je le deviner? acheva-t-il d'une voix brisée.

Morel avait profité du désarroi général pour filer à l'anglaise. L'inspecteur pinça les lèvres : décidément, tout allait de travers!

Le Dr MacClure dit doucement à Eva :

– Tu avais moins de trois ans, ma chérie, et ta mémoire n'était pas encore éveillée. Je te vois encore : une petite fille trop maigre, avec de longues boucles. Ce fut sur le conseil de Karen que je t'ai emmenée avec moi. La signature d'Esther était indispensable, en vue d'une adoption légale; à ma grande surprise, la pauvre femme me la donna volontiers, en insistant même pour abdiquer tous ses droits sur son enfant. Voilà comment tu es devenue ma fille, Eva.

« Et voilà où nous en sommes, acheva le Dr MacClure après un silence. »

« Voilà où nous en sommes. » Eva fixait toujours le plafond, envahie par un sentiment de honte inconnu jusque-là. Eva MacClure, une meurtrière! Sa mère, une... « Triste hérédité », dira-t-on. « Telle mère, telle fille. » Comment regarder ses semblables en face, désormais? Comment regarder... Dick?

Elle tourna lentement la tête vers la porte devant laquelle le Dr Scott se tenait tantôt sur un pied, tantôt sur l'autre, visiblement anxieux, embarrassé. Eva comprit soudain que la présence de son fiancé ne lui avait apporté aucun réconfort.

– Vous devriez rentrer, Dick. Vos malades, l'hôpital...

Tout en parlant, elle l'observa comme elle avait vu, certain jour, le Dr MacClure observer les réactions d'un cobaye anesthésié. Mais il l'interrompit d'un ton sec.

– Ne dites pas de sottises, Eva. Vous laisser quand cette absurde charge pèse sur vous? Il n'en est pas question!

Il vint l'embrasser. Le contact de ses lèvres froides sur sa joue ne ranima pas le courage d'Eva.

– Voilà où nous en sommes, répéta-t-elle tout bas. « Voilà où j'en suis, étendue comme un animal de laboratoire sur la table de dissection, entourée d'hommes qui m'observent. » Elle se releva soudain, en faisant claquer ses talons sur le plancher.

– Vous ne m'effraierez pas, lança-t-elle d'un ton farouche à l'inspecteur silencieux. J'ai agi jusqu'ici comme une enfant affolée. Mais vous ne m'effraierez pas! Je n'ai pas poignardé Karen Leith. J'ignorais que ma mère fût vivante. J'ignorais même qui était ma mère! Je vous ai fourni des explications parfaitement raisonnables pour les empreintes et le mouchoir. Pourquoi êtes-vous si injuste?

– Bravo, s'écria Terry Ring avec un sourire approbateur. Rivez-lui son clou, à ce vieux barbon!

– Et vous, Mr Ring, si vous savez où est ma mère, qu'attendez-vous pour le dire? Conduisez-moi immédiatement auprès d'elle!

Terry dissimula une grimace.

– Ecoutez, mon petit, commença-t-il. Patientez. Je n'ai jamais dit...

Eva se tourna vers l'inspecteur.

– Faites-le donc parler! s'écria-t-elle. Vous êtes très fort quand il s'agit de terroriser une femme, mais qu'un homme se dresse devant vous et ..

– Ecoutez, mon petit, répéta Terry en lui prenant le bras.

– Lâchez-moi! Retrouvez ma mère au plus vite, inspecteur Queen! Dieu sait ce qui a pu lui arriver! Seule dans une ville inconnue, après neuf ans de réclusion complète!

Queen adressa un signe de tête au sténographe.

– Allez chercher Thomas Velie, Mushie, soupira-t-il. Nous allons donner lecture du mandat d'arrestation.

Eva se calma lentement et elle embrassa la scène d'un regard circulaire. Le Dr MacClure allait d'un mur à l'autre, comme s'il ne devait jamais s'arrêter; le Dr Scott – Eva crut le voir pour la première fois de sa vie – se rongeait un ongle en contemplant le ciel à travers la vitre d'une fenêtre; Terry Ring, le front soucieux, grillait cigarette sur cigarette; Ellery Queen restait figé dans une immobilité comparable à celle de la statuette d'onyx posée sur le bureau de l'inspecteur.

Le sténographe de la police se leva en disant :

– Bien, monsieur.

Mais, avant qu'il n'eût atteint la porte, celle-ci s'ouvrit devant un homme dégingandé, mal rasé, coiffé d'un melon archaïque et mâchonnant un cigare éteint.

– Oh! vous avez du monde? grogna le Dr Samuel Prouty, médecin légiste de la Police Métropolitaine. Hello, Queen. Ah! Dr MacClure! Croyez que je déplore vivement... Je vous apporte une mauvaise nouvelle, Queen.

– Qui me concerne personnellement?

– La branche de ciseaux... celle que vous avez dans votre bureau, vous savez?

– Oui! Oui!

– Karen Leith n'a pas été poignardée avec cette branche de ciseaux-là.

L'exclamation de Terry Ring rompit un silence très particulier.

– Parlez, docteur!

– Vous ne voudriez pas tromper un vieil ami, n'est-ce pas, Sam? demanda l'inspecteur, grimaçant un sourire.

– Je dois être à la morgue dans vingt minutes et n'ai pas de temps à perdre en conversations oiseuses. Mais, vu les conclusions de la première autopsie, j'estime vous devoir des explications.

– C'est bien le moins! bougonna l'inspecteur.

Terry Ring courut serrer la main du nouvel arrivant; puis il revint à Eva et la conduisit en riant jusqu'au canapé.

– Asseyez-vous, mon petit, dit-il. La représentation est offerte en votre honneur, maintenant.

Eva obéit, croyant rêver. La branche de ciseaux, les empreintes! Etait-ce possible?

– Toute la responsabilité m'incombe, commença Prouty. J'étais débordé de travail et j'ai confié l'autopsie à... peu importe. La cause du décès étant évidente, je croyais qu'il s'agissait d'une simple formalité et je m'en suis remis à un garçon jeune et inexpérimenté.

Ellery bondit sur le médecin légiste et le saisit par le revers de son veston.

– Parlez avant que je ne vous étrangle, Prouty! s'écria-t-il. Si la branche de ciseaux n'y est pour rien, quelle est l'arme véritable du crime?

– Une autre... si vous me permettez de placer un mot...

Un coup de poing, frappé sur le bureau de l'inspecteur, interrompit le médecin légiste et précéda une nouvelle exclamation d'Ellery :

– J'y suis! Le coup de poignard a été donné sur une blessure plus petite, pour masquer celle-ci! Non! Attendez... Peut-on trouver les traces du venin, Prouty? Parlez!

– Le venin? répéta l'autre, abasourdi.

– Hier, comme je réfléchissais aux bizarreries de cette affaire, j'ai pensé soudain à Kinumé et aux îles Liou Kiou dont elle est originaire. Etant d'un naturel curieux, j'ai ouvert un dictionnaire de géographie, à seule fin de me documenter sur les Liou Kiou; et voilà comment j'ai appris que la plupart de ces îles, Amami-Oshima en particulier, étaient infestées par des reptiles venimeux appelés *habu*!

– Comment? Comment? fit Prouty, les yeux ronds.

– *Trimeresurus* ou quelque chose d'approchant. Signes distinctifs : silencieux, tête couverte d'écailles, longueur atteignant de six à sept pieds, morsure entraînant une mort rapide. Vous avez bien relevé des marques de morsure sous la blessure agrandie par la lame de ciseaux, Prouty?

L'interpellé ôta le cigare de sa bouche pour demander :

– Votre fils serait-il devenu fou, Queen?

– Ah! fit Ellery, déconfit. Ce n'était donc pas un serpent?

– Non!

– Mais je croyais...

Prouty leva les bras au ciel.

– Ecoutez, Queen. Appelez d'abord Matteawan (1). Ensuite, montrez-moi la fameuse branche de ciseaux.

– La voici.

L'inspecteur saisit dans son tiroir l'objet demandé. Prouty se contenta de jeter un coup d'œil dessus, puis il jeta la branche de ciseaux sur le bureau et déclara :

– J'avais raison. Regardez!

Il venait d'ouvrir une petite boîte de carton prise dans sa poche. Un petit triangle d'acier luisait comme un bijou sur le lit d'ouate qui en garnissait le fond.

– Vous constaterez que c'est la pointe d'une lame, reprit Prouty. Elle avait échappé à mon assistant, mais je l'ai extraite de la gorge de miss Leith cet après-midi.

(1) Asile d'aliénés.

L'inspecteur s'empara de la boîte. Les autres l'entourèrent.

– La pointe d'une branche de ciseaux, murmura-t-il. Cassée en pénétrant dans les chairs. Et le bout de celle-ci est intact, acheva-t-il, en regardant la branche posée sur son bureau.

– Les deux pointes paraissent identiques, remarqua Terry.

– Qu'en pensez-vous, El?

– L'éclat extrait par Prouty provient de la branche manquante; cela ne fait aucun doute, répondit notre limier.

– Vous aviez donc raison, Sam, dit l'inspecteur, chagrin. C'est l'autre branche de la même paire de ciseaux qui est l'arme du crime; celle-ci ne vaut rien.

Terry courut à Eva.

– Hurrah, ma jolie! Vous dormirez dans votre lit cette nuit!

– Avez-vous trouvé l'autre branche? demanda Prouty, gagnant la porte.

– Non!

– Bien, bien. Ne m'avalez pas pour cela, Queen.

Le docteur caressa son menton mal rasé.

– Hum! Ne nous faites pas l'injure de croire que ce genre d'erreur soit fréquent dans nos services, Dr MacClure. Mon assistant débute et...

Le Dr MacClure coupa l'explication d'un geste vague.

– A propos, quelles autres constatations avez-vous faites, Prouty? demanda Ellery. Je n'ai pas lu le rapport de l'autopsie.

– Rien d'important. Un thrombus coronaire... L'aviez-vous diagnostiqué, docteur? Vous étiez le médecin de miss Leith, si je ne me trompe?

– Je m'en doutais, oui.

– Un thrombus coronaire, répéta Ellery. Je

croyais que cette forme d'affection cardiaque n'atteignait que les hommes?

– Elle est plus fréquente chez les hommes, mais les femmes n'en sont pas exemptes. Karen Leith avait un thrombus bien caractérisé, c'est pourquoi la mort a été si rapide.

– Si rapide! Elle a survécu un bon quart d'heure, vous savez.

– Au lieu de plusieurs heures, comme cela se passe habituellement avec les blessures à la gorge. La victime meurt à bout de sang, et cela demande du temps, sauf si le cœur flanche pour une raison quelconque.

– Pas d'autre maladie organique?

– Non. Anémie générale, estomac délicat, c'est tout. Et je vous garantis que l'autopsie pratiquée par votre serviteur a racheté les négligences de la première. Sur ce, je file. Au revoir, docteur.

La porte se referma sur Prouty.

– Je m'étais gardé de souffler mot de ce thrombus à Karen, soupira le Dr MacClure. Elle se serait inquiétée inutilement car elle pouvait encore vivre de nombreuses années, vu son genre d'existence.

– Miss Leith surveillait beaucoup sa santé, n'est-ce pas? demanda Ellery. Je l'aurais volontiers soupçonnée d'hypocondrie.

– J'étais son seul médecin et elle m'écoutait à la lettre. Karen avait sans doute lieu de tenir à la vie, acheva amèrement le Dr MacClure.

– A propos, comment envisageait-elle l'avenir? Excusez mon indiscrétion, docteur, mais je serais curieux de savoir comment miss Leith espérait continuer à vous cacher l'existence d'Esther après votre mariage.

– Karen voulait une « union moderne ». Domiciles séparés, carrières indépendantes et ainsi de suite; il était même convenu qu'elle garderait son nom de jeune fille. J'étais assez aveugle pour mettre tout cela sur le compte de son originalité naturelle, alors qu'elle ne pensait qu'à poursuivre sa duperie criminelle!

La colère du Dr MacClure explosa soudain.

– La façon dont une femme peut tromper un homme est abominable, ni plus ni moins!

« A moins que ce ne soit le contraire », songea Eva qui dit tranquillement :

– Vous pouvez retourner auprès de vos malades, Dick. Le danger est écarté pour aujourd'hui, n'est-ce pas, inspecteur?

Queen déchira lentement le mandat d'arrestation.

– Je regrette ce fâcheux incident, répondit-il d'un ton plus rageur que contrit.

– Dans ce cas, je... je vais rentrer, Eva. Je vous téléphonerai ce soir.

– Entendu, Dick.

Mais, comme il se penchait pour l'embrasser, Eva détourna la tête. Le Dr Scott se redressa, un peu pâle et avec un sourire gêné. Puis il sortit en silence.

– Au fait, chacun peut rentrer chez soi, dit alors l'inspecteur. Non, attendez. Vous n'avez pas aperçu, par hasard, l'autre branche de ciseaux dans la chambre de Karen Leith, lundi après-midi, miss MacClure?

Eva faillit ne pas entendre la question. Le gros diamant carré brûlait l'annulaire de sa main gauche.

– Non, inspecteur.

– Et vous, Mr Ring?

– Moi? Non, je n'ai rien vu de ce genre.

– La branche n'était pas dans une de vos poches quand je vous ai laissé filer, l'autre jour? Cela m'apprendra à ne jamais...

Le ton de Queen était plein d'amertume, mais la phrase demeura inachevée.

Souriant, Terry Ring s'empara du bras d'Eva.

– Déguerpissons, dit-il. Si nous avons le malheur de nous attarder ici, le vieux raseur vous accusera d'avoir escamoté sa tabatière, Eva!

18

Sitôt la porte du Bureau Central franchie, Mr Terry Ring déclara gaiement :

– Je vous invite tous à dîner chez Fung, l'as des cuisiniers chinois.

– J'irais n'importe où, ce soir, dit Eva.

Elle aspira profondément l'air libre, étonnée de le trouver si grisant, même à New York.

– Et vous, docteur?

– Je n'aime pas la cuisine chinoise.

– Mais nous pourrions aller ailleurs.

– Non, ne changez pas vos projets pour moi.

Le Dr MacClure embrassa Eva avant d'ajouter :

– Bonsoir, ma chérie. Oublie tout. C'est promis?

– Oui, papa, répondit Eva, sachant qu'elle ne pourrait tenir sa promesse et que le docteur n'était pas dupe. Venez, papa! Nous irons...

– J'ai besoin de marcher un peu.

Un silence, puis :

– Ne m'appelle jamais autrement, Eva.

– Un chic type, remarqua Terry Ring comme il s'éloignait. Et vous, Queen? Vous avez l'air fatigué...

– J'ai faim, interrompit Ellery.

Terry parut déçu. Puis il héla un taxi à grand renfort de gestes et Eva se surprit à sourire du bout des lèvres.

Son bavardage remplit le court trajet de Center

Street à la taverne de Fung, située en pleine ville chinoise.

– L'endroit ne paie pas de mine, dit Terry à ses compagnons. Mais l'on y mange bien. Hello, Fung!

Un Chinois souriant s'inclinait à la porte du modeste restaurant situé en sous-sol. Les seuls clients étaient trois vieux Orientaux, attablés devant une bouteille d'alcool de riz.

– Ne vous occupez pas de nous, Fung. Ma table est toute choisie. Je reconnais que la couleur verdâtre des murs n'est pas appétissante, ni les taches de graisse non plus, continua Terry en conduisant Eva et Ellery vers un coin. Mais la cuisine est immaculée. Désirez-vous la voir?

– Non, merci!

Terry avança galamment une chaise pour Eva.

– Bravo! s'écria-t-il. Souriez souvent, ma jolie, ne fût-ce que pour montrer cette charmante fossette, au coin de la bouche. Hep, Queen! Déridez-vous, mon vieux! Rêvez-vous encore de serpents?

– Fichez-moi la paix, bougonna Ellery. Seigneur, que peut-on servir dans ce coupe-gorge?

– Fiez-vous à moi. Wei!

Un petit Chinois sans cravate et ceint d'un tablier blanc accourut.

– *Wan-Tan*. Œufs confits, trois portions. Crevettes frites. Canard laqué à la cantonaise. Vin. Thé, et ne lésinez pas sur le riz! Oust!

– Jamais je ne mangerai tout cela! commença Eva. Je...

– Vous avalerez tout ce que je mettrai dans votre assiette. Otez votre veston si vous avez trop chaud, Queen. Fung ne s'en offusquera pas.

Le chapeau de Terry, négligemment lancé pardessus l'épaule, alla par miracle s'accrocher sur un portemanteau.

– Mais miss MacClure pourrait en être choquée, mon cher?

– Moi? Jamais de la vie!

– Vous êtes bien, ma jolie? Ça va mieux?

– Vous ne m'avez pas laissé le temps d'analyser mes impressions. Où est ma mère, Terry?

Le jeune homme détourna les yeux. Wei, chargé d'un énorme plateau, poussait à cet instant la porte battante de la cuisine.

– Je n'en sais rien, Eva.

– Mais vous avez dit...

– Je sais ce que j'ai dit.

Il prit sa main et se mit à la caresser distraitement.

– C'est un diamant, n'est-ce pas? Il fallait bien raconter quelque chose à papa Queen, mon petit. J'ai bluffé, voilà tout.

– Oh! Moi qui croyais...

– Rappelez-vous la promesse faite à votre père, Eva. Oubliez tout, ce soir.

Wei posa une grosse soupière sur la table en annonçant :

– *Wan-Tan*.

Ellery apprit que le *Wan-Tan* était un bouillon clair à la surface duquel flottaient, tels des bateaux sur une rivière, d'épais morceaux de porc. Une savoureuse odeur d'aromates se dégageait de la soupière.

– Ah! fit Terry, se frottant les mains. Passez-moi votre assiette, ma jolie. De vrais *knishes* chinois. Vous ne savez pas ce que c'est? J'achetais des *knishes* au vieux Finkelstein au temps où je vendais des journaux dans la rue. Il se tenait à l'angle de Cherry Street avec sa drôle de petite voiture et...

Terry parlait, parlait, ne laissant pas à Eva le temps de penser, lui arrachant tantôt une réponse et tantôt un sourire. Et pour Ellery qui l'écoutait d'une oreille, Mr Terence Ring se montrait sous un jour nouveau. Quelle subtilité chez ce jeune ours mal léché! Et comme il était difficile de deviner ce que Mr Ring pensait, dans le fond de son cœur!

– Le potage est délicieux, déclara soudain Ellery. Excusez-moi d'interrompre ces souvenirs d'enfance, mon vieux; mais à quoi bon continuer cette comédie?

– Tiens, vous êtes encore là? grogna l'autre

– Que vais-je devenir? soupira Eva. Vous avez raison, Mr Queen.

– Goûtez ces œufs confits et vous en reprendrez, ordonna Terry, foudroyant Ellery d'un regard.

– Vous êtes bien gentil, Terry. Mais ayons le courage de regarder les choses en face. Je suis embourbée jusqu'au cou, vous le savez comme moi.

– Vous connaissez votre père, Queen, grommela Terry. Que va-t-il faire maintenant?

– Chercher l'autre branche de ciseaux. Vous êtes certaine de ne l'avoir vue nulle part, Eva?

– Certaine.

– Elle n'était pas là, affirma Terry. L'assassin l'a emportée et votre père le sait également. Ses hommes ont passé maison, jardin et dépendances à l'aspirateur, en pure perte.

Ellery hocha la tête.

– Je suis complètement noyé, avoua-t-il.

Eva murmura :

– Ma seule consolation est de penser que ma mère plane au-dessus de tout soupçon. Avec ce verrou poussé de l'intérieur, elle n'a pu entrer dans la chambre de Karen.

– Nous sommes tranquilles jusqu'au moment où mon père découvrira la vérité au sujet de cette malheureuse porte. Profitons de ce répit, dit Ellery.

– Sauf trahison, la police n'apprendra jamais mon intervention, déclara Terry. Quelqu'un pourrait parler, c'est vrai.

– Qui?

Eva rougit car elle connaissait d'avance la réponse de Terry.

– Le type qui vous a offert ce diamant : un certain Dr Scott. Passez-moi votre assiette, Eva. Ces crevettes grillées ont bonne mine. Quelle idée d'être tombée amoureuse de ce bellâtre!

– Le ton sur lequel vous parlez de Dick me blesse, Terry! Il est bouleversé et il y a de quoi. Croyez-vous que ce soit drôle de voir sa fiancée à la veille d'être inculpée de meurtre?

– Des deux, c'est vous la plus à plaindre, il me semble! Ecoutez, Eva, votre Scott est un froussard. Lâchez-le.

– Terry!

– Si vous me permettez d'interrompre cet intermède romanesque...

Ellery changea modestement contre une fourchette les baguettes avec lesquelles il essayait en vain d'attraper une crevette dans son assiette; puis il reprit :

– ... Je vous soumettrai l'idée que je viens d'avoir.

– Parlez! s'écrièrent les autres en chœur.

– Elle ne vous fera pas plaisir, Terry.

– Parlerez-vous, à la fin!

– Eva, avez-vous vu la targette poussée dans sa gâche *avant* que Terry ne se soit approché de la fameuse porte?

– Non. Le paravent japonais cachait la porte. Terry l'a repoussé sur mes instructions et il a trouvé la targette bloquée.

– Il se tenait devant la porte à cet instant? Vous n'avez vu la targette qu'après qu'il s'est écarté?

– Je ne l'ai pas regardée. Terry m'a dit qu'elle...

– Permettez, interrompit l'intéressé. Où diable voulez-vous en venir, Queen?

– Certains esprits se refusent à digérer une

impossibilité, quelle qu'elle soit. Je suis un grand incrédule, Terry.

– Je m'en fiche! La targette était bloquée! J'ai eu assez de peine à l'ouvrir pour le savoir! D'ailleurs, pourquoi mentirais-je à ce sujet, je vous prie?

– Supposons un instant – ce n'est qu'une simple supposition – que vous ayez poignardé Karen Leith, commença Ellery, la bouche pleine de riz.

– Misérable! Vous êtes fou à lier!

Horrifiée, Eva crut que Terry allait sauter à la gorge de son invité. Fung accourut en se tordant les mains.

– Pas hurler comme ça, Te'y! Pas faire de tapage ici!

– Allez au diable! rugit l'autre. Alors, c'est moi qui ai fait le coup? Espèce de...

– Là, là! Terry, mon ami, vous manquez totalement d'esprit spéculatif. Seriez-vous incapable de « supposer » avec calme? Si la porte commandant l'escalier du grenier était ouverte quand Eva est entrée dans la chambre – et nous n'avons que votre parole à l'appui du contraire – qu'est-ce qui vous aurait empêché d'agir comme suit : pénétrer dans la chambre par la voie du grenier, poignarder Karen Leith, vous enfuir par le même chemin, contourner la maison et rentrer officiellement par la grande porte, de façon à revenir dans la chambre à seule fin de pousser le fameux verrou de l'intérieur?

– Pourquoi?

– Oh! La réponse est enfantine. Pour compromettre Eva jusqu'au cou. Pour qu'elle soit arrêtée à votre place, comme la seule meurtrière possible.

– Vous êtes piqué, c'est sûr! Si telles étaient mes intentions, au nom de quoi aurais-je fait volte-face et déverrouillé la porte pour sauver ma prétendue victime?

– Oui, pourquoi? murmura Eva. Votre théorie ne tient pas debout, Mr Queen.

– Hum! Ce canard est vraiment bon... Pourquoi auriez-vous sauvé miss MacClure après avoir décidé sa perte? Mais pour l'éternelle raison, mon ami. Romanciers et poètes ont brodé sur ce thème. La grande passion instantanée, le coup de foudre, quoi! Wei! Ayez l'obligeance d'apporter une autre bouteille de ce détestable vin.

Eva devint cerise et plongea le nez dans son assiette. Terry Ring, ce gaillard plein d'assurance et de méfiance, victime d'un coup de foudre! Allons donc! Terry ne s'emballerait jamais à première vue; il observerait, étudierait, pèserait le pour et le contre. Elle le regarda du coin de l'œil et elle fut saisie de le voir manier ses baguettes avec une sorte de rage; le cynique Mr Ring était rouge jusqu'aux oreilles et gardait les yeux obstinément baissés.

– Vous voyez bien qu'il y a une raison pour toute chose, soupira Ellery, reposant son verre sur la table.

– Ne m'adressez plus la parole! gronda Terry. Je n'ai pas tué Karen Leith, la targette était dans sa gâche et je ne tombe pas en pâmoison devant les jolies filles!

– Quel emballement, et quel manque de galanterie envers la jolie fille présente! fit Ellery en se levant. Excusez-moi un instant, Eva. Wei, où se trouve le téléphone?

Ellery s'éloigna dans la direction indiquée par le Chinois, Terry continua d'engloutir la nourriture en silence, comme un jeune fauve, et Eva s'absorba complètement dans le maniement délicat de ses baguettes. Les trois vieux clients chinois regardèrent de leur côté et il y eut un échange d'impressions, à mi-voix; Terry, qui comprenait un peu leur langue, rougit davantage, si possible, en apprenant que la petite fleur du jeune Blanc avait évidemment éveillé sa colère et que le supplice des Mille Coupures était préférable à une épouse acariâtre.

– C'est notre premier tête-à-tête depuis lundi, Terry, dit soudain Eva. Je...

– Passez-moi le riz. Merci.

Terry s'empiffra de plus belle.

– Je ne vous ai pas encore remercié d'avoir été si merveilleusement bon pour moi, Terry. Mr Queen s'est amusé à nos dépens, tout à l'heure. Ne prêtez aucune attention à cette plaisanterie ridicule...

– Quelle plaisanterie ridicule?

Terry jeta ses baguettes sur la table et Eva piqua un nouveau fard.

– Cette histoire de coup de foudre. Je sais bien que vous avez agi par compassion...

– Ecoutez, Eva, ce maudit Queen a raison...

Il saisit sa main.

– ... C'est bien la première fois que je donne dans le panneau. Pour moi, les femmes et le poison vont dans le même sac! Mais je suis fou de vous. Je ne dors plus, je vous vois partout!

– Terry!

Eva lui arracha sa main et elle regarda du côté des trois vieux Chinois. Ceux-ci hochèrent la tête. L'attitude du jeune Blanc dépassait leur entendement.

– Vous êtes le contraire de mon type, par-dessus le marché! Avant de vous rencontrer, je n'avais jamais regardé que les femmes bien rembourrées; et vous n'avez que la peau sur les os!

– C'est faux! protesta Eva. Je pèse...

– J'exagérais peut-être un peu, concéda Terry en la dévorant des yeux. Mais vous devriez manger davantage. Et puis il y a ce nez retroussé, ces fossettes...

Il s'invectiva, furieux :

– ... La tête tournée par une fossette!

Eva eut envie de rire, puis de pleurer. Que de

bouleversements en quelques jours! Terry Ring, ce grand ours mal léché! Eva se reprocha aussitôt sa mesquinerie. Terry débordait de vitalité, d'animation. L'existence auprès de lui serait... Halte-là! Terry n'était qu'un étranger, presque un inconnu, et elle était fiancée à Dick!

– Je ne me fais aucune illusion, allez! poursuivit Terry avec amertume. Ni belles manières ni rien! Un enfant des rues qui a glané le peu qu'il sait de droite et de gauche. Tomber amoureux d'une fille de votre monde! C'est bien ma veine! N'empêche, Eva. Tel que vous me voyez, je vaux mieux et je vous aime plus que ce petit monsieur qui...

– Assez, Terry, interrompit Eva d'un ton sec.

– Pardon. Oubliez ce que je viens de dire, Eva. Je me suis comporté comme le dernier des imbéciles, n'en parlons plus.

Eva sourit.

– Soyons amis, Terry. Vous avez été meilleur pour moi que... que n'importe qui. Je ne l'oublierai jamais.

Comme Eva venait de poser une main sur son bras, Fung s'approcha.

– Excusez-moi, murmura-t-il à l'oreille du jeune homme. Venez, Te'y.

– La paix! Je suis occupé.

Mais Fung insista :

– Non, Te'y. Il faut venir.

Terry le regarda. Puis il se leva en rajustant le nœud de sa cravate.

– Excusez-moi, Eva. Ce doit être un raseur qui m'appelle au téléphone.

Les deux hommes s'éloignèrent vers la petite salle attenante.

« Pourquoi Ellery Queen a-t-il usé d'un subterfuge pour parler en particulier à Terry? » songea Eva en ouvrant son poudrier. Le sentiment de sa solitude dans un monde hostile l'accabla de nouveau.

Le miroir de son poudrier lui renvoya l'image de ses compagnons, absorbés dans une grave conversation, de l'autre côté de la baie voûtée qui séparait les deux salles. Terry paraissait soucieux et l'indiscrète Eva vit un petit objet passer de la main d'Ellery dans la sienne et de là dans sa poche.

Un mystère! Encore et toujours des mystères! Tout en passant son bâton de rouge sur ses lèvres, Eva se demanda avec un serrement de cœur comment tout cela se terminerait. Mais une femme ne résiste à l'envie ni de regarder le nez qu'un homme vient d'admirer ni de creuser – furtivement, à la manière d'un enfant fautif – la fossette dont la nature l'a parée, au coin gauche de la bouche.

Eva refermait son poudrier quand les deux hommes revinrent, en souriant pour dissimuler une gravité impossible à cacher. Terry régla l'addition, jeta une pièce à Wei qui l'attrapa au vol et prit le bras d'Eva pour l'entraîner dehors.

Eva accepta sans protester la pression à la fois timide et rassurante des doigts qui emprisonnaient son coude. Mr Queen soupira et suivit le mouvement.

19

Vendredi matin, Terry venait d'enlacer Eva et il embrassait la fameuse fossette quand Mrs Rabinowitz, sa femme de ménage, le réveilla en sursaut.

– Hein? grogna notre dormeur, se mettant sur son séant.

Mrs Rabinowitz – une veuve d'âge fort respectable – le secoua énergiquement par l'épaule.

– C'est le téléphone. Levez-vous, paresseux! Vous n'avez pas honte de dormir nu?

– Filez, madame Prude, riposta Terry, rejetant ses couvertures.

Cri de Mrs Rabinowitz, suivi d'un rire étouffé et d'une retraite précipitée. Terry enfila sa robe de chambre en maudissant les fâcheux qui se permettent de téléphoner à 7 heures. Mais sa colère tomba dès qu'il eut décroché.

– Oh! C'est vous? Mauvaises nouvelles?

– Pour vous, oui. La police l'a retrouvée.

– Hum! De qui parlez-vous?

– Cessez ce petit jeu, grand malin, articula Mr Ellery Queen. Je ne me suis pas levé à 6 h 30 pour supporter vos esquives! Vous savez parfaitement de qui il s'agit. Esther Leith MacClure est retrouvée et je vous conseille d'enfiler rapidement votre pantalon.

– Philadelphie?

– Tiens! Vous étiez donc au courant! Oui. La nouvelle est parvenue cette nuit. Mon père envoie le sergent Velie à Philadelphie par le train de 10 heures et j'ai pensé que nous pourrions en prendre un plus matinal.

– Pourquoi?

– Sait-on jamais? Vous venez?

– Eva est-elle prévenue?

– Pas encore. Le Dr MacClure non plus. Il vaudrait mieux avertir le docteur secrètement et l'emmener avec nous.

– Où vous retrouverai-je?

– Chez les MacClure. Dans une demi-heure.

– Vingt minutes.

Terry négligea de se raser; mais il était douché, habillé et devant sa porte en huit minutes. Puis, s'étant ravisé, il retourna dans sa chambre, ouvrit le tiroir d'une commode, prit un revolver qu'il glissa dans sa poche, tapota amicalement le troisième menton de Mrs Rabinowitz et sortit en trombe de chez lui.

Le téléphone de l'immeuble sonna au moment où le Dr MacClure portait à ses lèvres un verre de jus de tomate.

Venetia annonça de l'antichambre :

– Un certain Mr Queen vous demande d'en bas, Dr John.

Laissant son jus de tomate intact sur la table, le Dr MacClure courut au téléphone. Il était blême quand il répondit à une dernière question d'Ellery :

– Non. Elle dort encore. Je descends.

Le savant raccrocha sur ces mots, les premiers qu'il eût prononcés. Puis il alla coller l'oreille contre une certaine porte. Eva ne dormait pas, elle pleurait. Ses sanglots se turent dès qu'elle entendit frapper et une voix étouffée répondit :

– Entrez!

Eva tournait le dos à la porte. Le docteur s'avança vers son lit en disant :

– Je dois m'absenter pendant quelques heures, ma chérie. La fondation... Qu'as-tu?

– Rien, papa. Je n'ai pas très bien dormi, voilà tout.

– Dick?

Un sanglot étranglé fut la seule réponse. Comme il se penchait pour embrasser Eva, le Dr MacClure songea amèrement au jeune Dr Scott, à son silence, la veille au soir. En homme expérimenté, il croyait savoir pourquoi le jeune Dr Scott n'avait plus donné signe de vie et il envisageait la possibilité de ne plus jamais le revoir. Le jeune Dr Scott trouvait la place trop chaude pour son goût : il avait désiré une fiancée, non une victime des circonstances; une épouse, non une vedette de la chronique criminelle.

En caressant les boucles d'Eva, le Dr MacClure posa les yeux sur la table de chevet. Le diamant des fiançailles scintillait sur une enveloppe cachetée.

Venetia fut chargée d'un vague message, au cas où l'inspecteur Queen téléphonerait; puis le Dr MacClure prit l'ascenseur pour descendre au rez-de-chaussée.

Ellery et Terry l'attendaient dans le hall. Poignées de main et paroles inutiles furent évitées d'un commun accord.

– Vous avez bien dit : Pennsylvania Station? demanda le chauffeur du taxi qui attendait devant la porte.

Les voyageurs manquèrent de dix minutes le train de 8 heures. Cinquante minutes d'attente pour le suivant; ils prirent leur petit déjeuner au buffet. Le Dr MacClure ne leva pas les yeux de son assiette et les autres respectèrent son silence qui se prolongea dans le train, jusqu'à Philadelphie.

L'express entra en gare à 10 h 45. Terry Ring jeta son troisième journal pour mettre son chapeau, le Dr MacClure cessa de regarder par la fenêtre du compartiment et il se leva. Ellery ouvrit les yeux; puis tous trois descendirent et gagnèrent la sortie.

– Où logeait-elle, Terry? demanda Ellery.

– Dans la banlieue ouest.

– Ah! fit le docteur. Vous saviez!

– Depuis le début, oui, avoua Terry. Mais c'était ma seule carte!

Après quoi, le Dr MacClure ne le quitta plus des yeux.

– Conduisez-nous, dit Ellery.

Terry héla un taxi; il donna une adresse au chauffeur, monta le dernier et demanda :

– Pourquoi commencer par là?

– Nous avons du temps devant nous, répondit Ellery.

Le but de la course était une maison de brique

noircie, dans une rue étroite et d'aspect misérable. « Chambres meublées », lisait-on sur une pancarte. Le Dr MacClure s'attarda sur le trottoir, comme s'il ne se lasserait jamais de regarder les fenêtres aux rideaux défraîchis.

– Attendez-nous, ordonna Ellery au chauffeur.

Une vieille dame négligée et à la mine hargneuse répondit au coup de sonnette de Terry.

– Les honnêtes gens ne sont plus maîtres chez eux! s'écria-t-elle. Enfin... montez et que je puisse relouer ma chambre le plus vite possible. Un locataire s'est présenté hier, et j'ai dû le refuser parce que la police m'avait ordonné de ne toucher à rien! On se demande à quoi ça rime!

Le Dr MacClure entra le premier dans une chambre sordide. Son regard se posa longuement sur chaque meuble, chaque objet : lit boiteux aux couvertures et draps pendants, vieille table sur laquelle on voyait une bouteille d'encre et un porte-plume, mauvais rocking-chair... La liste du mobilier s'arrêtait là; mais il y avait également les vêtements personnels de la dernière occupante : une robe de lainage gris, du linge, une paire de bas de soie et, par terre, deux escarpins dont l'un difforme à cause de son rehaussement orthopédique.

– Le détective de garde s'est absenté pendant quelques instants, dit la vieille, radoucie par le silence presque religieux. Si vous voulez attendre son retour...

– C'est inutile, merci, interrompit Ellery. Venez, docteur. Nous n'apprendrons rien ici.

Il dut prendre le savant par le bras et le conduire jusqu'au taxi comme un aveugle.

Les trois hommes s'étaient arrêtés au Bureau Central de la Police où Ellery avait obtenu – non sans peine – le laissez-passer indispensable pour pénétrer dans la morgue. Maintenant, ils entouraient silencieusement une table de marbre tandis que l'employé municipal pensait à autre chose, un peu plus loin. Chez le Dr MacClure, même indifférence devant la mort, si souvent contemplée; Ellery aurait juré qu'il ne remarquait ni la teinte livide du visage, ni la rigidité du cou, ni les narines dilatées. Ce qu'il voyait, c'était la pureté des traits, les longs cils blonds, les cheveux restés magnifiques, le modelé des joues, les petites oreilles. On eût dit un homme en extase, assistant à une résurrection miraculeuse.

– Est-ce bien Esther Leith MacClure, docteur? demanda doucement Ellery.

– Oui. Oui. C'est Esther... ma chérie.

Terry se détourna et Ellery toussota. Le savant avait murmuré les derniers mots assez bas pour s'imaginer que nul ne les avait entendus. Ellery eut l'impression gênante d'avoir commis une indiscrétion involontaire, d'avoir entrevu pour la première fois le véritable Dr MacClure.

Captant le regard embarrassé de Terry, il désigna la porte d'un signe de tête.

Une surprise attendait nos voyageurs à la descente du train qui les avait ramenés à New York. Eva était venue à leur rencontre! Assise sur un banc, dans le hall de Pennsylvania Station, elle fixait l'horloge dont les aiguilles marquaient 14 heures; mais le fait d'être restée sur ce banc, au lieu de se poster à la sortie des voyageurs, prouva à Ellery qu'elle regardait l'horloge sans la voir. Il fallut la secouer pour la ramener à la réalité.

– Papa, soupira-t-elle.

Le Dr MacClure l'embrassa; il s'assit à côté d'elle, prit une de ses mains gantées de noir. Terry baissa les yeux et il alluma une cigarette. Eva était en noir des pieds à la tête... elle savait. Quoique poudrées, ses paupières étaient rouges et bouffies.

– L'inspecteur Queen m'a tout dit, murmura-t-elle simplement.
– Elle est morte, Eva. Morte.
– Je sais. Mon pauvre papa chéri...
Ellery s'avança vers le kiosque à journaux près duquel il venait de reconnaître une silhouette familière.
– Quelle est votre idée de derrière la tête? demanda-t-il.
– Espériez-vous me rouler? riposta l'inspecteur Queen, très calme. Miss MacClure et Terry sont filés depuis lundi après-midi, mon fils. Je savais que vous alliez à Philadelphie avant que vous ne soyez dans le train.
Ellery rougit comme un écolier pris en faute.
– Nous n'avons rien appris là-bas, si cela peut atténuer le crime de lèse-autorité, dit-il.
– Je le savais également. Venez.
Ellery n'était satisfait ni de soi-même ni de rien. Les mystères faussaient l'équilibre intellectuel il les avait toujours détestés et il les combattait de son mieux, sur le terrain du crime. Or, les mystères se multipliaient, au lieu de se simplifier, la situation s'embrouillait encore! Non, pour être juste, de petites certitudes se dégageaient du chaos. Par exemple : le Dr MacClure s'attendait à retrouver Esther vivante; la nouvelle de sa mort avait brutalement étouffé un dernier et secret espoir. Contrairement au savant, Terry Ring savait depuis le début qu'Esther Leith MacClure avait mis fin à ses jours. La raison de ce silence prolongé? Notre limier pouvait en imaginer une. Mais ce n'était pas assez, loin de là.
Père et fils étaient arrivés près du banc.
– Enfin, nous pouvons parler raisonnablement, puisque la vérité est sortie au grand jour, dit l'inspecteur.
– L'horrible vérité, n'est-ce pas?

Un affreux sourire accompagnait la question du Dr MacClure. L'inspecteur s'assit sur le banc, il prisa et dit :

– Soyez assuré de ma bien vive sympathie, docteur. Ce nouveau choc... Avez-vous formellement identifié la défunte ?

– C'est Esther. J'étais resté dix-sept ans sans la voir, mais je l'aurais reconnue entre cent mille, vivante ou morte. Oui, c'est Esther.

– Je ne nourrissais guère de doute à ce sujet. Hello, Terry ! Quand la dépouille fut découverte dans la nuit de lundi à mardi...

– Dans la nuit de lundi à mardi, répéta Eva d'une voix blanche.

– La police de Philadelphie a établi la cause du décès : empoisonnement au cyanure de potassium; mais elle s'est heurtée à l'impossibilité d'identifier la désespérée, inscrite sous de faux nom et adresse. Inutile d'ajouter qu'il n'y avait pas un seul papier d'identité dans ses affaires, acheva l'inspecteur.

– A quelle heure le suicide fut-il découvert ? demanda Terry. Impossible d'obtenir le moindre renseignement, au Bureau Central de Philadelphie !

– Lundi, à minuit passé. La logeuse a dû s'inquiéter – les détails précis me manquent encore – et elle est entrée dans la chambre. Au reçu du signalement que nous avions diffusé, la police de Philadelphie a fait le rapprochement entre la femme recherchée par New York et la mystérieuse suicidée de l'hôtel meublé. J'ai été averti hier soir et j'ai envoyé Velie chercher l'original de sa confession posthume.

– La confession posthume d'Esther ! s'écria le Dr MacClure.

Ellery contint sa surprise et l'inspecteur répondit :

– La main de la défunte, cachée sous les couvertures, était crispée sur un billet.

– Un billet? murmura Terry, incrédule.

Nul ne l'entendit, sauf Ellery.

L'inspecteur caressa sa moustache d'un geste embarrassé.

– Je suis navré de la pénible révélation que je dois vous faire, miss MacClure...

Eva se tourna lentement vers lui.

– ... Mais, pour être cruelle, la nouvelle n'en a pas moins un bon côté pour vous. Le mystère entourant le meurtre de Karen Leith est éclairci.

– Le mystère... commença le Dr MacClure, debout.

– Désolé, docteur. Avant de se suicider, Esther MacClure a avoué son crime.

– Je n'y crois pas! s'exclama Eva.

Queen tira de sa poche un papier qu'il déplia en disant :

– Hier soir, un inspecteur de Philadelphie m'a communiqué par téléphone la confession d'Esther MacClure. Désirez-vous la lire?

Eva tendit une main tremblante; mais le Dr MacClure lui retira doucement la feuille dactylographiée. Père et fille la lurent ensemble, dans un silence impressionnant; puis le savant passa la confession à Ellery. Terry Ring s'approcha pour lire par-dessus l'épaule de celui-ci.

Même transcrite à la machine, sur du papier portant l'en-tête du Bureau Central, cette lettre exprimait le profond désespoir de son auteur.

« A celui qui me trouvera :

« Je ne puis quitter ce monde sans avoir épanché mon cœur.

« Comme j'ai été mon propre juge, je suis aujourd'hui mon propre justicier. Ma mort paiera pour la vie que j'ai prise.

« Ma fille bien-aimée, tu as été pour moi une source de bonheur secret. Pardonne-moi de ne t'avoir rien donné en échange. Ta mère est un monstre qui a su, Dieu merci, t'épargner son honteux secret. Sois bénie, mon enfant chérie.

« Cher John, j'ai assombri votre existence. Vous m'avez aimée, jadis, et maintenant que vous aimez ma sœur, le destin fatal frappe de nouveau.

« J'ai vu le coup venir et n'ai rien pu pour le détourner, aussi ai-je fait, dans ma torturante impuissance, ce que je devais faire. Si, du moins, vous étiez resté! Si vous l'aviez emmenée! Vous êtes la seule personne au monde qui eussiez peut-être réussi à sauver la vie de ma sœur. En partant, vous avez emporté sa seule chance de salut, son ultime espoir.

« Daignez, Seigneur, prendre en pitié l'âme de ma sœur et la mienne. Adieu, John. Je vous confie ma fille bien-aimée.

« Enterrez ceci, vous qui me trouverez, dans mon cercueil. »

Terry entraîna Ellery à l'écart.

– C'est impossible, murmura-t-il. Esther MacClure est bien l'auteur de cette lettre; mais elle n'a pas tué sa sœur, Queen!

– Qu'en savez-vous? demanda Ellery en relisant le billet.

– Je le sais, vous dis-je! D'abord, il y a une impossibilité matérielle. Elle a pu revenir à New York, commettre le crime et regagner Philadelphie pour s'y donner la mort, pensera-t-on. Mais, dans ces conditions, expliquez-moi comment elle put quitter la chambre de Karen!

– Hum! fit Ellery. Quelqu'un a poignardé Karen Leith, donc quelqu'un a tourné votre « impossibilité matérielle ». Pourquoi pas Esther plutôt qu'une autre personne?

Terry dévisagea durement notre limier.

– De quel bord êtes-vous? demanda-t-il. Votre

père croit que la meurtrière s'est fait justice, Queen. Allez-vous le détromper en lui révélant le secret de la porte verrouillée?

Silence d'Ellery qui relisait la lettre pour la troisième fois. Une question de l'inspecteur amena une détente :

– Que complotez-vous, jeunes gens?

– Nous commentions cette lettre, répondit Ellery sans la moindre hésitation.

Il empocha la confession d'Esther et l'inspecteur reprit, songeur :

– On s'étonne qu'une femme ait vu subitement rouge, après avoir accepté pendant neuf ans le joug de sa sœur. Pourquoi ne s'était-elle pas révoltée plus tôt? Une crise de folie furieuse, sans doute...

– C'est cela, papa Queen! s'écria Terry. Une crise de folie furieuse, oui.

– A force de réfléchir à cette affaire, des pensées singulières me sont venues à l'esprit, poursuivit Queen. Ainsi, pourquoi Kinumé est-elle descendue pour chercher du papier de correspondance? Nous en avons trouvé une provision dans la mansarde; n'eût-il pas été plus naturel que Karen Leith montât écrire là-haut?

Le visage de Terry se figea comme un masque de plâtre; mais son rire sonna juste, son exclamation partit naturellement :

– Papa Queen n'est jamais à court d'imagination! Kinumé n'en était pas à un étage près, ce me semble! L'affaire est classée, voyons!

– Je n'en sais rien, murmura l'inspecteur. Ce détail me tracasse depuis un certain temps déjà; mais il suffit d'interroger la vieille Japonaise pour en avoir le cœur net.

– Père... commença Ellery.

Mais l'inspecteur avait déjà tourné les talons. Terry dit, très vite :

– J'y vais.

– Où cela?

– Chez Karen Leith, faire la leçon à Kinumé. Lâchez-moi!

– Jamais de la vie, malheureux! Vous risqueriez de lever un lièvre profondément endormi, voilà tout.

– Lâchez-moi!

– Non.

Ils s'affrontaient du regard, en adversaires.

– Qu'est-ce qui vous prend? demanda l'inspecteur, derrière eux.

Les MacClure l'accompagnaient.

– Je corrigerai votre sale rejeton comme il le mérite! répondit Terry, désignant Ellery du poing. Oser me dire...

– Assez, interrompit Queen avec irritation. J'en ai soupé de ces cachotteries! Venez, El. Le Dr et miss MacClure nous accompagnent.

– N'y allez pas, Eva, intervint vivement Terry en lui barrant la route. Vous ne tenez plus debout, rentrez vous reposer.

– Non. Je veux réunir quelques souvenirs de ma mère.

– Vous irez demain!

– Ring, dit le Dr MacClure.

– Mais...

– Laissez-moi passer, je vous prie, articula Eva d'un ton sec.

Terry obéit avec un haussement d'épaules.

20

La peu sympathique Geneva O'Mara apostropha l'inspecteur dès qu'elle eut répondu à son coup de sonnette.

– Vous n'avez pas le droit de m'obliger à rester

ici! Mon ami me l'a dit et il est bien renseigné, puisqu'il travaille chez un avocat! Ce n'est pas vous qui paierez mes gages, n'est-ce pas?

– Apprenez à tenir votre langue, répondit tranquillement Queen. Si vous êtes polie, vous pourrez bientôt chercher une autre place.

– Je paierai ses gages, intervint le Dr MacClure.

– Ah! Dans ce cas, rien ne presse, dit la soubrette, adressant son plus aimable sourire au savant.

– Où est Kinumé? demanda l'inspecteur.

– Elle était par là tout à l'heure.

Eva et les quatre hommes montèrent au premier étage. Dans le boudoir, ils trouvèrent le détective Ritter, mal réveillé de sa sieste; l'inspecteur lui ordonna d'aller chercher Kinumé; puis, remarquant le timide mouvement d'Eva vers la porte de la chambre, il dit avec bonté :

– Vous pouvez monter, miss MacClure.

– Je vous accompagne! s'écria Terry.

– Merci, inspecteur. Je préfère être seule, Terry.

Les autres l'entendirent gravir d'un pas accablé l'escalier conduisant à la mansarde.

– Pauvre petite! dit Queen. C'est dur. Si nous pouvons vous être utiles à quelque chose, docteur...

Le savant regardait par la fenêtre. Il demanda, sans se retourner :

– Puis-je disposer de la dépouille d'Esther, inspecteur? Je voudrais me charger de son inhumation, et de celle de Karen, naturellement.

– Vous avez carte blanche, docteur. Ah! Entrez, Kinumé.

La vieille Japonaise se tenait sur le seuil de la porte, ses yeux obliques luisant d'appréhension. Ritter se dressait comme un géant derrière elle, prêt à lui couper la retraite.

Le Dr MacClure alla vivement à Kinumé et prit ses mains ridées dans les siennes.

– Lo, Dr MacCloo!

– Nous savons toute la vérité sur Karen et sur Esther, Kinumé.

Elle leva sur lui des yeux effrayés.

– Esther morte. Esther noyée depuis longtemps, Dr MacCloo.

– Non, Kinumé. Nous savons qu'Esther a vécu pendant des années dans la petite chambre du grenier. Ce n'est plus la peine de mentir, Kinumé.

– Esther morte.

– Oui, Kinumé. Esther n'est plus. Mais elle est morte depuis quelques jours seulement. Les policiers ont trouvé son corps dans une autre ville, pas loin d'ici. Vous comprenez?

La vieille femme demeura pétrifiée, puis elle fondit en larmes.

– Vous n'êtes plus obligée de mentir, insista le Dr MacClure. Seule Eva vous reste désormais. *Eva seule,* vous comprenez? *Eva toute seule!*

Mais Kinumé était trop absorbée par sa douleur pour saisir les subtilités des suggestions occidentales. Elle gémit entre ses sanglots :

– Missie morte! Esther morte! Que va devenir Kinumé?

Terry glissa à l'oreille d'Ellery :

– Il perd son temps. Elle ne comprend pas.

Sous le regard approbateur de Queen, le docteur conduisit Kinumé jusqu'au divan et la fit asseoir.

– Ne vous inquiétez pas pour l'avenir, Kinumé, reprit-il. Aimeriez-vous veiller sur Eva dorénavant?

– Oui. Oui, Dr MacCloo! Kinumé a servi la mère d'Eva. Maintenant Kinumé servir Eva.

– La protéger? murmura le savant. Ne rien faire, ne rien dire qui puisse être mauvais pour elle? Oui, Kinumé?

– Je veillerai sur Eva, Dr MacCloo.

Le Dr MacClure se redressa, et il regagna la fenêtre. Il avait fait tout ce qu'il pouvait.

– C'était miss Karen qui vous avait ordonné de ne révéler à personne l'existence de miss Esther, Kinumé? intervint Ellery.

– Missie ordonné de me taire. Moi obéir. Maintenant missie morte, Esther morte!

– Savez-vous qui a tué votre missie, Kinumé? demanda doucement l'inspecteur.

La stupeur se peignit sur le vieux visage ruisselant de larmes.

– Tuer Missie? Qui?

– Esther.

La bouche entrouverte, Kinumé regarda de l'un à l'autre. Puis elle se remit à pleurer, sans chercher à en comprendre davantage.

Personne n'avait entendu Eva descendre. Mais elle se tenait sur le seuil de la porte et elle murmura :

– C'est plus fort que moi... je ne puis toucher à rien, là-haut. Je...

– Venez ici, Eva, ordonna Terry. Ne...

Mais Eva se dirigeait déjà vers le divan. Elle s'assit à côté de Kinumé et elle l'entoura d'un bras protecteur.

– Nous ne vous abandonnerons pas, Kinumé. Calmez-vous, ma bonne Kinumé.

L'inspecteur s'assit de l'autre côté de la vieille femme.

– Réfléchissez bien, Kinumé, commença-t-il. Vous vous souvenez de lundi après-midi, quand miss Leith vous envoya en bas chercher du papier à lettres? Vous vous rappelez?

Signe de tête affirmatif. Le visage parcheminé demeurait caché contre la poitrine d'Eva.

– Savez-vous pourquoi miss Karen vous a envoyée chercher du papier, alors qu'il y en avait toute une provision dans la chambre du grenier?

Vous a-t-elle dit pourquoi elle vous chargeait de cette commission?

Kinumé se redressa, offrant à tous les regards son visage ravagé par la désolation. Les trois hommes retinrent leur souffle. Le sort d'Eva se jouait sous leurs yeux.

– Missie, pas pouvoir monter dans la chambre d'Esther, répondit l'innocent instrument du destin.

Ils avaient échoué. Tant d'efforts pour rien! Assise sur le divan, les mains jointes, Eva ressemblait à une prisonnière attendant son arrêt de mort.

– Elle ne pouvait...

Regardant autour de soi, Queen ne vit que des personnages pétrifiés. Il secoua les bras de la vieille femme dans un accès de violence subit.

– ... Karen ne pouvait monter dans la chambre d'Esther, dites-vous? La porte se trouvait ouverte, cependant? Parlez, Kinumé! La porte était-elle ouverte, oui ou non?

La pauvre Kinumé resta sourde aux voix intérieures. La pensée qui palpitait dans l'atmosphère tendue – *Oui. Répondez qu'elle était ouverte. Répondez qu'elle était ouverte* – ne l'atteignit pas.

– La porte était fermée. Impossible de l'ouvrir.

– Quelle porte? Montrez-la-moi!

Kinumé se leva avec empressement, tout heureuse, semblait-il, de manifester sa bonne volonté. Sautillante et imbue de son importance, elle conduisit l'inspecteur jusqu'à la porte fatale. « C'est fini », songea Eva, clouée sur le divan du boudoir. « Cette fois, je suis perdue. »

– Cette porte était bloquée? demanda l'inspecteur Queen, très calme. Impossible de tirer cette petite targette, n'est-ce pas? Elle était coincée? C'est bien cela?

– Oui. Missie veut l'ouvrir, impossible. Kinumé veut l'ouvrir, impossible. Nous essayons ensemble, pas la force. Missie folle de colère. Elle envoie Kinumé en bas, pour chercher une feuille de papier à lettres et une enveloppe. Kinumé obéit.

– Ceci se passait juste avant l'arrivée de miss Eva, n'est-ce pas?

– Eva entre dans le boudoir au moment où Kinumé entre dans la chambre de Missie pour lui remettre le papier à lettres.

– Bien.

Debout sur le seuil de la chambre, Queen dévisageait Eva. Plus exactement, son regard impitoyable la transperçait jusqu'à la moelle des os. Il s'avança en grondant :

– C'est ainsi qu'en dépit de toutes vos protestations vous m'avez fait marcher, jeune personne! Mais tout a une fin en ce monde.

– Ecoutez, inspecteur, commença Terry avec l'énergie du désespoir. Elle a compris de travers...

– Oui, tout a été de travers, jusqu'à maintenant. Votre mère n'a pu poignarder Karen Leith, miss MacClure. La porte du grenier était condamnée; donc personne n'a pu entrer dans la chambre ou en sortir par là. Les fenêtres sont garnies d'épais barreaux et, de votre propre aveu, nul n'est passé par le boudoir. Vous seule avez eu l'occasion de commettre le crime. Vous avez assassiné votre tante!

– A quoi bon le répéter? murmura Eva. Mais, pour la dernière fois : non! Je n'ai pas tué Karen.

– Si. Et, maintenant, votre rôle m'apparaît clairement, Mr Ring. Vous avez déverrouillé cette porte après le crime, avant l'arrivée de Guilfoyle. Il y a des chances pour que miss MacClure n'ait pas réussi là où les deux autres femmes, unissant leurs efforts, avaient précédemment échoué. C'est donc vous qui avez tiré cette targette, pour ménager une issue à un assassin imaginaire. Depuis le début, vous saviez que seule miss MacClure avait pu poignarder Karen Leith!

– De grâce, commença Eva, ne...

– Taisez-vous, Eva! ordonna Terry. N'ouvrez pas la bouche. Laissez-le divaguer.

– Je vois également mon erreur au sujet d'Esther. Restez là où vous êtes, Ring! Surveillez-le, Ritter. Elle protégeait sa fille en s'accusant du crime de celle-ci. Sa confession ne pouvait être véridique, puisqu'elle n'avait pas eu la possibilité matérielle de poignarder Karen.

La sonnerie du téléphone retentit dans un silence glacial. Pour répondre, il fallait passer dans la chambre de Karen Leith. L'inspecteur hésita, puis il sortit en disant :

– Ouvrez l'œil, Ritter!

La porte de communication étant restée ouverte, les autres entendirent les quelques mots que Queen dit dans l'appareil. Le demandeur était le sergent Velie et son rapport dura un certain temps, puis l'inspecteur revint en annonçant :

– Le sergent Velie rentre à l'instant de Philadelphie où il a obtenu tous les renseignements qui ne regardaient que les enquêteurs officiels. Il vient de me les communiquer. Je me trompais tout à l'heure en croyant qu'Esther MacClure s'était accusée d'un crime par amour maternel; cette explication est impossible, pour l'excellente raison qu'Esther ignorait le décès de Karen quand elle écrivit sa confession. La phrase adressée au Dr MacClure : « Vous êtes la seule personne au monde qui auriez peut-être réussi à sauver la vie de ma sœur » doit avoir une autre signification.

– Qu'est-ce que Velie a découvert? demanda Ellery d'une voix rauque.

– Le décès remontait à quarante-huit heures quand la logeuse a trouvé le cadavre d'Esther MacClure! Elle s'était suicidée le *samedi soir* et

Karen n'a été assassinée que le surlendemain, dans l'après-midi. L'innocence de votre mère est formellement établie, miss MacClure. Votre culpabilité de même!

Eva se leva d'un bond, avec un cri perçant. Elle passa devant Ritter comme un éclair, s'élança sur le palier, dégringola l'escalier quatre à quatre. Les autres entendirent claquer la porte d'entrée avant d'avoir retrouvé l'usage de leurs facultés.

Le Dr MacClure s'affala sur le divan.

– Eva! gémit-il.

L'inspecteur rugit et Ritter, bouche bée, prit son élan. Mais Terry Ring se trouva sur son chemin; l'inévitable collision se produisit et Ritter s'écroula sur le plancher avec un grondement de stupeur.

– Je vous la ramènerai, inspecteur! articula Terry.

L'un debout, l'autre étendu de tout son long par terre, les dignes représentants de la police virent un revolver dans la main de Mr Ring. Tous deux restèrent cloués sur place.

– J'ai toujours eu envie d'être policier, continua Terry. Je la retrouverai, soyez sans crainte, soyez sans crainte.

Sur ce, la porte – dont la clef était restée dans la serrure, côté boudoir – claqua sur les talons de notre détective privé.

Ce qui se passa ensuite fut non moins rapide, et plus surprenant encore, si possible. Profitant du désarroi général, la petite Kinumé trottina jusqu'à la porte, donna un tour de clef, traversa le boudoir et lança la clef dans le jardin, à travers les barreaux de la fenêtre. Le tout au nez de l'inspecteur, médusé.

– Enfer et damnation! hurla-t-il, retrouvant enfin la voix. Ils me la paieront, celle-là! C'est une conspiration, une... une... Propre à rien! Qu'attendez-vous pour enfoncer cette porte, maudit abruti?

Les dernières invectives s'adressaient à Ritter qui se relevait lentement.

Tandis que son subordonné s'attaquait sans espoir au solide battant, Queen continua de rager :

– Ils peuvent toujours courir! Ils n'iront pas loin! C'est leur arrêt de mort qu'ils viennent de signer!

– Que comptez-vous faire? demanda le Dr MacClure voyant l'inspecteur se diriger vers la chambre.

– Me procurer des mandats d'arrestation à leur nom sous les inculpations respectives d'assassinat et de complicité criminelle! Je vais de ce pas téléphoner au procureur du district, docteur!

21

Mr Ellery Queen sonna à la porte de son propre appartement. Pour une fois, Djuna paraissait effrayé quand il se décida enfin à ouvrir.

– Ce n'est que moi! dit Ellery en entrant dans le living-room. Mettez le verrou de sûreté, Djuna.

Personne dans le living-room. Ellery cria d'un ton irrité :

– Où vous cachez-vous, jeunes fous?

Une porte s'ouvrit et Terry Ring passa la tête dans l'entrebâillement.

– Inutile d'alerter les voisins, Queen, dit-il. Venez, Eva.

Eva sortit à son tour de la chambre d'Ellery et elle se laissa tomber dans le premier fauteuil, les bras frileusement croisés sur sa poitrine. Terry s'aperçut enfin qu'il brandissait toujours son revolver; rougissant, il glissa l'arme dans sa poche.

– Qu'est-ce qui vous a pris, Eva? demanda sévèrement Ellery. Avez-vous perdu la tête? Fuir!

La coupable se recroquevilla davantage dans son grand fauteuil.

– Quant à vous, Terry, je ne vous fais pas mon compliment. Je vous croyais plus sensé, mon cher!

Ellery alluma une cigarette avec une expression dégoûtée.

– Moi de même, soupira Terry. Je ne me reconnais plus! Passez-moi une cigarette.

Ellery tendit son étui.

– Brandir un revolver au nez de mon père!

– C'est faux! Le rigolo est sorti je ne sais comment de ma poche quand cet imbécile de Ritter s'est trouvé sur mon chemin. Qu'y pouvais-je? C'est une enfant qui ne sait rien de rien; elle se serait fait pincer au premier coin de rue. Impossible de la laisser seule.

– J'ai tout gâché, murmura Eva. Quel coup pour le pauvre papa! Je... je n'ai pas pensé à lui quand je me suis enfuie. Comment va-t-il?

– Il est effondré, naturellement, répondit Ellery avec humeur. Je l'ai renvoyé chez lui et il a emmené Kinumé, laquelle a la tête plus solide qu'aucun d'entre nous, soit dit entre parenthèses.

– Que dois-je faire, Mr Queen?

– Si j'avais un peu plus de bon sens que vous deux réunis, je répondrais : « Rendez-vous. » Il faut croire que votre folie est communicative. Vous devez cependant comprendre que cette situation ne peut se prolonger indéfiniment, Eva.

– Elle est dans le plus sûr asile de New York, déclara Terry, tombant sur le divan. Pensez à la tête de papa Queen quand il découvrira le pot aux roses!

– Il apprendra en même temps que je suis de mèche! C'est du propre!

– Terry m'a raconté comment vous lui aviez remis votre clef chez Fung, dit Eva. Je me demande pourquoi vous êtes tous les deux d'une telle bonté pour moi. Je...

– Remerciez Queen, interrompit Terry. L'idée d'utiliser le domicile paternel comme cachette, le cas échéant, vient du grand homme!

– Riche idée! bougonna Ellery. J'ai eu le plus grand tort. Je me dégoûte moi-même.

– Je vous l'avais dit, Queen, cette petite est capable d'entraîner un homme sensé à commettre les pires sottises. Comprenez si vous pouvez!

Le visage caché dans ses mains, Eva murmura :

– J'en arrive à me demander si je n'ai pas réellement tué Karen. Sans savoir ce que je faisais, dans une sorte de mauvais rêve. C'est...

– Ne perdons pas de temps en vaines paroles, interrompit Ellery. Il faut savoir regarder la situation en face, Eva. En mettant les choses au mieux, vous avez quelques heures de liberté devant vous; ensuite, les barreaux d'une prison.

– Je suis prête à me rendre dès maintenant, murmura Eva. Quand il... quand l'inspecteur m'a accusée d'avoir tué Karen, j'ai perdu la tête. On fuit toujours ce qui vous effraie, n'est-ce pas? Téléphonez-lui, Mr Queen.

– Taisez-vous, grogna Terry. Le vin est tiré, il faut le boire. Un heureux imprévu peut encore se produire.

– Un miracle? Non, Terry. C'est comme une malédiction que j'ai héritée de ma mère. Malheur à ceux qui m'approchent! Je vous ai gravement compromis, Terry; j'ai achevé de briser le cœur de papa; j'ai entraîné Mr Queen dans le mensonge envers son père; j'ai...

– Taisez-vous!

Terry se leva du divan et il se mit à tourner dans la pièce en sens inverse d'Ellery. Djuna, qui avait laissé la porte de la cuisine entrebâillée, les observait sans rien comprendre; on eût dit deux hommes tournant en rond, dans le brouillard.

– Je n'ai plus aucune raison de me taire, reprit Terry. A l'heure actuelle, Eva est en vos mains, et moi de même, Queen. Je ne me suis pas précisément couvert de gloire! Enfin, voici l'histoire :

« Karen Leith s'est mise en rapport avec moi jeudi dernier, il y a eu huit jours hier. Elle m'a parlé de la mère d'Eva comme d'une amie un peu faible d'esprit qui demeurait chez elle et qui avait pris la clef des champs au cours d'une " crise ". Craignant qu'il ne lui arrivât malheur, Karen – bonne âme! – comptait sur moi pour retrouver la pauvre creature et la ramener secrètement au bercail. La femme blonde dont elle me donna le signalement s'était, paraît-il, enfuie la nuit précédente, sans avoir été remarquée par personne. L'histoire me parut louche et j'ai certains principes, malgré tout. Bref, ma méfiance étant éveillée, je me livrai sur place à une reconnaissance personnelle; je réussis même à visiter le grenier à l'insu de ma « cliente ». Ce que je vis là-haut acheva de confirmer mes soupçons; mais je n'en acceptai pas moins l'affaire – Karen Leith ne voulait à aucun prix alerter la police officielle – et je me mis au travail. »

Ellery s'assit et il alluma une autre cigarette. Les yeux d'Eva ne quittaient pas Terry Ring.

– De fil en aiguille, je retrouvai la trace de la fugitive. Vous connaissez la technique, Queen, aussi je passe les détails. Karen était tenue au courant de mes progrès par téléphone, mais je lui cachai que je touchais au but, afin de garder ma liberté de mouvement et de pouvoir découvrir le fin mot de l'affaire. Je m'étais, d'ailleurs, documenté sur Karen Leith, le Dr MacClure, Eva, et ainsi de suite. Mais les renseignements recueillis ne menaient à rien.

« Lundi matin, je trouvai la femme blonde dans une misérable chambre meublée de Philadelphie.

La logeuse ne soupçonna pas ma visite; mais j'arrivai trop tard : la malheureuse s'était empoisonnée. »

Terry regarda Eva, puis il détourna les yeux et murmura :

– Vous ne saurez jamais combien je regrette d'être arrivé trop tard, ma petite. Je vis immédiatement que le décès remontait à quarante-huit heures environ, mais la lettre d'adieu m'échappa, car je me contentai de regarder, sans toucher à rien. Que faire? Avertir immédiatement la police de Philadelphie? Prévenir Karen Leith d'abord? Après bien des hésitations, je décidai de regagner New York, de voir Karen et de lui arracher la vérité, si possible. L'affaire me semblait louche en diable, je le répète. Je quittai donc Philadelphie sans avoir soufflé mot à personne de la mort d'Esther; la logeuse dut la découvrir par hasard, dans la nuit de lundi à mardi. Donnez-moi une autre cigarette, Queen.

Ellery tendit son étui en silence.

– Merci. J'arrivai à New York juste à temps pour assister au rendez-vous que Karen Leith avait fixé à un détective du Bureau Central. Elle m'en avait informé le dimanche matin, par téléphone, en me signifiant mon congé. Qu'elle se fût résignée à alerter la Police Métropolitaine, malgré son évidente répugnance de la semaine précédente, prouvait évidemment que ma « cliente » tenait coûte que coûte à retrouver la fugitive. Je demandai son numéro du taxiphone d'University Place et, n'obtenant pas de réponse, je pressentis un événement grave. Or, je connaissais un fait ignoré de tous et tenais à ne pas être frustré de mon profit, s'il y en avait un à tirer. Vous savez comment cela se passe, dans ma profession, acheva Terry sur un ton d'excuse.

– Votre coup de téléphone resta sans réponse,

murmura Ellery. En d'autres termes, Karen Leith mourut avant d'apprendre le décès de sa sœur?

– Sans doute. Bref, je courus chez Karen et j'y trouvai Eva.

Terry fronça les sourcils, puis :

– Après avoir aidé la petite, je me trouvai devant une sale situation. Je savais qu'Esther ne pouvait être la meurtrière, pour l'excellente raison que je l'avais vue sur son lit de mort, le matin même; d'autre part, je voulais gagner du temps, à cause d'Eva. Dans tout cela, le cadavre de Philadelphie était mon as d'atout. Si les événements prenaient mauvaise tournure pour la petite, je comptais obtenir une identification exacte. Conclusion : j'ai reculé le plus possible l'échéance, mais elle est arrivee. La pauvre Kinumé a tout gâché en parlant à votre père de cette maudite targette bloquée!

– Est-ce tout, Terry? Est-ce vraiment tout?

Terry regarda Ellery droit dans les yeux.

– Vous en savez autant que moi, Queen, déclara-t-il. Dieu m'en est témoin.

– Oh, Terry! fit Eva.

Il vint à elle et ils échangèrent un long regard. Puis Terry l'entoura gauchement de ses bras et elle s'accrocha à lui.

Mr Queen fumait toujours comme une cheminée.

Ellery releva les yeux au bout d'un quart d'heure.

– Eva...

Elle tourna la tête sur la poitrine de Terry. Notre limier se leva d'un bond avant d'ajouter :

– ... Avez-vous entendu un bruit quelconque provenant de la chambre de votre tante, pendant que vous l'attendiez dans le boudoir?

– Votre père m'a déjà posé la question, lundi. Non, je n'ai rien entendu, Mr Queen.

– En êtes-vous sûre? Réfléchissez. Un mouvement, les échos d'une lutte, un cri étouffé, une bribe de conversation?

– Un cri... commença Eva, fronçant les sourcils.

– Il pourrait y avoir un indice de ce côté-là, insista Ellery. Une pièce du puzzle me manque. Si je pouvais mettre la main dessus! Réfléchissez de toutes vos forces, Eva.

Un son bizarre cherchait à se préciser dans l'esprit de la jeune fille. Un son rauque, vaguement perçu pendant qu'elle lisait sur le divan...

– J'y suis! s'écria-t-elle. L'oiseau!

– L'oiseau? répéta Terry.

– L'oiseau de Karen! Il a crié!

– Seigneur!

Les doigts d'Ellery tremblaient légèrement en portant sa cigarette à sa bouche.

– ... Le geai des Liou Kiou?

– Je viens de m'en souvenir à l'instant. Je me rappelle même l'impression désagréable que m'avait produite ce vilain cri d'oiseau.

– Le geai des Liou Kiou, répéta Ellery, songeur. La clef du mystère! Serait-ce possible? N'avez-vous pas dit, l'un ou l'autre, que vous aviez trouvé la cage vide, en entrant dans la chambre?

– Elle était vide, parfaitement.

Terry s'arrêta, l'air perplexe.

– ... Mais comment diable Eva a-t-elle pu entendre crier le maudit oiseau s'il n'était pas là? A moins que... Etes-vous certaine qu'il n'était pas dans la chambre quand vous êtes entrée, Eva? Je ne l'ai pas vu, j'en suis sûr!

– Je l'aurais remarqué s'il volait dans la chambre ou s'il s'était enfui par la fenêtre. Et la cage était vide, j'en réponds, dit lentement Eva. Non, il n'était pas dans la pièce.

– Que le diable m'emporte!

– Il se peut, évidemment, que le geai ne se soit

pas trouvé dans la chambre même, murmura Ellery. Eva a pu l'entendre crier de dehors... Attendez!

Courant vers sa chambre, il ajouta :

– ... Votre numéro de téléphone, Eva!

La jeune fille le lui donna. Dans la pièce voisine, Ellery décrochait fiévreusement le récepteur, demandait le numéro.

– Allô! Passez-moi le Dr MacClure, je vous prie.

Debout dans l'embrasure de la porte, Eva et Terry observaient sans comprendre, mais ils sentaient confusément que le vent venait de tourner pour balayer l'angoisse et apporter l'espoir.

– Dr MacClure? Ici, Ellery Queen.

– L'avez-vous retrouvée, Queen? demanda le savant d'une voix angoissée.

– Etes-vous seul?

– Avec Venetia, ma servante, et Kinumé.

– Oui. Elle est chez moi. Momentanément à l'abri.

– Dieu soit loué!

– Je voudrais parler à...

– Un instant. On vient de sonner à la porte d'entrée. Si je ne reviens pas d'ici quelques secondes, raccrochez. Ce peut être votre père ou un de ses hommes. Je vous confie Eva, Queen!

Ellery attendit en pianotant fébrilement sur la table du téléphone. Sur le seuil de la porte, Terry et Eva se serrèrent l'un contre l'autre.

– Fausse alerte, reprit le Dr MacClure d'un ton soulagé. Ce n'était que Geneva O'Mara, venue réclamer ses gages puisque j'avais promis de les lui payer.

La physionomie d'Ellery s'éclaira.

– Nous sommes en veine! s'écria-t-il. Retenez-la de gré ou de force, docteur! Et maintenant, passez-moi Kinumé, je vous prie.

Ellery se retourna vers les jeunes gens pour ajouter :

– Prosternez-vous en prière, tous les deux. Mon bon ange me souffle...

La voix flûtée de Kinumé l'interrompit :

– Lo? Lo? Vous avez retrouvé Eva?

– Oui. Vous voulez aider votre Eva, n'est-ce pas?

– Moi aider.

– Parfait. Réfléchissez bien avant de me répondre, Kinumé. Quand vous avez apporté le papier de correspondance à miss Karen, lundi après-midi, le geai des Liou Kiou occupait-il sa cage, dans la chambre de votre missie? Le *kashi-dori* était dans sa cage, Kinumé?

– *Kashi-dori* en cage, oui.

Le sourire d'Ellery laissa supposer que Kinumé venait de lui promettre la récompense éternelle.

– Autre chose, Kinumé. Vous savez que miss Karen portait un kimono au moment de sa mort, n'est-ce pas?

– Oui. Missie souvent en kimono, dans la maison.

– Comment était-elle habillée quand vous lui avez remis le papier à lettres?

– Pareil. Missie en kimono.

Le sourire d'Ellery s'effaça.

– Et avant cela? Quand vous avez essayé toutes les deux d'ouvrir la porte?

– *Oi*! A ce moment-là, missie en robe. Toilette américaine.

– Je m'en doutais, murmura Ellery. Elle s'était changée en quelques minutes. Vous avez bien répondu, Kinumé, reprit-il aussitôt dans l'appareil. Je vous remercie au nom d'Eva. Passez-moi le Dr MacClure maintenant... Allô, docteur?

– Oui, oui. Qu'y a-t-il, Queen? Qu'avez-vous découvert?

– Je vous le dirai de vive voix. Bénie soit Kinumé! Je vous attends chez moi, accompagné de Kinumé et de Geneva O'Mara. Soyez prudent, docteur. Assurez-vous de ne pas être suivi. Pensez-vous pouvoir sortir sans être vu?

– Oui, je l'espère. Il y a la porte de service et l'escalier de secours qui aboutit derrière l'immeuble. Pensez-vous que je sois surveillé?

– Probablement. Mon père a dû prévoir le cas où Eva chercherait à se mettre en rapport avec vous. Encore une fois, soyez prudent, docteur.

– Je n'y manquerai pas.

Après avoir raccroché, Ellery dit avec un sourire rassurant :

– J'ai l'impression que nous approchons de la phase critique connu sous le nom de « dénouement », mes amis. Reprenez courage, Eva, continua-t-il avec une tape affectueuse sur la joue de l'intéressée. Sur ce, je vous quitte pour aller méditer dans le living-room. Reposez-vous.

Ellery referma derrière lui la porte de sa chambre.

Vingt minutes plus tard et simultanément, Eva ouvrit la porte donnant dans le living-room, Ellery ouvrit les yeux et Djuna ouvrit la porte de l'appartement. Les joues d'Eva étaient roses et ses yeux avaient perdu leur expression tragique; Terry la suivait, ému et embarrassé comme un collégien.

– Papa!

Elle courut au Dr MacClure. Ellery fit entrer les deux servantes dans le living-room.

– Fermez la porte, Djuna, ordonna-t-il. N'ayez pas peur, Kinumé, ni vous non plus, miss O'Mara J'ai deux mots à vous dire.

– Que me veut-on encore? bougonna Geneva O'Mara. Le docteur m'a amenée ici de force et...

– Il ne vous arrivera rien de fâcheux. Vous n'avez pas été suivi, docteur?

– Je n'en ai pas eu l'impression. Qu'y a-t-il, Queen? Vous avez ranimé un espoir...

Terry l'interrompit en s'avançant :

– Avant tout, docteur, permettez-moi de vous dire...

– Si quelqu'un a la parole ici, c'est votre serviteur, remarqua l'inspecteur Queen, debout sur le seuil de la porte.

Un manteau de glace s'abattit sur toutes les épaules. Ellery lui-même tressaillit comme un conspirateur pris sur le fait, puis il jeta sa cigarette et dit avec colère :

– Vous avez décidément le chic pour apparaître au plus mauvais moment!

– Nous réglerons nos comptes par la suite, mon fils, lança l'inspecteur, les yeux fixés sur Terry et Eva qui s'étaient instinctivement rapprochés. Thomas, veillez à ce que ces deux-là ne nous faussent plus compagnie.

Le sergent Velie se tenait dans l'antichambre, adossé contre la porte d'entrée déjà refermée.

– Ne craignez rien, chef, répondit-il.

Affalé dans un fauteuil, le Dr MacClure murmura :

– J'ai été suivi sans m'en douter.

– C'est mieux ainsi, papa, dit Eva d'une voix assurée.

– Nous surveillons toujours les portes de service, docteur.

L'inspecteur Queen tira un papier de sa poche. Il se mit à le déplier en disant :

– Eva MacClure, je vous arrête...

– Père!

– Je vous arrête...

– Père! Avant de poursuivre, laissez-moi dire un mot au Dr MacClure.

L'inspecteur était blême de colère.

– Oser donner asile à une meurtrière sous mon toit! Je ne vous le pardonnerai jamais, Ellery!

– M'accordez-vous l'autorisation demandée, papa?

Queen foudroya son fils d'un regard, puis il se détourna en mordillant rageusement sa moustache.

– Il reste une chance, une chance désespérée, je vous en avertis, murmura Ellery à l'oreille du savant. Si je me trompe, la cause est perdue.

– Vous trompez-vous?

– Dieu seul le sait. Puis-je jouer mon va-tout pour le salut d'Eva?

Le Dr MacClure pressa la petite main inerte dans la sienne. Terry Ring surveillait l'inspecteur Queen et son monumental sergent avec une hardiesse née du désespoir. Eva acceptait son sort, Terry jetait l'ultime défi du vaincu, la dernière petite lueur d'espérance s'était réfugiée dans les yeux d'Ellery.

– Si vous pouvez encore sauver Eva, allez-y, répondit le savant. Je lutterai avec vous jusqu'à la limite de mes forces.

Ellery inclina gravement la tête, puis il revint à son père et demanda :

– Vous êtes décidé à inculper miss MacClure du meurtre de Karen Leith?

– Oui. Et ni vous ni tous les démons de l'enfer ne m'en empêcheront!

– J'espère parvenir à mes fins sans l'intervention des puissances sataniques, murmura Ellery. Suivez mon conseil, père : déchirez ce mandat d'arrestation. Ce sera le meilleur moyen d'épargner bien des désagréments à miss MacClure d'abord, à vous ensuite.

– Elle se défendra devant ses juges!

– Je vous ai empêché de commettre une première erreur, papa. Faites-moi confiance encore une fois.

– Miss MacClure n'a pas tué Karen Leith, en dépit de toutes les apparences? Est-ce cela que vous avez la prétention de démontrer?

– Miss MacClure n'a pas tué Karen Leith.

– Et vous connaissez, bien entendu, le véritable auteur du crime? demanda l'inspecteur, au comble de l'exaspération.

– Oui, répondit Ellery Queen.

CINQUIÈME PARTIE

22

– Cette explication est prématurée, commença Ellery, mais votre décision irrévocable me force la main. L'affaire ne comporte qu'une seule solution logique, votre précipitation m'oblige à rester dans le domaine du raisonnement pur et à différer jusqu'à nouvel ordre l'acquisition des preuves matérielles.

– Si vous tenez le mot de l'énigme, je rends ma carte de détective privé et je retourne au base-ball, déclara Terry Ring. Venez vous asseoir près de moi, Eva. Ce maudit oiseau me brouille les idées.

Queen regarda le sergent Velie, qui capitula d'un haussement d'épaules et s'assit à son tour. Velie vint s'adosser contre la porte du living-room, afin de mieux entendre.

Ellery alluma une nouvelle cigarette.

– J'ai édifié, je l'avoue, un bon nombre de théories fantastiques, dit-il en guise de préambule. Reconnaissons ensemble que l'affaire s'y prêtait! Nous nous trouvions devant une situation impossible, entourée de petits faits intéressants, plus ou moins mystérieux et apparemment incompatibles.

« Comme théâtre du drame, nous avons une pièce sans autre issue que la porte du boudoir dans lequel miss MacClure attendait la victime. Et miss MacClure a toujours soutenu *mordicus* que nul n'avait traversé le boudoir en sa présence. Néanmoins, Karen Leith vivait quand miss MacClure est entrée dans le boudoir et elle avait succombé à une mort violente quand la même miss MacClure a pénétré dans la chambre, une demi-heure plus tard.

« Une situation matériellement impossible, oui. On était tenté de l'aborder de biais, d'envisager des " théories obliques " dont celle-ci : la porte commandant l'escalier du grenier n'avait jamais été verrouillée, il s'agissait d'une invention de Terry Ring. Vous ai-je assez fait bondir à ce sujet, hier soir, Terry! Mais cette explication ne tenait pas debout et elle fut définitivement infirmée par le témoignage de Kinumé, laquelle déclara que la porte était bel et bien bloquée. A votre tour de protester, Eva. Oui, j'ai envisagé la possibilité que quelqu'un eût traversé le boudoir pendant que vous l'occupiez, et cela malgré vos affirmations contraires. »

– Mais c'est impossible! s'écria la jeune fille. Je suis certaine de ne pas m'être endormie une seconde, et je n'ai vu personne.

– Et si vous aviez été hypnotisée?

Ellery s'arrêta pour jouir de la stupeur générale. Puis il se mit à rire et reprit :

– Ne me reprochez pas d'avoir songé à un phénomène d'hypnotisme. Je cherchais, je le répète, une explication rationnelle des faits connus compatible avec le principe de votre innocence, Eva. Cette théorie avait pour inconvénients d'être tirée par les cheveux, impossible à prouver et... parfaitement inexacte.

Le Dr MacClure poussa un soupir de soulagement.

– Vous m'avez fait peur, Queen, dit-il.

Ellery loucha sur le bout de sa cigarette.

– Le principe de l'innocence d'Eva restant admis, il devait y avoir une explication logique des faits, une explication naturelle et non fantastique. Je l'ai trouvée et elle est si simple que je m'étonne que nul n'y ait songé avant moi.

« Considérez les faits. Apparemment, Eva MacClure est la seule personne ayant eu la possibilité matérielle d'assassiner Karen Leith. Mais admettez – provisoirement – l'innocence d'Eva MacClure et demandons-nous ensemble : une main autre que la sienne a-t-elle pu plonger la branche de ciseaux dans la gorge de la victime ? Oui. »

Tous les yeux se fixèrent sur Ellery avec une même expression d'incrédulité. Puis Terry bougonna, sans chercher à dissimuler sa déception.

– Vous êtes piqué.

– Allons ! fit Ellery. Karen Leith n'a-t-elle pu se poignarder de sa propre main ?

Le coup de klaxon d'un automobiliste pressé monta de la rue. Mais, dans le living-room des Queen, la stupeur avait arrêté la fuite du temps.

L'inspecteur se leva enfin, congestionné et combatif.

– Mais il s'agirait d'un suicide et non d'un meurtre ! s'écria-t-il.

– Parfaitement.

– Vous oubliez que l'arme a disparu ! Si Karen Leith s'était poignardée, nous aurions retrouvé la branche de ciseaux épointée !

– Pourquoi l'homme se cabre-t-il instinctivement devant des vérités auxquelles il n'avait pas pensé ? murmura Ellery. Du moment que l'instrument de la mort ne se trouvait pas dans la chambre vous concluez que miss Leith a été assassinée. Or, je maintiens que de nombreux détails, négligés par tous, concourent à prouver le suicide. Avec votre permission, nous reviendrons, le moment venu, sur la question de l'arme disparue et nous examinerons les faits intéressants.

L'inspecteur se rassit. Il tirailla sa moustache pendant plusieurs secondes avant de demander :

– Quels faits?

– Nous voici enfin sur la bonne voie, constata Ellery en souriant. Oui, quels sont les faits servant de base à ma théorie du suicide? J'en compte cinq : trois secondaires et deux principaux.

Terry Ring ne quittait pas notre limier des yeux; il entoura Eva de son bras en hochant la tête, comme s'il ne pouvait en croire ses oreilles. Assis à l'extrême bord de sa chaise, le Dr MacClure buvait les paroles d'Ellery.

– La signification des premiers est relativement faible en soi; mais ils tirent leur force des points principaux. Commençons par les moins importants.

« Primo : quel a été, à notre connaissance, le dernier geste volontaire accompli par Karen Leith, avant d'entrer dans la phase finale? Elle a commencé une lettre destinée à Morel, son homme d'affaires. De quoi chargeait-elle celui-ci? D'effectuer le recouvrement immédiat des droits d'auteur dus par des éditeurs étrangers. Le ton est pesant, il semble dire : " Morel, l'heure de mettre de l'ordre dans mes affaires est venue ". Les droits d'auteur à l'étranger rentrent lentement, c'est connu; d'où vient donc l'insistance de Karen Leith pour hâter le recouvrement? Avait-elle besoin d'argent? Non, elle en avait plus qu'il ne lui en fallait. Singulière insistance, à moins que Karen Leith ne songeât précisément à mettre de l'ordre dans ses affaires, ce lundi après-midi, quelques minutes avant sa mort! Ce souci n'est-il pas fréquent chez les désespérés qui vont accomplir le geste fatal? Il s'agit d'un rapprochement, sans plus, mais je vous demande néanmoins de le retenir. »

Ellery soupira et reprit :

– Karen Leith n'étant plus là pour s'expliquer, le paragraphe inachevé restera une énigme; mais il ne pouvait concerner que sa sœur Esther. Karen comptait certainement confier son secret à Morel et le charger de régler secrètement le sort d'Esther quand celle-ci serait retrouvée. N'oublions pas que Karen est morte sans avoir appris que sa sœur l'avait précédée dans l'autre monde. Puis elle a froissé la lettre interrompue, comme si elle s'était ravisée, comme si elle se désintéressait de l'avenir d'Esther, du scandale inévitable, des questions d'argent, de tout, en un mot. Cela concorde parfaitement avec la théorie du suicide.

« Le troisième point, aussi peu concluant en soi, est aussi significatif une fois ajouté aux deux principaux. »

Ellery écrasa sa cigarette et alla vers la petite Kinumé, ratatinée dans un coin et étourdie par ce flot de paroles.

– Vous vous souvenez des ciseaux en forme d'oiseau, Kinumé? demanda-t-il. Les ciseaux... pour couper?

– *Oi!* Missie Esther apporter du Japon. Toujours cassés. Dans étui.

– Miss Esther les gardait toujours dans la chambre du grenier, n'est-ce pas?

– Oui. Ils y étaient dimanche, quand j'ai fait le ménage, là-haut.

– La veille du décès de Karen, dit Ellery avec satisfaction. Tout s'enchaîne! Les ciseaux japonais appartenaient à Esther qui les gardait dans sa chambre. Or, nous les trouvons dans celle de Karen, après le crime. Qui les avait descendus du grenier? Pas Esther, morte à Philadelphie le samedi soir, plusieurs heures avant que Kinumé ne les vît à leur place habituelle. Tout semble indiquer que Karen elle-même est montée chercher ces ciseaux. Pourquoi? Pour procurer une arme commode à un quelconque assassin? Non, évidemment. Pour s'en servir comme d'une paire de ciseaux ordinaire? Pas davantage, puisque les deux branches étaient disjointes. Je ne crois pas trop m'avancer en disant que Karen Leith prit les ciseaux – après le passage de Kinumé dans la mansarde et avant que la targette ne fût coincée – avec l'intention de s'en servir pour mettre fin à ses jours.

– Mais pourquoi ce choix étrange? demanda l'inspecteur.

– Vous en connaîtrez la raison en son temps, répondit Ellery. J'en arrive maintenant au quatrième point, le premier des deux principaux. Kinumé m'a dit tout à l'heure, par téléphone, qu'elle avait vu le geai des Liou Kiou dans sa cage en quittant la chambre, quelques minutes avant la mort de Karen.

– Vraiment?

– Nous avions omis d'interroger Kinumé à ce sujet et elle a été trop bien dressée au silence pour fournir spontanément des renseignements. Donc : le geai occupait la cage de la chambre quand Kinumé est sortie, et Eva a trouvé la cage vide en entrant dans ladite chambre, une demi-heure après. Le fait se trouve confirmé par Terry et je vous demande qui avait libéré l'oiseau dans l'intervalle?

– Je ne vois personne, en dehors de Karen elle-même, murmura le docteur.

– Parfaitement. Karen a rendu la liberté à son prisonnier tendrement chéri.

– Mais comment a-t-il pu sortir de la chambre? demanda Terry.

– Le plus simplement du monde. Comme ceci : Karen – seule dans la chambre – ouvre la cage, elle prend le geai dans ses mains, elle le porte jusqu'à la fenêtre et le passe dehors entre deux barreaux! Ce qui est impossible pour un être humain ne l'est pas pour un oiseau.

« Karen adorait ce maudit geai et elle le gardait jalousement en cage. Il dut à une négligence de miss O'Mara le seul instant de liberté dont il ait joui de mémoire d'homme. Ceci se passait il y a quelques semaines, pendant une courte maladie de Kinumé. Voulez-vous nous répéter ce que vous nous avez dit mercredi au sujet de cet incident, miss O'Mara ? »

La soubrette se renfrogna davantage si possible.

– Que d'histoires ! maugréa-t-elle. Miss Leith piqua une colère bleue, à croire qu'elle allait me mettre à la porte séance tenante. Voilà. Puis-je partir maintenant ? Vous n'avez pas le droit de...

Ellery lui coupa la parole :

– Vous voyez ? Nous avons actuellement une raison logique de croire que Karen Leith a libéré de sa main l'oiseau qu'elle avait tremblé de perdre, quelques semaines auparavant. Pourquoi ? Pourquoi un être pensant libère-t-il soudain sa bête favorite ? Parce que le temps de l'esclavage se termine pour la bête avec la vie de son propriétaire ; parce que Karen Leith avait résolu de se donner la mort.

L'inspecteur se mordilla les ongles.

– Le cinquième point est de beaucoup le plus concluant, poursuivit Ellery. Il se compose d'éléments divers : un esprit occidental profondément imprégné d'orientalisme, un kimono, une petite marche, un poignard enrichi de pierreries et une blessure à la gorge. Il englobe la personnalité de Karen Leith, son âme pervertie, ses dernières actions. A lui seul, ce point extraordinairement complexe eût suffi à me convaincre que nous étions en présence d'un suicide.

– Vous expliquerez-vous, à la fin ? dit l'inspecteur d'un ton irrité.

– Qu'était Karen Leith, en réalité ? Un être hybride, blanc de peau et asiatique de cœur, de mentalité, de goût. Karen Leith conservait à un tel point la nostalgie du Japon que nous pouvons la considérer comme une véritable Nipponne, au point de vue psychologique, s'entend. Ces conquêtes de l'Orient sur l'Occident sont d'ailleurs plus fréquentes qu'on ne le croit en général, le cas de Lafcadio Hearn n'est pas unique, loin de là.

« Karen Leith vue sous son jour véritable, quelles pensées nous suggère la mise en scène très remarquable de sa mort ? Pourquoi avait-elle changé une robe ordinaire contre un kimono, moins d'une demi-heure avant d'expirer ? Comment expliquer le moyen d'une cruauté raffinée employé pour trancher ses jours, une profonde entaille à la gorge ? Pourquoi le choix d'une arme caractéristique, une branche de ciseaux enrichie de pierreries pouvant à la rigueur remplacer un " poignard aux mille feux " ? Je vais vous le dire. Parce que ces trois éléments : poignard enrichi de pierreries, entaille à la gorge et kimono sont prescrits par l'antique cérémonial du *hara-kiri,* autrement dit du suicide japonais. »

– Non ! protesta Queen après réflexion. Non, c'est faux. Sans être très documenté sur les coutumes japonaises, je sais que « l'officiant » du *hara-kiri* s'ouvre le ventre et non la gorge.

– Le rite varie avec le sexe, père. Les hommes s'ouvrent le ventre, parfaitement, mais les femmes se tranchent la gorge.

– Oh ! fit l'inspecteur.

– Et ce n'est pas tout. Le *hara-kiri* n'est pas un suicide ordinaire, c'est un rachat d'honneur. Les Japonais sont extrêmement respectueux de cette vieille coutume nationale et les cas de *hara-kiri* sont, en réalité, peu nombreux là-bas. Karen Leith avait une « tache d'honneur » à laver : la honteuse exploitation du génie d'Esther. Elle gisait sur le bord de l'estrade, laquelle forme une petite marche, ce qui permet de la voir agenouillée au moment de se donner la mort, comme le prescrit le cérémonial du *hara-kiri*.

« Prise séparément – sauf la dernière – chacune de ces indications n'aurait pas signifié grand-chose. Mais, ensemble, elles forment un bloc sur lequel repose solidement la théorie du suicide. »

Silence prolongé, enfin rompu par une exclamation de l'inspecteur :

– Mais vous ne m'apportez aucune confirmation, aucune preuve, aucun moyen de contrôle! Je ne puis relâcher miss MacClure en vertu d'une simple théorie. Soyez raisonnable, Ellery!

– Je suis la raison personnifiée, soupira Ellery.

– Et où se trouve l'arme de ce fameux *hara-kiri*, la branche de ciseaux épointée?

L'inspecteur se leva, il hocha la tête et déclara :

– N'insistez pas, mon fils. Votre belle théorie est percée, alors que la mienne repose sur des preuves tangibles.

– Permettez, père. Si vous aviez trouvé la branche de ciseaux épointée près de la victime – *les autres circonstances restant identiques* – auriez-vous accepté la version du suicide? La seule présence d'Eva MacClure dans la pièce voisine vous aurait-elle amené à la conclusion du meurtre?

– Je vous attendais là. Nous n'avons pas trouvé l'arme véritable près de la dépouille, nous n'avons retrouvé que l'autre branche de ciseaux, portant d'ailleurs les empreintes de miss MacClure.

– Vous désirez une preuve?

– Les jurés la demanderont et, avant eux, le procureur du district l'exigera. Ce n'est pas moi, c'est Henry Sampson qu'il vous faudra convaincre, Ellery.

L'arrêt semblait définitif. Découragée, Eva retomba contre Terry.

– En d'autres termes, je dois encore vous expliquer comment l'arme a disparu de la chambre et, ensuite, la retrouver. Serez-vous satisfait si je réussis pleinement dans cette double entreprise?

– Réussissez d'abord.

– Où vos hommes ont-ils cherché la branche disparue?

– Partout.

– Précisez, je vous prie.

– La maison a été fouillée de la cave au grenier, ainsi qu'une large bande de terrain, tout autour, avec l'idée que l'arme avait pu être jetée par une fenêtre. Ces recherches n'ont rien donné, vous le savez. Vous savez également que miss MacClure et Terry Ring ont eu l'un et l'autre toute facilité pour emporter l'arme quand j'ai commis l'impardonnable erreur de les laisser sortir sans avoir été fouillés.

Ellery se mit à rire.

– Avez-vous prêté une attention sérieuse au fameux caillou? demanda-t-il.

– Le caillou?

– Oui. Le vulgaire galet provenant du jardin qui a brisé une fenêtre de la chambre de Karen Leith peu d'instants après le crime.

– Un gamin l'aura lancé en jouant.

– Je l'ai dit dès le début, déclara Terry.

– Avez-vous retrouvé la trace de ce gamin?

– Peu importe! Videz votre sac, s'il contient quelque chose, acheva sèchement l'inspecteur.

– L'autre jour, nous avons tenté une expérience, Terry et moi. Ritter vous confirmera le fait, il en a été le témoin et a dû avoir des inquiétudes pour notre raison. Du jardin, nous avons lancé des cailloux de même taille que celui qui a brisé la fenêtre, en visant le même objectif.

– Pourquoi?

– Terry est un ex-champion de base-ball et il

n'avait pas volé son titre, j'ose le proclamer. C'est un as.

– Ça va, grogna l'intéressé. Je ne compte pas y aller de mon speech! Continuez, Queen.

– A ma demande, Terry a tenté à six reprises de faire passer un caillou entre deux barreaux de la fameuse fenêtre. Chaque fois, le projectile a heurté les barreaux et rebondi dans le jardin. A la vérité, notre champion ne voulait même pas tenter l'expérience, pour la bonne raison qu'il était enfantin de vouloir introduire à la volée un galet de cinq pouces sur trois entre des barreaux espacés de six pouces.

– Quelqu'un l'a fait, n'en déplaise à Mr Terry Ring, riposta l'inspecteur.

– Alors c'est à la faveur d'un hasard extraordinaire. Terry avait mille fois raison : aucune personne douée de bon sens n'aurait tenté la chance dans de semblables conditions. Et « tenté la chance » pour quel motif, on se le demande? Pour atteindre une personne qui se trouvait dans la chambre? Allons donc! En guise de pré-avertissement? Non, puisque aucun avertissement ne suivit. Pour envoyer un message? Non, puisque aucun message n'entourait le galet.

« Non, père, le caillou qui a brisé la vitre de Karen Leith n'a pas été lancé dans ce dessein. Il est passé entre les barreaux et a brisé la vitre accidentellement car il visait un tout autre objectif. »

La stupéfaction de ses auditeurs arracha un sourire à Ellery qui continua :

– Quel était cet objectif, situé apparemment dans le voisinage de la fenêtre endommagée? Karen Leith n'avait-elle pas lâché peu de temps auparavant le geai des Liou Kiou par cette même fenêtre? Il s'agissait d'un oiseau habitué à être en cage, ne l'oublions pas. Je soumets maintenant une scène hypothétique à vos réflexions : au lieu de prendre son essor, le prisonnier libéré va se percher sur le bord du toit, juste au-dessus de la triple fenêtre ogivale; quelqu'un l'aperçoit du jardin, ce quelqu'un ramasse le premier galet qui lui tombe sous la main et il le lance, en visant le geai. Mais le projectile manque son objectif et il entre, par le plus pur des hasards, dans la chambre.

– Mais quel rapport... commença le Dr MacClure, abasourdi.

– Nous sommes, je le répète, dans le domaine des hypothèses, répondit Ellery. Nous savons que le geai s'est envolé dans le jardin, voici quelques semaines, par la faute de miss O'Mara, et que miss Leith est entrée dans une violente colère à ce sujet. Supposons encore que miss O'Mara ait aperçu du jardin sa bête noire, perchée sur le pignon ou sur le toit de la maison. Qui songerait à critiquer miss O'Mara d'avoir redouté les conséquences de ce qu'elle prit tout naturellement pour une seconde tentative d'évasion de l'oiseau? Qui n'aurait, à sa place, cherché à le rattraper et à lui faire réintégrer sa cage du jardin d'hiver avant que l'irascible miss Leith n'ait découvert son absence? Mais le geai se trouvait hors d'atteinte. Comment le déloger de son perchoir pour le saisir? Tout permet de supposer que miss O'Mara a ramassé le premier caillou venu et qu'elle l'a lancé afin d'effaroucher l'oiseau et de le faire descendre.

La frayeur manifestée par l'intéressée rendit un éclatant hommage à la puissance divinatoire d'Ellery. Sous le feu de tous les regards, Geneva O'Mara riposta avec un geste de défi :

– Et après? On peut bien lancer un caillou à un oiseau, n'est-ce pas? Pourquoi me dévisagez-vous tous avec ces yeux-là?

– Et quand une vitre de la chambre de miss Leith a volé en éclats, vous avez pris peur et fait précipitamment le tour de la maison? demanda doucement Ellery.

– Oui!

– Ensuite, quand vous avez cru pouvoir quitter sans danger votre cachette, vous avez trouvé l'oiseau en train de picorer tranquillement dans le jardin. Il eut la bonne grâce de se laisser attraper et remettre dans sa cage du jardin d'hiver; c'est bien cela?

– Oui, répéta Geneva O'Mara, maussade.

– C'était la seule explication possible, soupira Ellery. Elle éclaire un double fait vraiment singulier : la disparition du geai de la cage qu'il occupait dans la chambre de miss Leith, juste avant le crime; son apparition dans la cage du jardin d'hiver, juste après le crime. Le galet m'a donné le mot de l'énigme.

L'inspecteur fronça les sourcils.

– Mais quel est le rapport entre cet incident et la disparition de la branche de ciseaux épointée? demanda-t-il.

– Nous venons de prouver la présence de l'oiseau sur le toit, il me semble?

– Je ne saisis toujours pas, Ellery!

– L'oiseau en question est un geai. Or, les geais ont des instincts voleurs, comme chacun sait; ils sont instinctivement attirés par des objets brillants et colorés. Cela dit, la reconstitution de la scène est facile! Désorienté par le sentiment d'une liberté trop soudaine, le geai des Liou Kiou cherche à retourner auprès de sa maîtresse. Il se pose sur le rebord de la fenêtre, replie ses ailes et se faufile entre deux barreaux pour rentrer dans la chambre familière. Karen Leith baigne dans son sang, sous la fenêtre; près de sa main luit la branche de ciseaux à la lame épointée et rougie, la branche de ciseaux dont les pierreries scintillantes attirent notre oiseau voleur. Il prend l'arme dans son bec puissant vole jusqu'à l'appui de la fenêtre et sort de la chambre comme il y était entré. Ici, j'ouvre une parenthèse : la branche de ciseaux est d'une légèreté surprenante et elle ne mesure que cinq pouces de longueur, alors que les barreaux sont espacés de six pouces. Une fois dehors, que fait notre geai ? Poussé par l'instinct, il cherche une cachette sûre dans laquelle enfouir son butin. Mais où l'avons-nous laissé ? Perché sur le toit de la maison ou dans le voisinage immédiat.

Ellery se mit à rire, puis :

– Vous avez fouillé la maison de la cave au grenier, père, mais vous avez oublié le toit ! Si vous trouvez la branche de ciseaux dans une gouttière, ne sera-ce pas la meilleure preuve que j'ai raison et que vous avez tort ?

« Le voilà, son va-tout », songea le Dr MacClure, étreint par une angoisse soudaine. Le raisonnement d'Ellery était d'une rare subtilité et il se tenait de bout en bout, mais résisterait-il à l'épreuve ? Seul le toit pourrait le dire. Et si la réponse était négative ? Le géant serra la main d'Eva qui lui rendit sa pression. La gorge contractée, chacun mesurait la fragilité du fil auquel pendait la sécurité d'Eva MacClure.

L'inspecteur rompit enfin le silence par ces mots :

– J'admets que la situation sera changée si nous trouvons l'arme à l'endroit que vous indiquez, Ellery. Mais l'innocence de miss MacClure n'en sera pas prouvée pour autant. Qui l'aurait empêchée, après avoir assassiné sa tante, de libérer l'oiseau et de le lâcher en dehors des barreaux, avec la branche de ciseaux dans le bec ? Qu'avez-vous à répondre à cela ?

L'objection était si saisissante que le trio assis sur le divan se redressa d'un même mouvement. Mais Ellery ne se troubla point.

– Dans quel but miss MacClure aurait-elle agi ainsi?

– Se débarrasser de l'arme du crime, naturellement!

– Oh! Mais si Eva avait poignardé Karen Leith, son meilleur moyen de défense consistait à créer l'illusion du suicide, voyons! Et quel serait le résultat obtenu par la suppression de l'arme? Donner au suicide l'apparence d'un meurtre qu'elle seule aurait pu commettre : exactement ce qui s'est produit. Non, père, votre argument est irrecevable.

– Bien, bien, grogna l'inspecteur Queen.

– J'ai bon espoir, reprit Ellery. Il n'a pas plu depuis le crime, ce qui constitue un facteur favorable. Si le geai a caché la branche de ciseaux dans la gouttière, les empreintes ne doivent pas encore être effacées et si la rosée ne l'a pas rouillée, l'arme vous apportera la preuve irréfutable de l'innocence de miss MacClure.

– Elle portera les empreintes de Karen Leith! s'écria Terry.

– Vous l'avez dit. Les empreintes de Karen, seulement. Et si mon espoir se réalise, vous serez obligé d'admettre que le suicide est formellement établi, père.

Force fut à l'inspecteur de téléphoner au Bureau Central pour donner certains ordres et demander deux voitures destinées à transporter tout le monde au domicile de Karen Leith.

Deux experts du service anthropométrique se trouvaient déjà sur les lieux, le sergent Velie dénicha une haute échelle qu'il appuya contre le toit en pente. Ellery l'escalada et la première chose qu'il vit fut la branche de ciseaux épointée, luisant dans la gouttière au-dessus des fenêtres de Karen Leith.

Quand Ellery se redressa, agitant à bout de bras l'arme ensanglantée, Terry poussa, d'en bas, un cri qui faillit lui faire perdre l'équilibre. Eva tomba en pleurant de joie dans les bras du Dr MacClure.

Les experts du service anthropométrique relevèrent de nombreuses empreintes digitales de Karen Leith sur le métal inoxydable; celles de Karen Leith et de personne d'autre. Comme preuve finale, le petit triangle d'acier extrait de la gorge de la défunte fut rapproché de la lame ébréchée et s'y adapta parfaitement.

23

Le vendredi soir, Terry Ring emmena les MacClure dans un restaurant français ultra-chic dont l'ambiance ne parvint cependant pas à animer nos convives. Le docteur semblait fatigué et Eva littéralement épuisée; Terry qui l'observait depuis le début du dîner interrompit une conversation languissante par cette remarque :

– Le plus pressé est de vous changer les idées. Voyagez, prenez des vacances, épousez votre Scott, faites n'importe quoi!

– Eva ne vous a donc pas mis au courant? demanda le Dr MacClure. Elle a rendu sa bague au Dr Scott.

– Non!

Terry posa sa fourchette, le visage illuminé.

– Vous ne le regrettez pas, Eva?

– C'était une erreur, n'en parlons plus, murmura la jeune fille, rougissante.

– C'est magnifique! Désolant, voulé-je dire.

Terry saisit sa fourchette et il attaqua le filet avec tant d'ardeur que le Dr MacClure dissimula un sourire derrière sa serviette de table.

– Pourquoi Mr Queen n'est-il pas venu? demanda

vivement Eva, pour mettre la conversation sur un terrain neutre.

– Il m'a parlé d'une migraine...

Au grand scandale du maître d'hôtel, Terry rejeta sa fourchette.

– ... Une idée, Eva. Si vous et moi... Non, rien.

Le Dr MacClure se leva en disant :

– Excusez-moi de vous fausser compagnie. Je croyais que Queen serait des nôtres et je tiens absolument à le remercier pour tout ce que nous lui devons.

– Je vous accompagne, papa, déclara Eva en repoussant sa chaise de la table. Si quelqu'un doit des remerciements à Mr Queen, c'est bien moi.

– Vous resterez ici! gronda Terry, l'obligeant à se rasseoir. Filez, docteur. Je me charge d'elle.

– Papa!

Mais le savant s'éloignait déjà en souriant.

Terry se pencha sur la table.

– Je ne suis pas grand-chose, je le sais. Mais si vous...

– Pauvre papa, soupira Eva. Il a vieilli de dix ans depuis son retour. Il...

– C'est un chic type, interrompit Terry avec chaleur. Voilà un homme de tact! Nous nous entendrons à merveille. Eva, accepteriez-vous...

– Papa m'inquiète. Tel que je le connais, il va s'enfermer dans son laboratoire et se tuer au travail. S'il consentait à repartir, cela lui ferait le plus grand bien.

– Et nous l'accompagnerions! Excellente idée. Nous partirions tous les trois et...

– Tous les trois?

– Vous, lui et moi. Mais, avant cela, j'irai casser la figure de ce saligaud qui vous a lâchée!

– Terry! s'écria Eva, comme l'autre s'échauffait.

– Bien. Je me tiendrai tranquille si vous me l'ordonnez. Eva, écoutez-moi...

– Pardon, murmura une voix ferme.
Levant les yeux, ils virent le maître d'hôtel français.
– Excusez-moi, monsieur, continua celui-ci. Vous faites trop de bruit.
– Disparaissez! gronda Terry, saisissant les mains d'Eva. Ma chérie, si vous saviez...
Eva se dégagea en murmurant :
– Il dit que vous faites trop de bruit.
– Et si monsieur ne baisse pas le ton, je le prierai de sortir, ajouta plus fermement encore le maître d'hôtel.
– Ne bougez pas, ordonna Terry à Eva.
Debout, jambes écartées, il toisa l'importun personnage et demanda avec une douceur menaçante :
– Dois-je comprendre que vous me trouvez trop bruyant pour votre établissement de croque-morts?
Le maître d'hôtel recula d'un pas.
– Philippe! Antoine!
Deux garçons musclés s'avancèrent.
– ... Reconduisez mademoiselle et monsieur.
– Halte-là, Antoine! dit Terry.
Silence complet dans la salle comble. De toutes les tables, des regards choqués convergeaient vers eux. Eva aurait voulu être à cent mètres sous terre.
– Je vous en prie, Terry, balbutia-t-elle. Pas en public...
– Allez-y, Antoine, ordonna le maître d'hôtel, de plus en plus nerveux.
Voyant le poing brun d'Antoine se lever, Eva ferma les yeux. Une rixe dans un restaurant élégant! Où se croyait-il? Les journaux en parleraient... Le coup de pied de l'âne!
– Halte-là! ai-je dit, répéta Terry sur un ton qui obligea Eva à rouvrir les yeux.

Terry se cramponnait au poing menaçant en un geste presque implorant.

– Ecoutez-moi, Antoine. Avez-vous jamais été amoureux?

Antoine écarquilla les yeux. Il regarda le maître d'hôtel qui pâlit et intervint :

– Monsieur est peut-être souffrant? Un docteur...

– Amour! Amour! cria Terry. Vous connaissez cette maladie-là? Amour! *Kitchy-koo! Liebe!*

– Un fou! murmura Antoine, battant prudemment en retraite.

– Un fou, vous l'avez dit! hurla Terry, agitant ses longs bras. J'essaie par tous les moyens de me déclarer et on m'accuse de faire trop de bruit!

Eva connut le supplice de Jeanne d'Arc sur le bûcher. Ses joues brûlaient comme des tisons ardents, elle subissait la pire humiliation de sa vie. La salle croulait sous les éclats de rire; le maître d'hôtel lui-même souriait, visiblement rassuré.

– Mufle! murmura-t-elle, déjà levée. Ceci, après tout ce que j'ai déjà subi!

Elle courut vers la porte, poursuivie par des cris de joie. Un cauchemar... Comment pouvait-il manquer à ce point aux convenances? Le... le...

Terry – il l'avait donc devancée? – lui barra le trottoir, devant la porte.

– Ecoutez, Eva, dit-il d'une voix rauque. Epousez-moi, par pitié!

Elle lui jeta les bras autour du cou en sanglotant de bonheur.

– Terry! Je suis si heureuse! Vous êtes impossible! Je vous adore!

Un tonnerre d'applaudissements éclata derrière eux. S'étant retournés, ils virent les dîneurs massés devant la porte et le maître d'hôtel incliné jusqu'à terre dans leur direction.

– Vive la France! lança Terry Ring avant d'embrasser sa fiancée.

Quand il ouvrit la porte au Dr MacClure, Djuna marqua de la surprise, puis une contrariété vite dissipée; il était habitué à introduire des visiteurs, chapeau bas, au terme d'une enquête.

– Hello! dit Ellery, quittant le grand fauteuil qu'il occupait au coin de la cheminée. Entrez, docteur.

– Je ne vous retiendrai pas longtemps, Queen, commença le savant. Mais je vous ai mal remercié jusqu'ici et j'ai tenu à venir vous exprimer ma profonde gratitude.

Ellery dissimula une grimace embarrassée.

– Soyez le bienvenu et asseyez-vous, docteur, répondit-il. Mon père est retourné au Bureau Central afin de classer l'affaire et de distribuer leur pâture aux reporters. Je me sentais un peu seul, ce soir.

– Terry nous a dit que vous étiez souffrant, remarqua le docteur en acceptant une cigarette. La réaction qui suit un gros effort intellectuel, sans doute? Vous vous êtes couvert de gloire, Queen. Comment vous sentez-vous?

– A plat. Vous n'êtes pas très brillant non plus, apparemment.

– Que voulez-vous? Je suis un homme comme les autres et le cœur humain a beau s'endurcir, il reste toujours vulnérable à certaines émotions. Un gros choc moral, le danger couru par un être cher sont du nombre. Esther, que j'ai perdue pour la seconde fois, Karen...

Le Dr MacClure se leva en soupirant :

– ... A quoi bon remuer cette cendre?

– Rasseyez-vous, docteur. J'ai à vous parler.

La cigarette que le savant allait porter à sa bouche continua de se consumer entre ses doigts.

– Vous n'êtes pas entièrement satisfait, Queen?

– Non.

Brusquement assombri, le Dr MacClure se rassit. Ellery se leva et alla s'adosser contre la cheminée avant de reprendre :

– J'ai passé la soirée à réfléchir, enfermé dans cette pièce. Non, docteur, je ne suis pas entièrement satisfait.

– Auriez-vous des doutes sur le suicide de Karen?

– Non! Karen a bien fait *hara-kiri*. Ce n'est pas cela.

– Eva!

Le docteur se leva d'un bond; puis :

– ... Eva serait-elle encore menacée de quelque danger?

Ellery regarda son interlocuteur.

– Le rôle de la police et celui de mon père sont terminés, dit-il lentement. Le mien ne l'est pas, malheureusement! Certains à-côtés psychologiques de cette affaire n'ont pas été effleurés. Je me trouve devant un problème terrible, le pire de ma carrière. Franchement, je ne sais quelle décision prendre.

Le Dr MacClure retomba dans son fauteuil, stupéfait au delà de toute expression.

– Mais si Eva est hors de cause, si Karen s'est réellement suicidée, je ne vois pas...

– C'est le ciel qui vous a envoyé, docteur.

Ellery retira son pince-nez dont il essuya distraitement les verres.

– Avez-vous quelques instants à m'accorder?

– Je suis à votre entière disposition.

Ellery alla ouvrir la porte de la cuisine.

– Djuna!

Le gamin apparut comme un diable sortant de sa boîte.

– Avez-vous envie d'aller au cinéma?

– J'ai vu tous les programmes du quartier, Mr Ellery.

– Bah! En cherchant bien, vous trouverez sûrement un bon film.

Ellery glissa un billet dans la main du jeune garçon. Leurs regards se croisèrent, puis Djuna dit :

– Sans doute. Bonsoir, messieurs.

Moins d'une minute après, le claquement de la porte d'entrée annonça son départ.

– Mon dilemme est particulièrement délicat, reprit Ellery. Il tient en quelques mots : dois-je apprendre à mon père ce que je sais ou dois-je le laisser dans l'ignorance?

– Mais en quoi puis-je vous être utile, Queen? Votre « cas de conscience » se rapporterait-il à Eva, après tout?

Ellery se rassit et il alluma lentement une cigarette.

– Laissez-moi vous exposer la situation de A à Z, commença-t-il. La décision finale ne m'appartient pas, docteur. Ce sera à vous de la prendre et de dicter ma ligne de conduite. L'affaire restera-t-elle officiellement classée, comme elle l'est ce soir, ou rebondira-t-elle demain dans un coup de tonnerre qui ébranlera New York? Tout dépendra de votre réponse.

Le Dr MacClure blêmit, mais il dit d'une voix calme :

– J'ai résisté à tant de chocs moraux que j'en supporterai sans doute un dernier. Je vous écoute, Queen.

Ellery prit dans la poche de sa robe de chambre une feuille de papier qu'il déplia en disant :

– Voici la copie de la lettre d'adieu laissée à Philadelphie par votre belle-sœur et dont l'original se trouve en possession de mon père. L'authenticité de cette lettre a été formellement établie par les experts en écriture; qu'elle ait été écrite par Esther ne fait plus aucun doute.

« Maintenant, et toujours au sujet de cette lettre, le suicide de Karen Leith nous oblige à modifier certaines interprétations prématurées et erronées. Nous savons actuellement qu'Esther n'a pu assassiner sa sœur; donc l'aveu de la malheureuse " Ma mort paiera pour la vie que j'ai prise " ne s'applique pas, comme nous l'avions cru tout d'abord, à Karen. »

– Il s'applique à mon frère, dit le Dr MacClure. Jusqu'à son dernier souffle, Esther s'est considérée comme la meurtrière volontaire de Floyd, voilà ce que cela prouve.

– Oui, incontestablement. Son ancienne phobie... Mais ce point ne peut être négligé, car il nous fournit la réponse à la question la plus troublante de cette affaire, à savoir : quelle emprise Karen avait-elle sur sa sœur? Emprise suffisante pour contraindre Esther à accepter une criminelle exploitation de son talent et une existence de morte vivante.

– Je saisis mal, commença le docteur, les sourcils froncés.

– Il s'agit d'un crime moral particulièrement odieux qui nous oblige à descendre jusqu'au tréfonds d'une psychologie morbide. Vous avez été le premier surpris, voici dix-sept ans, par la tenacité de l'obsession d'Esther qui continuait à s'accuser d'un crime dont elle était, en réalité, innocente. Mais cette obsession s'explique si l'on met à côté d'Esther une femme intelligente, dénuée de tout scrupule, acharnée à la perte d'un pauvre esprit désemparé. A force de s'entendre répéter qu'elle avait tué son mari, la malheureuse finit par se laisser convaincre.

« Cette influence perfide explique la passivité avec laquelle Esther renonça en votre faveur à son enfant, docteur. La crainte qu'Eva n'apprenne un jour que sa mère était une criminelle bouleversa tellement la pauvre femme qu'elle insista pour vous décider à emmener sa fille avec vous aux Etats-Unis. C'est bien ce que vous nous avez dit, n'est-ce pas? »

– Parfaitement. Et Karen joignit ses instances à celles d'Esther.

– L'idée de vous faire adopter Eva venait très certainement de Karen! Un être compliqué, calculateur, désaxé moralement, cette Karen! Elle reconnaissait à sa sœur un talent qu'elle-même ne possédait pas et elle était dévorée d'ambition. Brisée par le sentiment de sa culpabilité, Esther devint la proie du monstre insatiable. Mais l'ambition n'est pas, à mon avis, une explication suffisante; tout porte à croire que Karen a aimé votre frère Floyd, jadis. Je crois qu'elle a voulu faire expier à Esther de lui avoir été préférée.

Le docteur hocha la tête en silence. Ellery lut un passage de la lettre d'adieu :

– « Ta mère est un monstre qui a su, Dieu merci, t'épargner son honteux secret. » Qu'est-ce que cela signifie, sinon qu'Esther renonça à tout par amour maternel? Eva était donc la meilleure arme de Karen. Elle parvint à convaincre Esther que la vie de l'enfant serait gâchée sans rémission si elle venait à découvrir que sa mère avait assassiné son père. Esther le comprit. Elle s'est sacrifiée au bonheur de sa fille, elle est devenue l'alliée de son bourreau moral et a joué son rôle dans la sinistre comédie du faux « suicide » qui devait à tout jamais la rayer de la liste des vivants, au Japon.

« En venant s'établir aux Etats-Unis avec sa sœur morte aux yeux de tous, Karen devait poursuivre un double but : tirer le maximum de gloire du génie d'Esther et aviver sa douleur maternelle en la rapprochant d'Eva, de sa fille qu'elle ne pourrait jamais serrer dans ses bras. Et si jamais la malheureuse était tentée de briser ses chaînes, Karen sortait sa menace toute-puissante : la révélation du “ honteux secret ”! »

Le Dr MacClure serra les poings.

– La misérable! murmura-t-il.

– Mais je n'ai pas encore abordé le point le plus intéressant de tous. Ecoutez bien ce passage qui vous est adressé dans la lettre d'Esther, docteur : « Vous êtes la seule personne au monde qui auriez peut-être réussi à sauver la vie de ma sœur. » Qui auriez peut-être réussi à sauver la vie de ma sœur! répéta Ellery. Comment Esther savait-elle Karen condamnée à brève échéance? Comment parlait-elle déjà presque au passé de sa sœur, alors qu'elle la précédait de quarante-huit heures dans la tombe?

Ellery se leva et se mit à arpenter fébrilement le living-room.

– Esther savait donc que Karen avait résolu de se suicider? Et par qui l'aurait-elle appris sinon par l'intéressée elle-même? « Le destin fatal frappe de nouveau. J'ai vu le coup venir et n'ai rien pu pour le détourner », écrit Esther. Poussée par la crainte d'être trouvée, vivante ou morte, dans la maison de Karen, après le décès de celle-ci, Esther prit une résolution désespérée. Elle s'est enfuie pour aller se suicider sous un faux nom, dans une autre ville. « Aussi ai-je fait, dans ma torturante impuissance, ce que je devais faire. » Eva ne saurait jamais quelle misérable elle avait eue pour mère.

– C'est très clair, dit le savant d'un ton las.

– Vraiment, docteur? Pourquoi Karen s'est-elle donné la mort? Pourquoi? Elle avait toutes les raisons de vivre : célébrité, fortune, mariage proche. Pourquoi cette femme, comblée des biens de ce monde, s'est-elle suicidée?

– Par remords de conscience, sans doute, dit le Dr MacClure, impressionné par le ton d'Ellery.

N'est-ce pas l'explication que vous avez trouvée, Queen?

– Vous donne-t-elle satisfaction? Une femme de cette espèce est-elle accessible au remords? De plus, le remords véritable entraîne un désir de réparation, de restitution. Karen Leith a-t-elle confessé sa vilenie à la face du monde? A-t-elle changé son testament pour rendre à Esther ce qui lui revenait de droit? A-t-elle manifesté par ses actions un regret quelconque? Non. Elle a emporté son infâme secret dans la tombe. Non, docteur, ne parlons pas de remords quand il s'agit de Karen Leith!

« Et quel est le ton de la lettre laissée par Esther? Est-ce celui d'une femme qui vient d'apprendre le crime dont sa sœur se rendit coupable envers elle? " Le destin fatal frappe de nouveau. " " J'ai vu le coup venir et n'ai rien pu pour le détourner ", écrit Esther. On sent même une note de sympathie lorsqu'elle parle de Karen. Eût-elle été un ange de bonté, Esther aurait-elle pu s'apitoyer sur le sort de sa sœur alors qu'elle venait de découvrir que Karen l'avait criminellement dupée et exploitée pendant des années, au moyen de menaces reposant sur un abominable mensonge? Non, docteur, ce ne fut pas le remords qui poussa Karen au suicide. Karen mourut sans avoir confessé sa faute à Esther. Karen mit fin à ses jours pour une tout autre raison, une raison qu'elle pouvait confier à Esther, une raison susceptible d'apitoyer Esther sur son sort et qui lui fit implorer la miséricorde divine pour leurs deux âmes. »

Le Dr MacClure passa une main sur son front.

– Je comprends de moins en moins, Queen, soupira-t-il.

– Ecoutez bien...

Ellery reprit la lettre, et il lut :

– « Si, du moins, vous étiez resté! Si vous l'aviez emmenée! Vous êtes la seule personne au monde qui auriez peut-être réussi à sauver la vie de ma sœur. » Cela s'adresse à vous, docteur. Y voyez-vous plus clair maintenant?

– Esther pensait évidemment que si j'étais resté ou si j'avais emmené Karen avec moi en Europe, elle ne se serait pas suicidée, soupira le savant.

– Mais pourquoi Esther vous a-t-elle désigné comme « la seule personne au monde » capable d'empêcher ce malheur?

– L'influence d'un fiancé, sans doute. Karen m'aimait sincèrement, je crois.

– Pourquoi Esther écrivit-elle que vous aviez emporté en partant « la seule chance de salut de Karen, son ultime espoir »?

La tension du Dr MacClure se refléta dans ses yeux bleu pâle, fixés sur Ellery.

– Je vais vous le dire, reprit lentement celui-ci. Cette pièce est une tombe, je puis donc formuler tout haut la pensée monstrueuse et tenace, la conviction qui m'a torturé toute la soirée.

– Parlez, murmura le savant, cramponné aux bras de son fauteuil.

– Le fond de ma pensée est que vous avez assassiné Karen Leith, docteur.

24

Le Dr MacClure se leva au bout d'un moment et il gagna la fenêtre. Après être resté longtemps planté dans l'embrasure, les mains nouées derrière le dos en un geste familier, il se retourna enfin, et Ellery vit avec stupeur une expression enjouée peinte sur son visage.

– Vous plaisantez, cela va de soi, dit-il en riant.

– Détrompez-vous, répondit sèchement notre limier.

– Quelle girouette vous faites, mon cher! Vous dites d'abord que Karen s'est suicidée – bien mieux, vous le prouvez – et, dans la phrase suivante, vous m'accusez de l'avoir assassinée! Mettez-vous à ma place et comprenez ma surprise légitime, Queen.

– Je ne sais si vous vous amusez à mes dépens ou si vous me donnez une leçon de patience, docteur. Fait certain, je viens de vous accuser d'un crime abominable. Puis-je soutenir mon accusation?

– Comment donc! Je suis curieux de vous voir prouver qu'un homme peut tuer un de ses semblables dans une maison de New York pendant qu'il est allongé sur le pont d'un paquebot, en plein océan.

Ellery rougit.

– Vous insultez mon intelligence, déclara-t-il. Sans parler de preuve, je n'ai jamais avancé que vous aviez tué Karen Leith de vos mains, docteur.

– Vous m'intéressez de plus en plus. Comment l'ai-je assassinée, je vous prie? Avec mon corps astral? Allons, Queen, avouez que vous voulez me faire marcher et que tout soit dit. Venez boire un verre avec moi au Medical Club, cela vous changera les idées.

– Je trinquerai volontiers avec vous, docteur. Mais je crois préférable d'éclaircir l'atmosphère tout d'abord.

– Vous parlez donc sérieusement?

La question s'accompagnait d'un regard qui transperça Ellery de part en part et lui causa une impression désagréable.

– S'il en est ainsi, je vous écoute, acheva le Dr MacClure.

– Une cigarette?

– Non, merci.

Ellery en alluma une avant de reprendre :

– Je répète, en citant une phrase de la lettre d'Esther : pourquoi étiez-vous la seule personne au monde qui auriez peut-être réussi à sauver la vie de Karen? Pourquoi étiez-vous son ultime espoir?

– Je ne vois toujours pas pourquoi cette question vous tracasse, soupira le savant. Avec une réserve, car je ne puis évidemment répondre de ce qui se passait dans l'esprit de la pauvre femme, voici ma réponse : Esther pensait que la présence de l'homme qu'elle aimait aurait empêché Karen de se donner la mort.

– Esther conservait cependant un doute sur votre pouvoir moral, son « peut-être » l'indique, n'est-ce pas?

– Vous ergotez sur les mots! Quel homme peut se vanter d'exercer un pouvoir moral absolu sur sa fiancée, voyons? Certes, Karen aurait pu se suicider, même si j'étais resté à New York.

– D'autre part, objecta Ellery avec douceur, le doute exprimé par Esther ne s'appliquait pas forcément à la qualité de votre influence sur votre fiancée, n'est-ce pas?

– Je dois être bouché, ce soir, fit le Dr MacClure en souriant. Fait certain : je ne vois absolument pas à quoi vous voulez en venir.

– Docteur, dit brusquement Ellery, quel est l'objet de votre réputation mondiale?

– Je ne me connais aucune supériorité écrasante sur le commun des mortels; mais mon amour-propre n'en est pas moins flatté, mon cher.

– Vous êtes trop modeste. A quoi avez-vous consacré votre science, votre vie, en un mot? A l'étude du cancer.

– Oh, cela! dit le docteur, haussant les épaules.

– Nul n'ignore que vous êtes la sommité du cancer; Esther devait le savoir comme les autres. Les livres trouvés dans sa chambre de prisonnière prouvent qu'elle se tenait étroitement au courant de ce qui se passait à l'extérieur. Esther savait donc que vous faisiez autorité en matière de cancer et elle vous cite comme la seule personne au monde qui eussiez peut-être pu sauver la vie de sa sœur. Le rapprochement n'est-il pas singulier?

Le Dr MacClure revint s'asseoir, les bras croisés sur sa poitrine, les yeux mi-clos.

– Vous divaguez, murmura-t-il.

– Croyez-vous? Le mobile qui a poussé au suicide une femme possédant toutes les raisons d'aimer la vie reste à trouver. Son geste est inexplicable, à moins que nous ne disions : Karen se sentait marquée par la mort. Elle se savait atteinte d'un mal incurable. Elle se savait condamnée à brève échéance. Alors, et alors seulement, tout s'explique!

– Si je comprends bien, vous suggérez que Karen souffrait d'un cancer?

– Je crois que telle était la conviction d'Esther, quand elle a écrit cette lettre.

– Mais vous connaissez comme moi les conclusions de votre Dr Prouty qui pratiqua l'autopsie! L'homme de l'art n'a signalé aucune trace de tumeur maligne; si Karen était atteinte d'un cancer avancé, pensez-vous sérieusement que l'autopsie ne l'aurait pas révélé?

– Nous y sommes! s'écria Ellery. Karen Leith se suicida parce qu'elle se croyait atteinte d'un cancer qu'elle n'avait pas et sa sœur Esther partageait son erreur!

Calme et grave maintenant, le savant rouvrit les yeux.

– Je comprends, dit-il. La voilà donc, votre arrière-pensée.

– Oui! L'autopsie n'a révélé aucune trace de cancer; néanmoins, Karen a mis fin à ses jours parce qu'elle se croyait atteinte d'une maladie incurable et imaginaire! Qui a pu créer cette conviction, à votre avis? acheva Ellery, penché sur son interlocuteur.

Celui-ci garda le silence et notre limier enchaîna :

– Permettez-moi de citer vos propres paroles : « J'étais son seul médecin et elle m'écoutait à la lettre. » Oui, vous soigniez Karen Leith, anémiée et neurasthénique, sans plus. Vous avez attribué à un cancer gastrique les symptômes habituels de ces affections : amaigrissement, inappétence, digestion pénible, pesanteur d'estomac après les repas. Et, comme vous étiez son fiancé en même temps que le plus grand spécialiste du cancer, la « malade » s'inclina devant votre diagnostic, sans songer à consulter un autre médecin! Vous saviez qu'il en serait ainsi, docteur.

« Oh! je m'en rapporte à vous pour n'avoir laissé aucun espoir à miss Leith! A l'appui de votre diagnostic – cancer stomacal, intéressant le foie, sans doute – vous avez dû lui montrer les radiographies d'un cancéreux irrémédiablement perdu en les faisant passer pour les siennes. Votre action psychologique trouva un terrain propice; déprimée d'avance, Karen devint rapidement votre victime morale et elle envisagea le suicide comme la seule issue possible. »

– Vous vous êtes documenté sur la matière, à ce qu'il paraît.

– Il m'a suffi de téléphoner à un ami médecin et de lui poser incidemment quelques questions. Jamais je n'aurais cru qu'il fût si facile pour un praticien peu scrupuleux de convaincre une neurasthénique qu'elle souffrait d'un cancer incurable!

– Vous semblez oublier qu'un médecin peut commettre une erreur de diagnostic en toute bonne foi, objecta le Dr MacClure. J'ai connu des cas dans lesquels tous les symptômes, toutes les vérifications

– y compris les rayons X – décelaient un cancer alors que la vérité était tout autre.

– Vous êtes moins exposé qu'aucun de vos confrères à des erreurs de ce genre, docteur. Mais, en admettant la possibilité d'un faux diagnostic involontaire, pourquoi mettre votre fiancée au courant, à la veille de votre mariage? Il eût été plus charitable de lui cacher la pénible vérité.

– Un médecin qui se trompe de bonne foi et diagnostique un cancer n'a pas le droit de laisser l'intéressé dans l'ignorance. Si avancé soit-il, le mal doit être traité.

– Avez-vous appliqué ce principe, docteur? Non. Vous avez abandonné votre « malade »! Vous vous êtes embarqué pour l'Europe! Vous avez pris plaisir à torturer Karen Leith en la convainquant qu'elle souffrait d'un cancer incurable, intraitable même. Vous l'avez volontairement acculée au désespoir et, les faits l'ont prouvé, au suicide.

Le docteur soupira. Ellery poursuivit :

– Comprenez-vous maintenant comment un homme peut tuer une femme à des kilomètres et des kilomètres de distance? Comprenez-vous maintenant ce qui me poussait à vous accuser d'avoir assassiné Karen Leith, en dépit des apparences? Il s'agit d'un meurtre étrange, docteur. Un meurtre mental, commis par suggestion. Mais votre responsabilité est aussi engagée que si vous aviez poignardé votre fiancée de vos mains au lieu d'être paisiblement allongé sur le pont d'un paquebot, en plein océan.

Le Dr MacClure prit un air songeur.

– Votre fantastique théorie comporte-t-elle un mobile applicable à ma machiavélique personne? demanda-t-il.

– Le mobile est humain, compréhensible, noble même. Entre le jour de la garden-party de Karen Leith et celui de votre embarquement, vous avez découvert d'une façon ou d'une autre qu'Esther Leith MacClure, votre amour de jeunesse, vivait depuis des années, enfermée dans un grenier chez votre fiancée. Une prisonnière trompée, exploitée, annihilée, frustrée de tout. Il se peut que vous ayez vu Esther, que vous lui ayez parlé et que vous vous soyez tu pour le bien d'Eva. Mais, à dater de cette découverte, votre amour pour Karen se changea en aversion, en soif de vengeance. Karen vous apparut brusquement sous son véritable jour; vous avez vu en elle un monstre indigne de vivre.

– Nous sommes d'accord sur ce point.

– Vous n'avez pas eu à jouer la comédie en apprenant à bord l'assassinat de votre fiancée. Vous l'aviez quittée en emportant la certitude qu'elle se suiciderait; mais c'était un meurtre que la police new-yorkaise vous annonçait! Votre réaction fut donc normale et votre première pensée vola vers Eva. Avait-elle découvert à son tour le secret si jalousement gardé et avait-elle assassiné Karen, pour venger sa mère? Fait certain : vous avez cru fermement au crime jusqu'au moment où je prouvai devant vous qu'il s'agissait d'un suicide. Ma démonstration de cet après-midi a fait retomber sur vous le sang de Karen Leith, docteur : vous avez appris par ma bouche que votre volonté avait été accomplie, que vous aviez tué le monstre.

– Passez-moi une cigarette, je vous prie, dit simplement le Dr MacClure.

Ellery lui tendit son étui en silence et ils fumèrent un long moment, assis de chaque côté de la cheminée, comme deux amis trop liés pour éprouver le besoin d'exprimer leurs pensées accordées.

– Je cherche à me représenter la tête que ferait votre père, s'il assistait à notre conversation, Queen, dit enfin le Dr MacClure.

Il haussa les épaules en souriant et ajouta :

– Croirait-il cette histoire vraiment extraordinaire? Votre théorie est intéressante, mais un policier demanderait une preuve, et vous n'en avez pas.

– Qu'est-ce qu'une preuve? murmura Ellery. La matérialisation d'une certitude déjà acquise, sans plus.

– Néanmoins – et malheureusement peut-être – nos cours de justice et notre code pénal s'appuient sur des bases plus tangibles.

– C'est exact, reconnut Ellery.

– Disons donc que nous avons fait une agréable incursion dans le domaine de la fiction et allons porter un toast à votre imagination, Queen. Je vous ai promis un verre et je suis prêt à vous l'offrir.

Souriant toujours, le docteur se leva.

– Vous me forcez décidément à abattre mes dernières cartes, soupira Ellery.

– Qu'est-ce à dire?

– Excusez-moi...

Ellery se leva et passa dans la chambre. Le Dr MacClure écrasa sa cigarette en fronçant légèrement les sourcils. Puis son interlocuteur reparut, une enveloppe à la main.

– La police ignore l'existence de cette lettre, reprit Ellery.

Le Dr MacClure prit l'enveloppe tendue et il la retourna dans ses mains puissantes. Une enveloppe très finement décorée de chrysanthèmes rose et ivoire, portant la suscription : « Pour John. » Le docteur reconnut l'écriture nette de Karen ainsi que le curieux petit cachet japonais, imprimé sur de la cire dorée. L'enveloppe était défraîchie et tachée de rosée – résultat, semblait-il, d'un séjour prolongé dehors –, elle avait été ouverte, en respectant le cachet, à l'aide d'un coupe-papier et l'on apercevait par la fente les bords dentelés d'une feuille pliée en quatre.

– Je l'ai trouvée tantôt dans la gouttière, au-dessus de la chambre de Karen Leith, à côté de la branche de ciseaux, expliqua Ellery, sans quitter le docteur des yeux. Elle était cachetée, je l'ai ouverte et n'en ai encore soufflé mot à personne.

– Le geai, murmura le savant.

– Certainement. L'oiseau a dû effectuer deux voyages à travers les barreaux; l'un avec la branche de ciseaux, l'autre avec l'enveloppe. Le cachet de cire dorée attira son regard voleur, je présume.

Le Dr MacClure inclina la tête en retournant l'enveloppe.

– Où Karen s'était-elle procuré ce papier? demanda-t-il à mi-voix. Je croyais qu'elle n'en avait pas dans sa chambre quand elle envoya Kinumé en chercher une feuille en bas.

– Il lui restait sans doute de quoi écrire une lettre, répondit Ellery d'un ton indifférent. Mais elle désirait en adresser une à vous et une à Morel avant de...

– Oui, interrompit le docteur.

Il posa l'enveloppe sur une petite table et tourna le dos à Ellery.

– Nous ne pouvons rien, hélas! sur l'ordre des événements, reprit Ellery. L'intervention de l'oiseau a changé la face des choses. Cette enveloppe contient, comme vous pouvez vous en assurer, le message d'adieu de Karen Leith. Elle exprime son intention d'en finir avec l'existence, le cancer dont vous ne lui aviez pas caché la nature incurable faisant du suicide une délivrance.

– Tout s'explique! murmura le Dr MacClure. La lettre de Karen vous avait renseigné... Je trouvais votre processus intellectuel un peu compliqué, Queen.

– Vous comprenez maintenant pourquoi j'ai tenu à vous consulter, docteur, dit simplement Ellery. Je suis, pour mon malheur, affligé d'un esprit inquiet.

Comment vous exprimer mes regrets? Votre crime méritait de rester ignoré de tous. J'ai tenu à vous consulter, car je ne puis me résoudre à prendre une décision qui n'appartient qu'à vous.

– Oui, dit le docteur d'un ton songeur.

– Vous avez le choix entre trois solutions : sortir d'ici et garder le silence, en me laissant seul en face de mon problème; sortir d'ici pour aller vous livrer à la police, quitte à porter à la pauvre Eva le coup final; sortir d'ici et...

– Je crois connaître mon devoir, interrompit le Dr MacClure d'un ton calme.

– Ah! fit Ellery en tirant d'une main tremblante son étui à cigarettes de sa poche.

Le savant prit son chapeau.

– Adieu! Queen.

– Adieu! répéta Ellery.

Le Dr MacClure lui tendit la main. Ellery la serra longuement, comme l'on serre pour la dernière fois celle d'un ami.

Resté seul, Ellery s'assit devant la cheminée, les yeux fixés sur l'enveloppe qu'il tenait entre ses doigts. Puis il frotta une allumette et il l'approcha d'un des coins du papier qu'il posa dans le foyer sombre.

« Tout s'explique! Je trouvais votre processus intellectuel un peu compliqué, Queen. » Les paroles du Dr MacClure lui revinrent à l'esprit pendant qu'il regardait danser la petite flamme dans la cheminée...

Et Ellery se revit, à la fin de l'après-midi, fouillant la maison de Karen pour trouver à l'insu de tous son papier à lettres japonais; il se revit dans le silence de la chambre mortuaire de Karen Leith, appliqué à imiter son écriture pour tracer les deux mots essentiels; il se revit glissant une feuille blanche, pliée en quatre dans l'enveloppe préparée, collant celle-ci pour l'ouvrir immédiatement à l'aide d'un coupe-papier, maniant la cire dorée et le cachet de Karen, froissant l'enveloppe et l'humectant légèrement pour reproduire des taches de rosée.

« Processus intellectuel! » songea-t-il. « Très intellectuel, en vérité! »

Le cachet doré fondait lentement. Ellery continua sa rêverie. Comment prouver un assassinat mental? Comment démontrer qu'un homme peut tuer non de ses mains, mais avec son cerveau? Comment châtier le désir naturel d'une vengeance légitime? Comment saisir le vent, capter un nuage ou amener la justice à signer sa propre condamnation?

La dernière flamme vacilla et s'éteignit. Il ne resta plus bientôt dans le foyer sombre qu'un petit tas de cendres, surmonté d'une larme d'or.

Ellery songea encore que le bluff constituait le seul moyen de défense contre les impondérables, et que l'homme n'avait que sa conscience pour guide. Une plume trempée d'encre, une feuille de papier, un bâton de cire! Avec de si petites armes, l'homme peut parfois réussir l'un et ranimer l'autre.

Mr Queen frissonna devant l'âtre sombre. La justice est un droit divin, nul ne se l'arroge impunément.

Romans policiers

BOILEAU-NARCEJAC

Les victimes (1429★★)
Une inconnue avait pris la place de sa maîtresse.

Usurpation d'identité (1513★★★★)
Des pastiches étincelants de tous les grands auteurs policiers.

Maldonne (1598★★)
Il est toujours dangereux de jouer un personnage dans la vie.

CASPARY Véra

Laura (1561★★★)
Peut-on s'éprendre d'une morte sans danger ?

DEMOUZON

Mouche (882★★★)
Un détective de province projeté dans les milieux parisiens du cinéma.

Un coup pourri (919★★★)
Une trop jolie blonde pour un « privé ».

Le premier né d'Egypte (1017★★★)
A chaque nouveau meurtre, il raye un nom.

Le retour de Luis (1081★★★)
Un non-lieu c'est bien, mais si c'est pour se faire descendre après...

Adieu, La Jolla (1207★★★)
Elle était belle et aussi dangereuse qu'un serpent à sonnettes.

Monsieur Abel (1325★★)
Un vieil homme solitaire peut-il jouer au redresseur de torts ?

Section Rouge de l'Espoir (1472★★)
L'explosion révèle l'existence d'un nouveau groupe terroriste.

Quidam (1587★★★)
Rimbault contemple le carnage : un véritable cauchemar.

FALK Franz-Rudolf

On a tué pendant l'escale (1647★★★)
L'atmosphère étouffante d'un port du Moyen Orient.

FARRELL Henry

Qu'est-il arrivé à Baby Jane ? (1663★★★)
Le face-à-face tragique de deux anciennes stars.

GARDNER Erle Stanley

La jeune fille boudeuse (1459★★★)
On l'a vue tuer, mais elle est innocente.
Sur la corde raide (1502★★★)
Perry Mason sera-t-il rayé du barreau ?
La nièce du somnambule (1546★★★)
Tuer en état de somnambulisme, est-ce un crime ?
L'œil de verre (1574★★)
Pourquoi voler un œil de verre ?
Le canari boiteux (1632★★★)
Le canari aurait-il été témoin du meurtre ?
La danseuse à l'éventail (1668★★★)
Un cheval peut-il être témoin à charge ?

GRUBB Davis

La nuit du chasseur (1431★★★)
Il poursuit ses victimes en chantant des psaumes à la gloire du Seigneur.

LEBRUN Michel

L'Auvergnat (1460★★★)
Dans son bistrot, tous les paumés de la nuit.
Pleins feux sur Sylvie (1599★★)
Il est parfois dangereux d'être une star.

MAC CLOY Helen

Le miroir obscur (1430★★★)
A-t-elle le pouvoir de se dédoubler ?

McDONALD Gregory

Fletch (1705★★★)
Un homme cherche à se faire assassiner.

Fletch, à table (1737★★★)
Une location avec cadavre de femme nue en prime.

MACDONALD Ross

Un regard d'adieu (1545★★★)

La peur se tapit derrière les façades des riches villas californiennes.

Le frisson (1573★★★)

Elle s'enfuit le jour de son mariage.

L'affaire Wycherly (1631★★★)

Ou la disparition d'une jeune fille.

Le corbillard zébré (1662★★★)

Burke Damis : coureur de dot ou assassin ?

La face obscure du dollar (1687★★★★)

Le kidnappé serait-il le kidnappeur ?

MacGERR Pat

Un faubourg d'Elseneur (1446★★★)

Une pièce de théâtre dénonce un meurtre.

MASTERSON Whit

La soif du mal (1528★★★)

Que peut un homme seul contre la conspiration du mensonge ?

MEYER Nicholas

La solution à sept pour cent (1473★★★)

Stupéfiante aventure de Sherlock Holmes.

QUEEN Ellery

La ville maudite (1445★★★)

Est-il coupable ou cherche-t-il à racheter un crime ancien ?

Il était une vieille femme (1489★★★)

Une comptine rythme des meurtres insensés.

Le mystère égyptien (1514★★★)

... ou la crucifixion d'un maître d'école.

Et le huitième jour (1560★★★)

Ellery pris pour Dieu par des fanatiques.

La maison à mi-route (1586★★★)

Un seul corps pour deux morts différents.

Le renard et la digitale (1613★★★)

Tout l'accuse ... Ellery le croit innocent.

La décade prodigieuse (1646★★★)

Un meurtre peut-il obéir aux Dix Commandements ?

Griffes de velours (1675★★★)

Quelle sera la prochaine victime du Chat ?

Coup double (1704★★★)

Une jeune sauvageonne débarque dans la vie d'Ellery.

Le mystère du grenier (1736★★★)

Seul un oiseau a été témoin du crime.

QUENTIN Patrick

La veuve noire (1719★★★)

Il se sentait prisonnier d'une machination mortelle.

SADOUL Jacques

L'héritage Greenwood (1529★★★)

Amanda était riche, jeune, belle et dénuée de tous scrupules.

La chute de la maison Spencer (1[illegible]14★★★)

La vie d'une enfant de dix ans est menacée.

SAYERS Dorothy

Poison violent (1718★★★)

Lord Peter décide d'épouser une femme accusée de meurtre.

SYMONS Julian

La splendeur des Wainwright (14[illegible]2★★★)

Est-ce son fils ou un imposteur ?

Les dessous de l'affaire (1488★★★)

On n'empoisonne vraiment bien que dans la bonne société anglaise.

Achevé d'imprimer sur les presses de l'imprimerie Brodard et Taupin
58, rue Jean Bleuzen, Vanves. Usine de La Flèche,
le 12 novembre 1984
1075-5 Dépôt légal novembre 1984. ISBN : 2 - 277 - 21736 - 0
Imprimé en France

1736
★★★

Editions J'ai Lu
27, rue Cassette, 75006 Paris
diffusion France et étranger : Flammarion